도리언 그레이의 초상   **클래식 라이브러리   008**

도리언 그레이의 초상

클래식 라이브러리   008
The picture of Dorian Gray

오스카 와일드 지음
김순배 옮김

arte

일러두기

1 이 책은 Oscar Wilde, *The Uncensored Picture of Dorian Gray*, ed. Nicholas Frankel(The Belknap Press of Harvard University Press, 2012)을 번역 저본으로 삼았다.
2 모든 주석은 옮긴이의 것이다.

차례

1장

스튜디오는 진한 장미 향으로 가득했다. 여름날의 산들바람이 정원 나무 사이로 살랑거리고 라일락의 짙은 향, 혹은 분홍 꽃을 피워 내는 가시나무의 은은한 향기가 문틈 사이로 불어 들었다.

헨리 워턴 경은 늘 그러하듯 페르시아산 가죽 소파의 한쪽 구석에 기대고 누워 줄담배를 피워 대고 있었는데, 그 자리에서 그는 만발한 금사슬나무꽃들이 피우는 꿀 내음과 꿀 빛깔 한 자락을 맛볼 수 있었다. 흔들리는 나뭇가지는 그처럼 불꽃 같은 아름다움의 무게를 거의 감내할 수 없는 듯했다. 때때로 커다란 창문 앞에 길게 드리워진 비단 커튼을 스치듯 날아가는 새들의 그림자가 상상과도 같이 흘렀다. 그것은 일시적으로 일본 회화 작품 같은 인상을 만들어 냈는데, 그에게 움직이지 못하는 예술 작품에 속도감과 역동적 감각을 부여하려고 애쓰느라 창백하고 지친 얼굴을 하고 있는 화가들을 떠올리게 했다. 깎지 않아 길게 자란 풀잎 사이로 날아가거나, 6월 초에 당초무늬 첨탑처럼 솟아오른 검은 접시꽃 사이로 단조롭고도 고집스럽게 맴돌고 있는 벌들이 만들어 내는 시무룩한 웅얼거림은 적막함의 무게를 더하는 듯했고, 런던에서 들려오는 희미한 으르렁거림은 멀리 있는 오르간에서 나는 저음 소리를 닮아 있었다.

방 중앙에는 탁월한 아름다움을 지닌 젊은이의 전신 초상화가 똑바로 세워진 이젤에 고정된 채 놓여 있었다. 그리고 그 앞에는 조금 거리를 두고 화가인 바질 홀워드가 앉아 있었다. 몇 년 전 그의 갑작스러운 실종 사건은 당시 대중 사이에 흥미와 이상한 추측을 많이 불러일으켰다.

자신의 예술 작품 속에 아주 유려하게 재현해 놓은 우아하고 아름다운 인물의 형상을 바라보는 화가의 만면에 만족스러운 미소가 흘렀고, 그것은 좀 더 지속될 듯했다. 하지만 그는 갑자기 벌떡 일어나더니 눈을 감으며 눈꺼풀에 손가락을 가져갔다. 마치 자신이 어떤 신비로운 꿈에서 깨어날지도 모른다는 두려움에 그 꿈을 자신의 뇌리에 가두어 놓으려고 애쓰는 듯했다.

"바질, 이것은 자네의 가장 훌륭한 작품이야. 자네가 이제까지 만들어 낸 것 중 단연 최고란 말일세." 헨리 경이 나른한 말투로 말했다. "자네는 이 작품을 내년에 꼭 그로브너 갤러리에 출품해야 해. 왕립미술원은 너무 비대하고 아주 저속하거든. 그러니까 그로브너가 아주 적격이란 말이지."

"난 이 작품을 아무 데도 출품하지 않을 거라네." 바질이 대답했다. 그러면서 그는 옥스퍼드대학 시절 친구들의 비웃음을 사곤 했던 특이한 버릇대로 머리를 뒤로 젖혔다. "아니, 그림은 아무 데도 보내지 않을 거야."

헨리 경은 눈썹을 치켜세웠다. 그러고는 독한 아편이 든 자신의 담배에서 피어오른 연기가 만들어 내는 환상적인 소용돌이 모양의 가늘고 푸르른 고리들 사이로 그를 놀란 눈으로 바라보았다. "아무 데도 출품하지 않는다고? 여보게, 이 친구야, 왜지? 무슨 사연이라도 있는가? 자네 화가들은 참 이상한 친구들이야! 명성을 얻기 위해서 무엇이든 하다가도 그것을 얻어 내자마자 바로 또 내던져 버리기를 원하는 듯 행동한단 말이야. 출품을 안 하는 건 어리석은 행동이야. 세상에는 이야깃거리가 되는 것보다 더 나쁜 것이 딱 하나 있는데, 그건 바로 이야깃거리도 되지 못하는 것이지. 이런 초상화는 영국의 그 어떤 젊은 화가들보다 자네가 탁월하다는 것을 보여 줄 거란 말이야. 그리고 노인들이 어떤 감정을 느낄 수 있다고 한다면, 그들은 상당히 질투하겠지."

"자네가 나를 비웃을 거란 생각은 했었네." 그가 대답했다. "하지만 나는 정말로 이 작품을 전시할 수 없어. 거기에 내 존재를 너무 과하게 드러냈기 때문이지."

헨리 경은 소파에 긴 다리를 쭉 뻗으며 웃었다.

"그래, 나는 자네가 비웃을 줄 알았어. 하지만 아무래도 그건 사실이야."

"이 작품에 자신을 너무 과하게 드러냈다고! 바질, 맹세하지만 난 자네가 그렇게 허영이 가득한 줄 몰랐네! 그리고 진심으로 나는 굴곡 있는 강인한 얼굴선과 칠흑같이 검은 머리를 가진 자네하고, 마치 상아와 장미잎으로 이루어진 듯 보이는 이 젊은 아도니스 사이에 어떤 유사점도 찾을 수 없다네. 여보게, 바질. 이 인물은 나르키소스 같아. 물론 자네는 지적인 표정을 갖추었지. 하지만 아름다움이란, 진정한 아름다움이란 지적인 표정이 시작되는 지점에서 끝나 버린다네. 지성은 그 자체로 과한 것이어서 어떤 얼굴의 조화로움도 손상시켜 버리지. 사람이 생각하기 위해 자리 잡고 앉는 순간 코나 이마만 보여. 아니면 아주 흉측한 무엇이 되어 버리든가. 소위 배웠다고 하는 지식인 중에서 성공한 인간들을 보게나. 그들은 너무 소름 끼치는 존재라네! 물론 성직자는 예외지. 하지만 교회에 있는 그들은 생각을 하지 않아. 주교는 자기가 여덟 살 소년이었을 때 들었던 것을 여든 살이 되어서도 계속 떠들어 대. 그러니 언제나 기분이 좋아 보이는 거지. 자네가 내게 이 친구의 이름을 말해 주진 않았지만, 이 그림은 실로 내 마음을 사로잡는군. 자네의 신비로운 젊은 친구는 절대로 사유하지 않아. 나는 그것을 확실하게 느낄 수 있어. 그는 머리가 모자라면서도 아름다운 존재라네. 그는 우리가 바라볼 꽃이 없는 겨울에도 여기 있어야 하고, 우리가 머리를 식힐 만한 것을 원하는 여름날에도 항상 여기 있어야 해. 우쭐해하지 말게, 바질. 자네는 그 친구와 전혀 다르니까."

"해리, 자네는 날 이해하지 못하는군. 물론 나는 그와 달라. 나는 그것을 너무나 잘 알고 있어. 진심으로 내가 그와 닮았다고 한다면 유감스러운 일인데. 자네 지금 어깨를 으쓱한 건가? 나는 자네에게 진실을 말하고 있는 거라니까. 탁월한 용모와 지성은 치명적이라네. 역사 속에서 비틀거리며 추락하는 왕들을 괴롭혔을 듯한 치명적 운명처럼 말이야. 자신이 어울리는 친구와 다르지 않다면 더 좋겠지. 못생기고 멍청한 사람들이 가장 잘 살고 있어. 조용히 앉아서 넋 놓고 세상이라는 연극을 보면 되니까. 그들은 승리에 대해 아무것도 알지 못한다고 하지만 적어도 패배가 무엇인지는 알아. 그들은 우리가 모두 평온하고, 무심하고, 동요하지 않으며 살아야 하는 것처럼 살아간단 말일세. 그들은 다른 사람들에게 파멸을 가져다주지도 않고 외부의 세력에 의해 파멸하지도 않아. 해리, 자네에게는 지위와 부가 있고, 내게는 두뇌와 그 가치가 얼마나 되는지 모르지만 나름의 명성이, 도리언 그레이에게는 준수한 외모가 있어. 신들이 우리에게 부여해 준 것으로 인해 우리는 모두 고통받을 거야. 끔찍한 고통을 당할 거라네."

"도리언 그레이? 그게 그 친구의 이름인가?" 헨리 경이 방을 가로질러 바질 홀워드를 향해 걸어오며 말했다.

"그래. 그게 그 친구 이름이네. 자네에게 말해 주려 했던 것은 아니네만."

"아니, 왜?"

"설명은 할 수 없네. 나는 어떤 사람을 너무 좋아하면 누구에게도 그의 이름을 절대 발설하지 않아. 그 사람의 일부를 포기하는 것처럼 여겨지거든. 자네는 내가 얼마나 비밀을 사랑하는지 알잖아. 비밀이란 우리 현대인의 삶을 멋지고 신비롭게 만드는 유일한 것이거든. 흔하디흔한 것이라도 그것을 숨기기만 하면 유쾌해지지. 도시를 떠나게 돼도 나는 내가 어디로 가는지 사람들에게 절대로 말하지 않는다네. 말해 버리면 즐거움을 잃게 되거든. 어리석은 습관이긴 해. 하지만 어떤 면에서는 인간의 삶에 굉장한 낭만을 불러일으키지. 자네는 내가 아주 멍청하다고 여기겠지?"

"전혀 그렇지 않아." 헨리 경은 손을 바질의 어깨에 얹으며 대답했다. "전혀 그렇지 않다네. 여보게, 바질. 자네는 내가 결혼한 사실을 잊고 있는 듯하구면. 결혼의 매력 중 하나는 서로를 속이는 삶이 모두를 위해 필수가 된다는 점이지. 나는 내 아내가 어디 있는지 전혀 모르고, 내 아내도 내가 무엇을 하고 다니는지 전혀 알지 못해. 우리가 함께 있을 때, 즉 우리가 가끔 만나거나 함께 외식할 때, 혹은 공작의 거처에 방문할 때면 우린 세상에서 제일 진지한 얼굴을 한 채 가장 터무니없는 이야기를 나눈다네. 내 아내는 그것에 아주 능하지. 사실 나보다도 탁월해. 아내는 자기가 만나는 사람을 절대로 혼동하지 않아. 그런데 나는 항상 헷갈리거든. 아내는 내가 딴 짓하는 것을 알아챈다 해도 전혀 분란을 일으키지 않는다네. 나는 가끔 아내가 그래 주었으면 하고 바라지만, 그녀는 나를 비웃을 뿐이야."

"해리, 나는 자네가 결혼 생활에 대해 그렇게 이야기하는 것이 마음에 들지 않아." 바질 홀워드는 헨리 경의 손을 뿌리치며 정원으로 이어진 문 쪽으로 향하면서 말했다. "나는 자네가 아주 좋은 남편이라고 믿네. 그러나 자네는 자신이 지닌 미덕을 무척 수치스럽게 여기고 있어. 자네는 비상한 친구일세. 도덕적인 말은 하지 않지만, 그릇된 일도 절대 하지 않지. 자네의 냉소는 단순히 꾸며 낸 태도일 따름이야."

"자연스럽다는 것도 단순히 꾸며 낸 것에 지나지 않아. 그것은 내가 알기에 가장 짜증 나는 작위적 태도에 불과하다네." 헨리 경이 웃으며 말했다. 두 젊은이는 함께 정원으로 걸어 나갔다. 그들은 한동안 말이 없었다. 긴 침묵이 흐른 후 헨리 경이 시계를 꺼냈다. "바질, 유감스럽지만 가 봐야겠어." 그가 중얼거렸다. "떠나기 전에 내가 자네에게 했던 질문에 답해 주었으면 하네."

"무슨 질문이었지?" 땅에 시선을 고정한 채 바질 홀워드가 물었다.

"자네도 잘 알고 있을 텐데."

"모르겠는데, 해리."

"그렇다면 말해 주어야겠군."

"아니, 제발 말하지 말게."

"해야겠어. 자네가 왜 도리언 그레이의 초상화를 전시하지 않으려는지 설명해 주었으면 해. 자네의 진심을 알고 싶네."

"난 진심을 말했어."

"아니, 말하지 않았어. 자네는 거기에 너무나 과하게 자신을 투영시켰기 때문이라고 했어. 그런데 그것은 유치한 대답이야."

바질 홀워드는 헨리 경의 얼굴을 똑바로 바라보며 말했다. "해리, 감정을 담아 그려 내는 모든 초상화는 예술가의 자화상이지, 포즈를 취한 모델의 초상화가 아니라네. 모델은 단지 우연히 그 자리에 있던 것뿐이야. 화가에 의해 드러난 것은 모델이 아니야. 오히려 화가가 채색된 캔버스 위에 자신을 드러낸 것이지. 내가 이 그림을 전시장에 걸어 두지 않으려는 이유는 이것으로 인해 내 영혼이 품고 있는 비밀이 드러나는 것이 두려워서야."

해리 경은 웃었다. "그것이 무엇인가?" 그가 물었다.

"자네에게 말해 주지." 홀워드가 말했다. 곧 당혹스러워하는 표정이 얼굴에 번졌다.

"바질, 아주 기대가 되는군." 그를 바라보며 헨리 경이 말했다.

"아, 해리. 정말이지, 말해 줄 것도 별로 없어." 젊은 화가가 대답했다. "나는 자네가 이해하지 못할까 봐 두렵네. 아마도 내 말을 믿지 않을 거야."

해리 경은 미소 지으며 몸을 숙여 풀밭에 핀 분홍색 데이지를 꺾어 살펴보았다. "난 당연히 이해할 수 있을 거네." 그는 하얀 깃털 모양의 꽃잎이 달린 작은 금빛 원반을 유심히 바라보며 대답했다. "설령 신뢰할 수 없는 이야기라고 해도 믿어 줄 수 있어."

바람이 나뭇가지에 핀 꽃들을 흔들어 댔다. 군집을 이루듯 별무리 모양으로 한껏 핀 풍성한 라일락꽃들이 나른한 공기를 따라 이리저리 흔들렸다. 메뚜기가 풀숲에서 찌르르 울어 대기 시작했고, 가늘고 긴 잠자리는 갈색 망사 같은 날개를 펴고 날아갔다. 헨리 경은 마치 바질 홀워드의 심장 박동 소리까지 들을 수 있을 것 같았다. 그는 이제 무슨 일이 펼쳐질까 궁금했다.

"글쎄, 이것은 믿을 수 없는 일이라네." 홀워드는 다소 씁쓸하게 반복했다. "때로는 내가 생각하기에도 믿을 수 없는 일이지. 그것이 무슨 의미인지도 모르겠네. 이야기를 하자면 간단하네. 두 달 전 브랜던 부인 댁에서 열린 모임에 갔었네. 자네도 알다시피 우리 가난한 화가들은 때에 따라 사교 모임에 나가 줘야 해. 우리가 야만인이 아니란 점을 대중에게 상기시켜 주기 위해서지. 자네가 언젠가 말했듯이 연미복과 흰색 넥타이를 갖추어 입으면 누구라도, 심지어는 주식 중개인이라도 교양과 예의가 있다는 평판을 얻을 수 있지. 그렇게 10분 정도 방에 있으면서 과하게 차려입은 귀부인들, 재미없는 학자들과 이야기를 나누고 있었는데 갑자기 누군가가 나를 쳐다보고 있다는 사실을 의식하게 되었던 거야. 난 몸을 반쯤 돌렸고, 그때 도리언 그레이를 처음으로 보았지. 그와 눈이 마주쳤을 때 난 얼굴이 창백해지는 걸 느꼈어. 이상한 공포감이 엄습해 왔어. 너무나 매혹적이어서 그리하는 것이 허락된다고 하면 내 모든 본성, 내 모든 영혼, 내 안의 예술성 자체를 모두 흡입해 버릴 것 같은 그 누군가와 정면으로 마주하고 있다는 것을 알게 되었던 거지. 나는 내 인생에 어떤 외부의 것이 영향을 끼치는 것을 원하지 않았어. 해리, 자네도 잘 알고 있듯이 나는 천성이 아주 독립적인 사람이잖아. 아버지는 내게 군대에 가야 한다는 운명을 정해 주었어. 하지만 나는 옥스퍼드에 가야겠다고 고집스럽게 주장했지. 그랬더니 아버지는 내 이름을 미들템플법학원에 등록시켜 버렸어. 일주일도 지나지 않아서 나는 변호사의 길을 포기하고 화가가 되겠다는 의지를 공표했어. 나는 항상 내 인생의 주인이었어. 적어도 도리언 그레이를 만나기 전까지는 언제나 그랬지. 그런데 이걸 너에게 어떻게 설명해야 할지 모르겠어. 무엇인가가 내가 인생에서 끔찍한 위기에 직면했다고 말해 주는 듯했지. 운명이 나를 위해 특별한 즐거움과 슬픔을 준비해 놓은 듯한 이상한 느낌이 들었어. 내가 도리언에게 말을 걸게 된다면 절대적으로 그에게 헌신하게 될 거라는 점, 그래서 그에게는 말을 걸지 말아야 한다는 점을 알았던 것이지. 점점 두려움이 커져 나는 방을 나오려고 몸을 돌렸어. 내가 그렇게 행동한 것은 도덕적 양심 때문이 아니라 겁을 먹었기 때문이라네."

"도덕적 양심과 소심함은 실제로 같은 것이라네, 바질. 양심은 똑같은 것을 찍어 내는 회사의 상표 같은 것이야. 그뿐이지."

"나는 그 말을 믿지 않는다네, 해리. 하지만 동기가 어떠하든 나는 문으로 향했지. 자존심 때문이었을지도 모르지. 나는 아주 자존심이 센 편이었으니까. 하지만 거기서 브랜던 부인과 마주쳤어. '홀워드 씨, 당신 너무 빨리 도망가는 것 아니에요?' 그녀가 소리쳤어. 자네도 그녀의 날카롭고 끔찍한 목소리, 잘 알지?"

"그래. 그녀는 아름다움만 빼면 모든 면에서 공작새와 똑같지."

헨리 경이 데이지꽃을 긴 손가락으로 신경질적으로 찢어 버리며 말했다.

"그녀를 무시할 수 없었어. 그녀는 나를 왕족과 고관대작, 거대한 보석 장식에 매부리코를 한 나이 든 귀부인들에게 데려갔다네. 그녀는 내가 소중한 친구인 양 그들에게 소개했어. 나와 딱 한 번 만났을 뿐인데 나를 추켜세우는 거야. 당시에 내가 그린 어떤 작품이 대단한 성공을 거둬서 싸구려 신문에서 떠들어 댔는데, 19세기에는 신문에 실리는 게 불멸의 기준이었잖나. 그런데 갑자기 매력적인 면모로 내 마음을 흔들었던 그 젊은 친구와 마주하고 있다는 것을 깨달았어. 우리는 거의 닿을 만큼 아주 가까운 거리에 있었네. 우리는 눈이 다시 마주쳤지. 내가 미쳤던 건지 브랜던 부인에게 그 사람을 소개해 달라고 부탁했어. 어쩌면 그리 미쳤던 것은 아닌지도 몰라. 단순히 불가피한 상황이었던 거지. 우리는 소개받지 않았어도 서로에게 말을 걸었을 거야. 그건 확실해. 도리언도 나중에 그렇게 말했지. 그 친구도 우리가 결국은 서로를 알게 될 운명이었다고 느꼈다네."

"그래서 브랜던 부인은 그 멋진 청년을 어떻게 묘사하던가? 내가 알기로 그녀는 자신의 모든 손님에 대해 재빨리 요약해 주는 걸 좋아하지. 브랜던 부인이 나를 몹시 살기등등하고 붉은 얼굴을 한 노신사에게 데려갔던 기억이 나는군. 그녀는 내 귀에 대고 훈장과 휘장으로 뒤덮인 제복을 입은 그에 대해 속삭였는데, 안타깝게도 방에 있는 모든 사람이 다 알아들을 수 있을 정도였어. '땅딸보 선생 있잖아. 당신도 알고 있는, 그 아프가니스탄 전선에서 러시아의 음모에 관련됐다는 사람 말이야. 크게 성공한 사람인데, 그 아내는 코끼리에게 밝혀 죽었고…… 그 사람이 남편과 사별한 미국인 여성과 결혼하고 싶어 한다네. 요즘 사람들은 다 그렇게 하거든. 글래드스턴 씨를 증오한다나. …… 딱정벌레에 아주 관심이 많고 말이지 …… 그 사람에게 슈발로프에 대해 어떻게 생각하는지 물어봐요.' 나는 그냥 도망쳐 버렸어. 나는 직접 사람들에 대해 알아보는 것을 좋아하거든. 그러나 형편없는 브랜던 부인은 마치 경매인이 자기 물건을 다루듯 손님들을 대한다네. 그녀는 사람들에 대해 낱낱이 이야기하거나 자네가 알고 싶어 하는 것은 쏙 빼놓은 채 그들에 대해 알려주지. 어쨌든 그녀가 도리언 그레이 씨에 대해 뭐라고 말했는가?"

"아, 그녀는 이렇게 말했어. '매력적인 젊은이예요, 그 가엾고 소중한 어머니와 나는 떼어 놓으려 해도 뗄 수 없는 사이였어요. 같은 남자와 결혼하기로 했었지요, 내 말은 같은 날에 결혼하기로 했었다는 거예요. 정말 바보 같은 짓이었어요. 그가 뭐 하는 사람이라고 했는지 기억이 잘 안 나네. 아무것도 안 한다고 했었나. 아, 그래. 피아노를 치긴 했지. 아니 바이올린이었던가. 그렇지요, 그레이 씨?' 우리는 웃지 않을 수 없었어. 그리고 곧 친구가 되었지."

"우정을 쌓기에 웃음은 나쁘지 않은 출발점이지. 그리고 우정을 끝내기 위해서라면 최고이고." 헨리 경은 또 다른 데이지꽃을 꺾으며 말했다.

홀워드는 자기 손에 얼굴을 파묻었다. "해리, 자네는 우정이 무엇인지 이해하지 못하고 있군." 그는 불만스러운 듯 말했다. "적대감이 무엇인지도 모르고 말이야. 자네는 모든 사람을 좋아하지. 그 말은 자네가 모든 사람에게 무관심하다는 것이야."

"심한 말을 하는군!" 헨리 경이 모자를 뒤로 기울여 쓰며 항변했다. 그는 터키옥 빛깔의 텅 빈 여름 하늘을 가로질러 흘러가는 작은 뭉게구름을 올려다보았다. "그래, 자넨 끔찍이도 말도 안 되는 소리를 하고 있군. 난 사람마다 커다란 차이를 두고 만나네. 외모가 멋지면 친구로 삼고, 성격이 좋으면 지인으로, 똑똑하면 적으로 삼지. 적을 선택할 때는 아주 조심해야 해. 난 바보를 적으로 삼은 적이 없네. 내 적들은 모두 어느 정도 지적인 능력을 갖춘 사람들이지. 그래서 그들은 모두 나를 인정해 주지. 이런 내가 허영에 찬 것인가? 다소 허영심이 있는지도 모르지."

"내 생각에도 그것은 허영이네, 해리. 하지만 자네가 말하는 범주에 따르면 나는 단순한 지인에 불과하겠군."

"여보게, 오랜 친구. 자네는 지인 그 이상이지."

"그리고 친구보다는 훨씬 못하고. 일종의 형제 같은 존재 아닐까 생각하는데?"

"아, 형제라! 나는 형제를 좋아하지 않아. 내 형은 죽지도 않을 것 같고 내 동생들은 놀면서도 절대 뭘 하려고 들지 않아."

"해리!"

"여보게, 내 소중한 친구. 내가 정말 진지하게 말하는 것은 아니네. 하지만 난 그들을 혐오하지 않을 수 없어. 내 생각에 그것은 우리가 우리 자신과 똑같은 오점을 지닌 타인을 봐줄 수 없기 때문이야. 나는 소위 상류층의 악덕에 영국 서민들이 분노하는 것에 아주 공감하네. 그들은 술에 취하고 멍청하며 비도덕적인 것이 자신들의 특별한 자산이 되어야 한다고 느끼지. 그래서 만약 우리 중 누가 바보짓을 하면 우리가 자신들의 영역을 침범한다고 생각하는 거야. 가난한 서더크 사람들이 이혼 법정에 드나들게 되었을 때, 그들의 분노는 아주 극에 달했어. 하지만 말이야, 내 생각에 하류층 인간들의 10퍼센트도 자기 아내하고 같이 살지 않아."

"나는 자네의 말에 전혀 동의하지 않네. 게다가 해리, 자네도 그 말을 믿지 않을 테지."

헨리 경은 뾰족한 갈색 턱수염을 어루만지며 술 달린 등나무 지팡이로 에나멜가죽 부츠의 코를 톡톡 두드렸다. "바질, 자네는 참으로 영국인답군! 누군가 진정한 영국인에게 새로운 생각을 제시하면, 항상 그 생각이 맞는지 틀리는지에 대해서는 꿈에도 생각해 보지 않는다네. 정말 중요하게 생각하는 유일한 것은 자신이 그것을 믿을지 말지인 거지. 생각의 가치는 그것을 표현하는 사람의 진지함과는 아무런 상관이 없어. 진실로, 진심에서 우러나지 않으면 않을 수록 그 생각은 더 지적일 확률이 높아. 그럴 경우에 그가 원하는 것, 욕망, 편견에 생각이 물들지 않을 테니까. 하지만 자네와 정치학, 사회학, 형이상학 등을 논하자고 제안하는 것은 아니야. 나는 원리 원칙보다 사람이 더 좋다네. 도리언 그레이에 대해 좀 더 말해 주게. 자네는 얼마나 자주 그를 만나는가?"

"매일 만나지. 매일 그를 보지 못한다면 난 행복하지 않을 거야. 물론 때로는 몇 분밖에 못 볼 때도 있긴 하지. 하지만 자신이 흠모하는 사람과 함께하는 몇 분은 상당히 큰 의미가 있지."

"하지만 그를 진정으로 흠모하지는 않겠지?"

"아니, 흠모한다네."

"정말 놀라운 일이군! 나는 자네의 그림, 아니 자네 예술이라고 해야겠지. 그것 말고는 자네가 아무것도 신경 쓰지 않을 거라고 생각했네. 예술이란 말이 더 멋지게 들리지, 그렇지 않은가?"

"이제 그 친구가 내 예술의 전부라네. 해리, 때때로 나는 세계 역사에서 중요한 시기는 오직 두 시대뿐이라고 생각한다네. 첫째는 예술을 위한 새로운 매체가 출현한 시대이고, 둘째는 그 예술을 위해 새로운 인물이 출현한 시기지. 유화의 발견이 베네치아인에게 그랬듯이, 안티누스의 얼굴이 후기 그리스 조각가에게 그러했듯이, 도리언의 얼굴은 언젠가 내게 중요한 전기가 될 것이네. 나는 단순히 그를 보면서 드로잉을 하고 색을 칠하는 것만이 아니야. 물론 나는 그 모든 것을 해 보았지. 그는 화사한 갑옷을 입은 파리스처럼, 사냥꾼의 망토를 두르고 빛나는 창을 든 아도니스처럼 서 있었지. 활짝 만개한 연꽃을 머리에 두르고 하드리아누스의 뱃머리에 앉아 푸르고 탁한 나일강을 들여다보고 있었지. 그는 그리스의 어떤 숲속에 있는 잔잔한 연못에 몸을 기울여 고요한 은빛 수면에 비친 자신의 아름다움이 빚어낸 경이로움을 바라보고 있기도 했지. 하지만 그는 내게 그보다 훨씬 더한 의미가 있어. 내가 그를 모델로 삼아 작업한 그림에 만족하지 못한다거나 그의 아름다움이 예술로 표현할 수 없는 것이라고 말하지는 않겠네. 예술이 표현할 수 없는 것은 없어. 그리고 도리언 그레이를 만난 이후 만든 작품이 내 생애 최고의 걸작이라는 걸 알아. 그러나 신기하게도 말이지, 자네가 이해할지 모르겠지만 그가 지닌 매력은 완전히 새로운 방식의 예술, 새로운 스타일을 내게 제시해 준다네. 나는 이제 사물을 다르게 보고, 다르게 생각해. 나는 이제 그럭저럭 전에는 내가 몰랐던 삶을 재창조할 수 있게 되었어. '사유하는 나날에 형상으로 살아난 꿈',[1] 이걸 말한 사

---

[1] 19세기 영국 시인 오스틴 돕슨의 시 「그리스 소녀에게」에 나오는 구절.

람이 누구였더라? 잊어버렸네그려. 아무튼 도리언 그레이는 내게 그런 존재야. 그 젊은이의 존재감이란…… 그 친구는 이제 갓 스무 살이 넘었지만 내겐 소년으로밖에 보이지 않아…… 아, 그의 시각적 존재감이란! 이게 무슨 말인지 자네가 모두 깨달을 수 있을지 하는 의문이 드네. 무의식중에 그의 존재는 내게 새로운 스타일의 그림 기법에 대한 영감을 준다네. 그 자체로 낭만적인 정신이 깃든 열정, 그리스적인 정신의 완전성을 모두 갖춘 그런 기법 말일세. 몸과 영혼의 조화, 그것은 얼마나 대단한지! 우리는 어리석어서 그 둘을 분리했고, 야만적인 사실주의와 공허한 이상을 발명해 냈지. 해리! 해리! 도리언 그레이가 내게 어떤 존재인지 자네가 알았으면 싶네! 애그뉴가 막대한 금액을 제시했지만 내가 팔지 않았던 풍경화를 기억하는가? 내가 이제까지 그렸던 최고의 작품 중 하나라네. 그런데 왜 그런지 아는가? 왜냐하면 내가 그 그림을 그리고 있을 때 도리언 그레이가 내 옆에 앉아 있었기 때문이야."

"그거 아주 놀라운 일이군, 바질! 도리언 그레이를 꼭 만나 봐야겠어."

홀워드는 자리에서 일어나 정원을 이리저리 걸었다. 잠시 후 그가 돌아왔다. "자넨 이해를 못 하는군, 해리." 그는 말했다. "도리언 그레이는 내게 단지 작품의 모티프일 뿐이라네. 어떤 그의 이미지도 형상화되지 않았을 때야말로 내 작품 안에 그의 존재감이 드러나는 것이지. 나는 어떤 선의 휘어짐에서, 어떤 색의 아름다움과 미묘함에서 그를 본다네. 그뿐이야."

"그렇다면 왜 그의 초상화를 전시하지 않겠다는 건가?"

"그건 내가 그 안에 아주 특별한 로맨스를 쏟아부었기 때문이네. 물론 그것에 대해서 그에게 감히 말하지는 못했지만 말이야. 그는 아무것도 몰라. 그는 절대 알지 못할 것일세. 그러나 세상 사람은 추측해 낼 수 있을지도 몰라. 그래서 나는 그들의 얄팍하고 호기심 어린 시선에 내 영혼을 드러내지 않을 거란 말이네. 절대로 내 마음을 그들의 현미경 아래 드러내 놓을 수 없어. 이 그림에는 나 자신이 너무도 많아. 해리, 나 자신이 너무도 많단 말이네!"

"시인들은 자네만큼 그렇게 양심적이지 않아. 그들은 낭만적 열정이나 고통이 작품을 출판하는 데 얼마나 유용한지 알고 있어. 요즘은 상처 입은 마음을 담은 책들이 잘 팔릴 걸세."

"그 때문에 나는 그들을 증오하지. 예술가는 아름다운 것을 창조해야 하지만 그 안에 자신의 삶을 투영시키지 말아야 해. 우리는 예술을 마치 자서전의 한 형식으로 대하는 시대에 살고 있다네. 우리는 미에 대한 추상적 감각을 상실했어. 내가 살아 있는 한, 세상에 그것이 무엇인지 보여 줄 거야. 바로 그 이유로 세상은 도리언 그레이의 초상화를 절대 보지 못할 거야."

"난 자네가 틀렸다고 생각하네, 바질. 하지만 자네와 논쟁하지는 않겠어. 논쟁하게 되면 누구나 지적으로 길을 잃게 될 뿐이라네. 말해 주게. 도리언 그레이는 자네를 아주 좋아하는가?"

홀워드는 잠시 생각했다. "그는 나를 좋아해." 그는 망설이다 대답했다. "그 친구가 날 좋아한다는 건 알아. 물론 내가 그에게 끔찍이도 아첨을 하거든. 그에게 말한 걸 나중에 내가 후회할 거라는 점은 알지만 그에게 말할 때는 이상한 기쁨을 느껴. 내 진심을 드러내 버린 거지. 대체로 그는 내게 친절하게 대해 준다네. 그리고 우리는 클럽에서부터 팔짱을 끼고 함께 집으로 돌아와 스튜디오에 앉아서 수천 가지 주제로 대화하지. 그러나 가끔 그는 끔찍할 정도로 배려심이 없어서 내게 고통을 주는 데서 진정한 기쁨을 찾는 듯해. 그러면 해리, 나는 그의 옷에 꽂은 꽃처럼 내 영혼을 취급하는 누군가에게 스스로 영혼을 전부 내주는 것은 아닌가 하는 생각이 든다네. 그의 허영을 만족시키는 한 조각 장식, 여름날을 위한 장식 같은 존재 말일세."

"바질, 여름날은 더디 지나간다네. 아마도 자네는 그보다 더 빨리 질려 버릴 거야. 생각해 보면 슬픈 일이지만, 확실히 천재성은 아름다움보다 오래 지속되지. 그것은 우리가 모두 지나치게 많은 교육을 받으려고 무척이나 고생하고 있다는 사실을 설명해 줘. 존재하기 위해 거친 투쟁을 하면서 우리는 오래 지속되는 무언가를 갖고 싶어 해. 그러다 자기 자리를 지키겠다는 어리석은 희망으로 우리 마음을 쓰레기와 사실이란 것들로 채운다네. 아주 박식한 사람, 그런 사람이 현대의 이상이지. 아주 박식한 사람의 마음은 끔찍한 것이야. 마치 노점상과도 같아서 기괴한 것들과 먼지뿐이지. 그리고 모든 것에 적정한 가치 이상의 가격이 매겨져 있어. 나는 자네가 먼저 지칠 거라고 생각하네. 언젠가 자네는 그를 바라보면서 뭔가 조화롭지 않은 점을 보게 될 걸세. 그 후 그가 지닌 색감이나 뭐 그런 것이 마음에 들지 않겠지. 자네는 마음속으로 몹시도 그를 비난하고, 그가 자네에게 아주 심하게 대했던 것을 진지하게 생각하게 될 걸세. 그 후 그가 찾아오면 자네는 완전 차갑고 무관심해질 거야. 마음이 무척 아프겠지만, 그 생각이 자네를 바꿔 놓을 테니까. 낭만을 누릴 때 생기는 최악은 그것이 사람을 낭만적이지 않도록 만든다는 것이지."

"해리, 그런 식으로 말하지 말게. 내가 살아 있는 한 도리언 그레이라는 존재가 나를 지배할 거야. 자넨 내가 느끼는 것을 느낄 수 없어. 자네는 너무나 변덕이 심해."

"아, 여보게 바질. 바로 변덕 때문에 내가 그렇게 느끼는 것일세. 신뢰할 수 있는 사람들은 사랑의 기쁨만 알지만, 신뢰할 수 없는 사람들은 사랑의 비극까지 알거든." 헨리 경은 고급스러운 은색 상자에서 담배를 꺼내 성냥을 그어 불을 붙이고는 마치 인생을 한마디로 정의해 버린 듯 자의식적이며 자족적인 태도로 담배를 피우기 시작했다. 담쟁이덩굴에서 재잘대는 참새들이 바스락거리는 소리가 들리고, 구름이 만들어 내는 푸르른 그림자가 제비처럼 풀밭을 가로지르며 구름을 쫓아갔다. 정원은 얼마나 기분 좋은 곳인가! 또한 다른 사람의 감정이란 얼마나 큰 즐거움을 주는가! 사람들의 생각보다도 감정이 그에게는 훨씬 더 큰 즐거움을 주는 듯했다. 자신의 영혼, 친구들의 열정, 그런 것들은 인생에서 매력적인 것들이다. 그는 바질 홀워드와 함께 있느라고 놓쳐 버린 지루한 오찬을 생각하며 즐거워했다. 숙모 댁에 갔더라면 분명히 굿보디 경을 만났을지도 모른다. 그러면 대화는 온통 빈자들의 주택 문제나 하숙집의 필요성에 대한 것일 테다. 그 모든 것에서 벗어났으니 얼마나 멋진 일인가! 숙모에 대해 생각하던 중 어떤 기억이 떠올랐다. 그는 홀워드를 향해 돌아서며 말했다. "여보게, 방금 기억이 하나 떠올랐네."

"무슨 기억인가, 해리?"

"도리언 그레이라는 이름을 어디서 들었는지 말이야."

"어디서였는데?" 홀워드는 살짝 미간을 찌푸리며 물었다.

"그리 화난 표정 짓지 말게, 바질. 숙모님 댁에서였어. 애거사 부인 말이야. 숙모는 이스트엔드에서 그녀를 도와주려던 멋진 젊은 이를 발견했는데, 그 친구의 이름이 도리언 그레이라고 했어. 숙모는 그가 잘생겼다는 말은 전혀 하지 않았다는 점을 말해 줘야겠네. 여자들은 잘생긴 외모를 알아보지 못해. 적어도 훌륭한 여자들은 그렇지. 숙모는 그 사람이 아주 진정성 있고, 아름다운 성정을 지녔다고 말하더군. 나는 즉시 안경을 쓰고 가늘고 축 늘어진 머릿결에 끔찍할 정도로 주근깨투성이 얼굴을 하고 커다란 발로 쿵쿵거리며 걸어 다니는 한 인간을 그려 보았어. 그게 자네 친구라는 것을 알았더라면 좋았을 텐데 말이지."

"몰랐으니 정말 다행이군, 해리."

"왜?"

"나는 자네가 그를 만나지 않았으면 해."

"도리언 그레이 씨가 스튜디오에 와 계십니다, 주인님" 집사가 정원으로 들어오며 말했다.

"이제 나를 소개해 줘야겠네그려." 헨리 경이 웃으며 말했다.

바질 홀워드는 햇볕으로 인해 눈을 찡그리며 서 있는 집사를 향해 돌아섰다. "그레이 씨에게 좀 기다려 달라고 해 주게, 파커. 잠시 후에 들어가겠네." 집사는 고개 숙여 인사하고 돌아갔다.

홀워드는 헨리 경을 쳐다본 뒤 말했다. "도리언 그레이는 나의 가장 소중한 친구일세. 그는 순수하고 아름다운 심성을 지녔어. 자네 고모가 그에 대해 한 말은 정말 맞는 말이야. 나를 봐서 그를 망치지 말아 주게. 그에게 영향력을 행사하지 말아. 자네는 나쁜 영향을 미치게 될 거야. 세상은 넓고 멋진 사람들은 많아. 내 삶을 절대적으로 아름답게 만들어 준 사람, 내 예술에 경이로움과 매력을 더

해 준 그 한 사람을 내게서 빼앗아 가지는 말게. 해리, 부탁이야. 자네를 믿네." 그는 억지로 짜낸 듯 아주 천천히 말했다.

　"참, 말도 안 되는 소리를 하는군!" 헨리 경은 미소를 지으며 말했다. 그는 홀워드의 팔을 잡고 거의 집 안으로 끌고 가다시피 들어갔다.

2장

그들은 들어서며 도리언 그레이를 보았다. 그는 등을 보인 채 피아노 앞에 앉아 슈만의 『숲의 정경』 악보집을 넘겨 보고 있었다. "이 책 좀 빌려주세요, 바질." 그가 말했다. "이 곡들을 좀 배워 보고 싶어요. 너무나 멋진 곡이로군요."

"그건 전적으로 자네가 오늘은 얼마나 포즈를 잘 취해 줄 건지에 달려 있다네, 도리언."

"아, 저는 모델로 앉아 있는 것에 질렸어요. 그리고 실물 크기의 초상화를 바라지도 않는다고요." 청년은 고집스럽고 까칠한 자세로 피아노 의자에 앉아 몸을 빙빙 돌리며 대답했다. 헨리 경이 그의 시야에 들어오자 볼에 희미한 홍조가 잠시 퍼졌다. 그는 말을 이어 갔다. "미안합니다, 바질. 당신이 누군가와 함께 있는지 몰랐습니다."

"이쪽은 헨리 워턴 경일세, 도리언. 옥스퍼드 재학 시절부터 만난 나의 오랜 친구라네. 나는 조금 전 자네가 얼마나 훌륭한 모델인지 말해 주었는데, 자네가 모든 것을 망쳐 버렸네."

"제가 당신과 만나는 기쁨까지 망친 것은 아닙니다, 그레이 씨." 헨리 경이 앞으로 나서 그와 악수하며 말했다. "제 숙모님이 종 종 당신에 대해 이야기하곤 하더군요. 당신은 그녀가 좋아하는 사 람 중 한 사람입니다. 그리고 유감스럽지만 그녀의 희생물이기도 하 지요."

"저는 현재 애거사 부인의 블랙리스트에 올라가 있습니다." 도 리언이 회개하는 듯한 우스운 표정을 지으며 대답했다. "저는 지난 화요일에 화이트채플에서 있었던 모임에 그녀와 함께 가겠다고 약 속했는데, 정말 그것을 까맣게 잊어버렸습니다. 함께 듀엣곡을 연주 하기로 했었죠. 제 기억으로 세 곡이었어요. 부인이 제게 뭐라고 할 지 모르겠어요. 너무 두려워 찾아가 보지도 못하고 있습니다."

"아, 그러면 제가 당신이 숙모님과 화해할 수 있게 해 보겠습니 다. 숙모님은 당신을 아주 좋아해요. 그리고 제 생각에 당신이 거기 에 가지 않은 것은 그리 큰 문제는 아니에요. 관객은 아마 듀엣곡이 라고 생각했을지도 몰라요. 애거사 숙모님이 피아노를 치기 위해 자 리를 잡으면 두 사람이 내는 듯한 아주 큰 소리를 만들어 내니까요."

"그분에게는 아주 불쾌한 말씀이네요. 그리고 제게도 그리 좋 은 말씀은 아닌 듯합니다." 도리언이 웃으며 대답했다.

헨리 경이 그를 바라보았다. 맞다. 멋진 곡선의 선홍빛 입술, 시원하고 푸른 눈, 곱슬곱슬한 황금빛 머릿결을 한 그는 분명 아주 놀라울 정도로 잘생겼다. 그의 얼굴에는 보는 사람이 그를 즉시 믿 게 하는 무엇이 있었다. 한창때인 젊음이 뿜어내는 열정적 순수함 뿐 아니라 젊음의 솔직함도 있었다. 사람들은 세상의 때가 묻지 않 도록 그가 자신을 지켜 왔다고 느낄 것이다. 바질 홀워드가 그를 추앙하는 것도 이상한 일이 아니다. 그는 숭배의 대상으로 만들어진 것이다.

"그레이 씨, 당신은 자선 활동에 참여하기에는 너무나 멋진 사람입니다. 지나치게 매력적이에요." 그러면서 헨리 경은 소파에 몸을 던지듯 앉으며 담배 케이스를 열었다.

홀워드는 물감을 섞고 붓을 준비하느라 분주했다. 근심 가득한 표정이었고, 헨리 경의 마지막 말을 듣고는 그를 바라보며 잠시 머뭇거리는 듯하더니 말했다. "해리, 나는 오늘 이 그림을 끝냈으면 하네. 자네에게 이만 돌아가 달라고 부탁한다면 무례하다고 생각할 텐가?"

헨리 경은 미소를 지었다. 그리고 도리언 그레이를 바라보았다. "그레이 씨, 내가 가야 하는 건가요?" 그가 물었다.

"오, 제발 그러지는 마십시오, 헨리 경. 바질이 언짢은가 보네요. 전 그가 부루퉁한 얼굴을 하는 것을 참을 수가 없습니다. 게다가 전 당신이 왜 제가 자선 모임에 가지 말았으면 하는지 말씀해 주셨으면 합니다."

"내가 그걸 말해 줄 수 있을지는 잘 모르겠습니다, 그레이 씨. 하지만 당신이 가지 말라고 부탁했으니 도망가지 않겠습니다. 바질, 자네도 괜찮지? 자네는 종종 모델과 대화를 주고받을 사람이 있으면 좋겠다고 말했잖아."

홀워드는 입술을 깨물었다. "도리언이 원한다면 물론 더 머물러도 돼. 도리언의 변덕은 본인을 제외한 모든 사람에게 법이니까."

헨리 경이 모자와 장갑을 집어 들었다. "자네는 아주 집요하군, 바질. 그러나 유감스럽게도 나는 가 봐야 하네. 올리언스에서 누군가를 만나기로 했거든. 안녕히 계시지요, 그레이 씨. 언제 오후에 커 즌가에 들르세요. 우리 한번 만나지요. 오후 5시면 나는 항상 집에 있습니다. 오게 되면 연락하세요. 당신과 길이 엇갈린다면 유감일 테니까요."

"바질." 도리언 그레이가 외쳤다. "헨리 경이 가면 나도 돌아갈 거예요. 당신은 그림을 그리는 동안에는 절대 입을 열지 않잖아요. 단상에 서서 즐거운 표정을 지으려 애쓰는 것이 얼마나 지루한지 몰 라요. 그에게 머물러 있으라고 해 줘요. 이렇게 간청할게요."

"있어 주게나, 해리, 도리언을 봐서. 또 나를 봐서." 홀워드가 자신의 그림에 집중하듯 바라보면서 말했다. "맞는 말이야. 나는 작 업하는 동안 절대 말을 하지도, 듣지도 않는다네. 불쌍한 모델들에 겐 틀림없이 가혹할 정도로 지루한 과정이지. 이렇게 부탁하니 더 머물러 있게나."

"하지만 올리언스에서 만나기로 한 내 친구는 어쩌고?"

홀워드가 웃었다. "그건 전혀 어려운 문제가 아니라고 생각하 네. 다시 앉게, 해리. 자, 도리언, 일어나서 단상에 올라가 최대한 움직 이지 말고 있어 보게. 헨리 경의 이야기를 귀담아듣지도 말고. 이 친 구는 나를 제외한 모든 친구에게 매우 나쁜 영향을 미친다네."

도리언은 단상에 올라서서 젊은 그리스 순교자의 자세를 취했 다. 그리고 헨리 경에게 뾰로통한 표정을 지어 보였다. 그는 헨리 경 을 좋아하게 되었다. 헨리 경은 홀워드와 아주 달랐다. 그들은 재미 있는 대조를 이루었다. 그리고 그는 너무도 아름다운 목소리를 가지 고 있었다. 잠시 후 도리언 그레이가 그에게 말했다. "헨리 경, 당신 은 정말 나쁜 영향을 끼치나요? 바질이 말한 대로 나쁜 분인가요?"

"좋은 영향 같은 것은 애초에 없습니다, 그레이 씨. 모든 영향은 비도덕적이에요. 과학적인 관점에서 보면 비도덕적이죠."

"왜죠?"

"사람에게 영향을 미친다는 것은 그에게 자기 자신의 영혼을 강요한다는 것이기 때문입니다. 영향을 받은 사람은 자신만의 생각을 하지 못하고, 자기만의 열정으로 불타오르지도 못합니다. 사람의 미덕은 정말로 존재하는 것이 아닙니다. 죄라는 것도 있다고 한다면, 그의 죄는 빌려 온 것입니다. 그는 다른 누군가의 음악을 울리는 메아리가 됩니다. 자신을 위해 쓰이지 않은 배역을 연기하는 배우가 됩니다. 인생의 목적은 자기 발전입니다. 자신의 본성을 완벽하게 깨닫는 것이 우리 각자가 세상에 존재하는 이유입니다. 이 시대의 사람들은 스스로를 두려워합니다. 그들은 모든 의무 중에서 가장 고귀한 것을 망각하고 있어요. 자기 자신에 대한 의무 말입니다. 물론 그들은 자비롭습니다. 그들은 가난한 자에게 먹을 것을 주고 거지에게 옷을 입혀 줍니다. 그러나 그들 자신의 영혼은 굶주리고 헐벗었습니다. 용기는 인류에게서 멀리 사라졌지요. 아마 우리는 그것을 가질 수 없을지도 모릅니다. 사회에 대한 두려움이 도덕의 기반이 되고, 신에 대한 두려움은 종교의 비밀입니다. 이것이 우리를 지배하는 두 가지입니다. 그렇지만……."

"자네 머리를 오른쪽으로 약간만 돌려 보게, 도리언. 착한 아이처럼 말이야." 홀워드가 작업에 몰두하며 말했다. 그는 자신이 이전에는 전혀 보지 못했던 표정이 청년의 얼굴에 나타난 것만 신경을 쓰고 있었다.

"그렇지만." 헨리 경은 낮고 음악적인 목소리로 말을 이어 갔다. 거기에 항상 그만의 개성인 손동작, 이튼칼리지 시절부터 지니고 있던 우아한 습관이 더해졌다. "나는 한 인간이 자신의 인생을 온전하고 완전하게 살아 내려 한다면, 모든 감정에 형식을 부여하고 모든 사유에 표현력을 더하고 모든 꿈에 현실성을 더한다면, 세상은 중세 시대의 모든 병폐를 잊고 환희 섞인 유쾌한 충동을 얻을 것이라고 믿습니다. 헬레니즘의 이상향으로, 아니 그보다 좀 더 세련되고 풍요로운 것으로 돌아가겠지요. 그러나 우리 중에 가장 용감한 자라고 해도 자신을 두려워해요. 원시적 야생성을 훼손해 버리면 자기를 부인하게 되는 비극적 생존에 이를 뿐이고, 결국 우리 삶을 해치게 됩니다. 우리는 자신을 거부한 것에 대한 처벌을 받는 겁니다. 우리가 옥죄려고 사투하는 모든 충동이 우리 마음에 가득 차서 독이 되거든요. 몸은 한번 죄를 범하고 나면 그 죄와 끝을 맺습니다. 행위는 정화의 양식이기 때문이지요. 행위를 하고 나면 기쁨에 대한 회상, 혹은 후회라는 사치 말고는 아무것도 남아 있지 않습니다. 유혹을 제거하는 유일한 방법은 그것에 굴하는 것입니다. 저항해 보시지요. 그러면 당신의 영혼은 그것이 금기한 것들에 대한 갈망으로, 그 무시무시한 법들이 극악무도하다거나 불법으로 규정해 버린 것에 대한 욕망으로 아파하게 됩니다. 세상의 크나큰 사건은 머릿속에서 벌어진다는 말이 있습니다. 세상의 큰 죄악 또한 머릿속, 오직 그곳에서만 발생합니다. 그레이 씨, 붉은 장밋빛 젊음과 흰 장밋빛 소년기를 보내고 있는 당신도 자신을 두렵게 하는 열정과 공포와 백일몽, 그리고 기억에 떠올리는 것만으로도 수치심에 얼굴이 달아오르는 꿈들을 품었을 것입니다."

"그만!" 도리언 그레이가 중얼거렸다. "그만하세요! 당신은 나를 혼란스럽게 하네요. 뭐라고 말해야 할지 모르겠습니다. 당신에게 해 줄 말이 있겠지만, 지금은 생각이 나지 않아요. 아무 말도 하지 마세요. 생각을 좀 해 보게요. 아니, 오히려 생각하지 않도록 날 내버려 두기를 바랍니다."

그는 거의 10여 분 동안 자리에서 움직이지 않고, 입술은 벌린 채 기묘하게 빛나는 눈을 하고 서 있었다. 그는 새로운 충동들이 자기 안에서 일어나는 것을 희미하게 의식했다. 그 충동들은 진정으로 자신으로부터 생겨난 것 같았다. 바질의 친구가 해 준 몇 마디 말, 우연히 해 준 말, 그리고 분명히 그 안에 의도적인 역설이 담긴 말은 어떤 비밀스러운 화음을 연주하고 있었다. 이전에는 절대로 연주된 적이 없던 화음이었다. 그러나 그는 지금 신기한 충동에 전율하며 요동치고 있음을 느꼈다.

음악은 그와 같이 그를 뒤흔들어 놓았었다. 음악은 무수히 그를 괴롭혀 왔었다. 그러나 정확하고 분명하지 않았다. 음악은 새로운 세계가 아니라 오히려 우리 안에서 새로운 혼돈을 만들어 냈다. 그런데 언어는! 단순한 말은! 얼마나 끔찍한가! 말은 얼마나 분명하고 생생하고, 잔인한가! 인간은 말로부터 도망칠 수가 없다. 하지만 그것이 가진 실로 미묘한 마법이란! 그것은 무형의 것에 실질적인 형식을 부여할 수 있고, 비올이나 류트처럼 달콤한 그 자신만의 음악을 구현할 수 있는 것처럼 보인다. 단순한 언어인데도! 언어처럼 실재하는 것이 있을까?

그래, 그가 소년 시절에 이해하지 못했던 것들이 있었다. 그는 이제 그것들을 이해하게 되었다. 인생이 갑작스레 그에게 불꽃 같은 빛깔을 띠었다. 그는 그동안 자신이 불길 속을 걸어왔던 것 같았다.

그것을 왜 몰랐을까?

헨리 경은 슬픈 미소를 지으며 젊은이를 바라보았다. 그는 언제 아무런 말 없이 있어야 하는지, 그 결정적인 심리적 작용이 일어나는 순간을 알고 있었다. 그는 격하게 관심이 쏠렸다. 자신의 말이 만들어 낸 갑작스러운 영향에 놀랐다. 그가 열여섯 살 때 읽었던 책이 떠올랐다. 그 책은 그가 전에는 알지 못했던 많은 것을 자신에게 드러내 보여 주었다. 도리언 그레이도 같은 경험의 터널을 지나고 있는지 궁금했다. 그는 단지 공중에 화살을 쏘았던 것이다. 화살이 과녁에 맞았을까? 참으로 매혹적인 젊은이였다!

홀워드는 경이롭고 대범한 붓놀림으로 그림에 빠져들고 있었다. 그것은 오직 붓끝의 힘으로부터 비롯된 진정한 세련미와 완벽한 섬세함을 지니고 있었다. 그는 이 고요함을 의식하지 못했다.

"바질, 전 서 있는 데 지쳤어요." 도리언 그레이가 갑작스레 소리쳤다. "나가서 정원에 좀 앉아 있어야겠어요. 여기는 공기가 답답해요."

"여보게 친구, 정말 미안하네. 난 그림을 그리고 있을 때는 아무 생각도 하지 않아. 자네는 여느 때보다 포즈를 잘 취해 주었어. 완벽할 정도로 가만히 있어 주었네. 그래서 나는 내가 원했던 것을 얻었지. 반쯤 벌어진 입술, 밝게 빛나는 눈빛 말이야. 해리가 자네에게 뭐라고 했는지 모르겠지만 그는 분명히 자네가 가장 멋진 표정을 만들어 내도록 한 거야. 그가 자네를 칭찬하고 있었나 보군. 그렇지만 그가 하는 말을 하나도 믿어서는 안 되네."

"그는 저를 칭찬하지 않았어요. 아마도 그래서 전 그가 한 말을 아무것도 믿지 않나 봐요."

"당신은 그것을 모두 믿고 있을 겁니다." 헨리 경이 그를 보면서 꿈꾸는 듯한 나른한 눈으로 말했다. "나는 당신을 따라 정원으로 나가겠습니다. 방이 무척이나 더운데, 바질. 차가운 음료를 좀 마시자고. 딸기를 넣은 음료 같은 것 말일세."

"물론이지, 해리. 벨만 누르게나. 파커가 오면 그에게 자네가 원하는 것을 말하지. 나는 배경을 좀 더 작업해야겠네. 그러니 나중에 합류하지. 도리언을 너무 오래 붙잡아 두지 말게나. 오늘처럼 그림이 잘 그려진 적이 없었어. 이 작품은 나의 걸작이 될 거야. 지금 그대로도 내 걸작이란 말일세."

헨리 경이 정원으로 나가 보니 도리언 그레이가 크고 시원한 라일락꽃들 사이에 얼굴을 파묻고 있는 것이 보였다. 그는 마치 그것이 와인이라도 되는 양 열렬하게 그 향을 들이마시고 있었다. 헨리 경은 그에게 가까이 다가가 손을 그의 어깨에 올려놓았다. "당신은 잘하고 있습니다." 그가 속삭였다. "영혼 말고는 그 무엇도 감각을 치유할 수 없는 것처럼, 감각 이외에는 아무것도 영혼을 치유할 수 없습니다."

청년은 흠칫하며 물러섰다. 모자를 쓰지 않아서 나뭇잎이 그의 곱슬머리를 헝클어뜨리며 윤기가 흐르는 머리털과 뒤얽혔다. 사람들이 누군가로 인해 갑자기 깨어났을 때 그러하듯, 그의 눈에 두려움이 서렸다. 섬세한 조각 같은 콧구멍이 벌름거렸고, 감춰진 불안이 그의 선홍빛 입술을 떨리게 했다.

"그래요." 헨리 경이 말을 이었다. "감각으로 영혼을 치유하는 것, 그리고 영혼으로 감각을 치유하는 것은 인생의 가장 큰 비밀 중 하나입니다. 당신은 놀라운 피조물입니다. 당신은 자신이 안다고 생각하는 것보다 더 많은 것을 알고 있습니다. 마치 당신이 알고 싶어하는 것보다 덜 알고 있듯이 말이지요."

도리언 그레이는 눈살을 찌푸리며 고개를 돌렸다. 그는 자신의 옆에 서 있는 키가 크고 우아한 젊은 남자를 좋아하지 않을 수가 없었다. 낭만적인 올리브빛 얼굴과 그가 짓는 표정이 관심을 불러일으켰다. 저음에 나른한 목소리가 매혹적이었다. 심지어 차갑고 하얀 꽃 같은 손도 이상한 매력을 발산했다. 그가 말할 때, 손의 움직임조차 음악처럼 흘렀다. 마치 그만의 언어를 가지고 있는 듯했다. 그러나 도리언 그레이는 헨리 경에게 두려움을 느꼈고, 그를 두려워하는 것이 부끄러웠다. 왜 낯선 사람에게 자신을 드러냈을까? 몇 달 동안 바질 홀워드를 알아 왔지만, 그들 사이의 우정은 결코 그를 바꾸어 놓지 못했다. 그런데 갑자기 그에게 인생의 신비를 드러내 보여 줄 것 같은 누군가가 그의 삶에 다가왔다. 그렇지만 두려워할 것이 무엇이란 말인가? 그는 학생도 소녀도 아니다. 무서워하는 것은 말도 안 되는 일이다.

"우리 그늘에 가서 앉지요." 헨리 경이 말했다. "파커가 음료를 가지고 나오네요. 이 땡볕에 더 오래 있다가는 얼굴을 망치게 될 거예요. 그러면 바질은 절대로 다시는 당신을 그리지 않을 거예요. 정말로 햇볕에 그을리게 내버려 두어서는 안 돼요. 당신에게 정말 어울리지 않을 거예요."

"외모가 뭐가 중요한가요?" 도리언은 웃으면서 정원 가장자리에 있는 의자에 앉으며 말했다.

"당신에게는 외모가 제일 중요한 것이어야 합니다, 그레이 씨."

"왜죠?"

"왜냐하면 당신은 지금 무엇보다 경이로운 젊음을 지니고 있고, 젊음이란 소유할 만한 가치가 있는 유일한 것이기 때문입니다."

"저는 그렇게 생각하지 않습니다, 헨리 경."

"맞아요, 지금은 그렇게 생각하지 않겠지요. 언젠가 당신이 늙어 주름이 생기고 추해지면, 생각이 당신의 이마에 주름을 새기고 열정이 당신의 입술에 끔찍한 불로 낙인을 찍으면, 그때는 그리 생각할 것입니다. 그것을 처절하게 느낄 것입니다. 지금 당신은 어디를 가든 세상을 매료시키지요. 그런데 앞으로도 항상 그럴까요?

당신은 놀라울 정도로 아름다운 얼굴을 가지고 있습니다, 그레이 씨. 찡그리지 마세요. 사실입니다. 그리고 아름다움은 천재성의 한 형태이지만 실로 천재성보다 더 고귀한 것입니다. 설명이 필요 없기 때문이죠. 햇살처럼, 봄날처럼, 혹은 우리가 달이라 부르는, 어두운 수면 위에 비치는 은빛 조개껍데기의 그림자처럼 세상의 위대한 것 중 하나입니다. 의심의 여지가 없지요. 그것은 삶을 통치할 수 있는 신성한 권리를 지닙니다. 그것을 지닌 사람들을 군주로 만들어 줍니다. 비웃고 있군요! 아! 당신이 그것을 잃게 되면 웃지 못할 거예요.

사람들은 때로 아름다움이 허울뿐이라고 주장합니다. 그럴지도 모릅니다. 하지만 적어도 그것은 사고만큼 피상적인 것이 아닙니다. 내게 아름다움이란 경이로움 중의 경이로움이지요. 외모로 판단하지 않는 사람은 천박한 사람들뿐입니다. 세상의 진정한 신비는 보이지 않는 것이 아니라 보이는 것입니다.

맞습니다, 그레이 씨. 신들은 당신에게 선한 존재였습니다. 그러나 신들은 자신이 준 것을 재빨리 가져가 버립니다. 당신이 그렇게 살아갈 날들은 몇 년 남지 않았습니다. 당신의 젊음이 지나가면 아름다움도 더불어 사라질 것입니다. 그때가 되면 당신은 갑자기 어떤 승리의 기쁨도 남아 있지 않다는 것을 깨닫게 되겠죠. 아니면 과거에 대한 기억으로 어떤 비열한 승리감에 취하기는 하겠지만 그것도 결국엔 패배보다도 더 쓰라린 것이 되어 버릴 뿐입니다. 매달 아름다움이 이울어 가면서 당신이 두려워하는 것에 점점 가까워져 갈 것입니다. 시간은 당신을 질투하고, 당신의 백합과 장미와 전쟁을 벌이게 됩니다. 당신은 창백해지고, 볼은 꺼지고, 눈은 흐릿해질 겁니다. 지독히도 고통스러울 것입니다.

당신이 젊음을 지니고 있는 동안 그것을 실감하기를 바랍니다. 그 황금 같은 날들을 지루한 이야기를 듣고 절망적인 실패에서 벗어나느라 애쓰며 당신의 삶을 무지한 것, 평범한 것, 저속한 것에게 내어 주느라 낭비하지 마세요. 그런 것들은 우리 시대가 목적으로 삼은 것이지만 거짓된 이상일 뿐입니다. 삶을 누리세요! 당신 안에 있는 놀라운 삶을 누리세요! 당신에게 있는 어느 것도 잃지 않도록 하세요. 항상 새로운 감각적 경험을 찾아가세요. 그 무엇도 두려워하지 말고.

새로운 쾌락주의! 그것이 우리 시대가 원하는 것입니다. 당신이 그것의 시각적인 상징일지 모릅니다. 당신의 매력으로 당신이 할 수 없는 것은 없습니다. 한동안 세상은 당신 것입니다.

당신을 처음 만났을 때 나는 당신 자신이 진정 어떤 존재인지, 당신이 정말로 어떤 존재가 될 수 있을 것인지에 대해서 잘 모르고 있음을 알았습니다. 당신의 많은 부분이 나를 매료시키기에 당신에 대해 말해 주어야겠다고 생각했습니다. 당신이 만일 인생을 낭비한다면 정말 비극일 거라고 생각했습니다. 왜냐하면 젊음이 지속되는 시간은 참으로 짧은 시간에 불과하기 때문입니다. 실로 찰나와 같지요.

흔히 피는 야생화는 시들지만 다시 피어납니다. 금사슬나무 꽃은 지금처럼 내년 6월이 되면 황금빛으로 다시 피어날 거예요. 한 달이 지나면 클레마티스에 자줏빛 별 모양 꽃들이 피어날 겁니다. 그리고 매년 그 푸른 이파리마다 자줏빛 별들이 피어날 거예요. 그러나 우리는 절대로 젊음을 다시 얻지 못합니다. 스무 살에 우리 안에서 요동치던 기쁨의 맥박은 느릿느릿해집니다. 사지에 탈이 나고 감각은 무디어져 갑니다. 우리는 끔찍한 꼭두각시로 전락하면서 우리가 너무나 두려워하던 열정, 우리가 굴복하지 못한 강렬한 유혹을 뇌리에서 떨치지 못하게 될 겁니다. 젊음! 젊음이란! 젊음을 제외하면 세상에 절대적인 것은 아무것도 없습니다!"

도리언 그레이는 놀라움으로 휘둥그레진 눈을 하고 듣고 있었다. 라일락 가지가 그의 손에서 자갈 위로 떨어졌다. 털이 많이 난 벌이 다가와 잠시 그의 주변을 부산하게 맴돌았다. 그러더니 녀석은 작은 꽃들로 이루어진 보랏빛 꽃송이를 향해 돌진하기 시작했다. 아주 중요한 무엇이 우리를 두렵게 할 때, 혹은 우리가 마땅한 표현을 찾을 수 없는 새로운 감정으로 마음이 흔들릴 때, 혹은 우리를 두렵게 하는 어떤 생각이 뇌리를 급습해 굴복을 요구할 때처럼 그는 사소한 것에 낯선 관심을 보이며 벌을 바라보았다. 잠시 후 그 녀석은 날아가 버렸다. 그는 벌이 메꽃의 나팔 안으로 기어들어 가는 것을 보았다. 꽃이 떨리는 듯하더니 살며시 앞뒤로 흔들렸다.

갑자기 홀워드가 스튜디오 문가로 나오더니 그들에게 들어오라며 급하게 신호를 보냈다. 그들은 마주 보며 미소를 지었다.

"기다리고 있었네." 홀워드가 소리쳤다. "어서 들어오게. 빛이 너무나 완벽해. 자네들 음료수를 가지고 들어오도록 하게."

그들은 일어서서 천천히 함께 걸어갔다. 녹색과 흰색이 섞인 나비 두 마리가 펄럭이며 그들을 지나쳤고, 정원 끝자락에 있는 배나무에서 지빠귀 한 마리가 노래하기 시작했다.

"나를 만나게 되어 좋으시지요, 그레이 씨." 헨리 경이 그를 바라보며 말했다.

"그렇습니다. 지금은 즐겁습니다. 그런데 영원히 즐거울지는 모르겠습니다."

"영원히? 그거 아주 무서운 말이로군요. 그 말을 들으니 몸서리가 다 쳐지네요. 여성들이 그 단어를 아주 좋아하지요. 그들은 로맨스를 영원히 지속시키려다가 오히려 그것을 망쳐 버립니다. 그것은 무의미한 말이기도 하지요. 변덕과 영원한 열정 사이의 유일한 차이는 변덕이 조금 더 오래 지속된다는 점이지요."

스튜디오에 들어서면서 도리언 그레이는 손을 헨리 경의 팔에 올렸다. "그러면 우리 우정을 변덕스러운 것으로 만들어요." 그는 자신의 대범함에 얼굴을 붉히며 중얼거렸다. 그러고는 단상으로 올라가 자세를 다시 취했다.

헨리 경은 고리버들로 만든 커다란 안락의자에 털썩 앉아 그를 바라보았다. 홀워드가 때때로 한걸음 물러서서 거리를 두고 그의 작품을 바라볼 때 말고는 화폭을 거침없이 오가는 붓질이 정적을 깨뜨리는 유일한 소리였다. 열린 문간을 통해 흘러 들어오는 고요하고 비스듬한 햇볕 사이로 먼지가 금빛 춤을 추었다. 장미의 강한 향이 모든 것에 배어든 듯했다.

약 15분이 지나서 홀워드는 작업을 멈추고 오랫동안 도리언 그레이를 바라보았다. 그러고는 자신의 커다란 붓 자루 끝을 깨물며 다시 오랫동안 그림을 쳐다보았다. 그러다 미소를 지었다. "완전히 끝났어." 마침내 그는 소리친 뒤 허리를 구부리고 캔버스의 왼쪽 구석에 가는 주홍색 글자로 자신의 이름을 적었다.

헨리 경이 다가와 그림을 자세히 살펴보았다. 분명히 그것은 놀라운 예술 작품이었고, 마찬가지로 놀랍도록 모델과 닮아 있었다. "여보게 친구, 진심으로 축하하네." 그가 말했다. "그레이 씨, 와서 자신을 봐요."

청년은 꿈에서 깨어난 듯이 놀랐다. "정말로 끝난 건가요?" 그는 단상에서 내려오면서 중얼거렸다.

"완전히 끝났어." 홀워드가 말했다. "오늘 자네는 멋지게 포즈를 취해 주었네. 진심으로 고맙네."

"그건 전적으로 내 덕분이지." 헨리 경이 끼어들었다. "그렇지 않습니까, 그레이 씨?"

도리언은 아무 대답도 하지 않은 채 무심하게 자신의 그림 앞을 지나친 뒤 돌아섰다. 그것을 보자 뒤로 물러섰다. 기쁨으로 인해 그의 얼굴에 잠시 홍조가 번졌다. 마치 처음으로 자신을 알아본 것처럼 환희의 표정이 눈가에 나타났다. 그는 미동도 하지 않고 서 있었다. 경이로움에 빠져 홀워드가 그에게 말을 건네고 있는 것을 희미하게 의식했지만 제대로 듣지는 못했다. 자신의 아름다움에 대한 의식이 계시처럼 다가왔다. 전에는 그것을 한 번도 느껴본 적이 없었다. 그는 바질 홀워드의 칭찬을 단지 우정에서 비롯된 황홀한 과장으로 여겼었다. 그는 그 말을 듣고 웃어 버린 뒤 잊고 있었다. 그 칭찬은 자신의 본성에 영향을 미치지 못했다. 그런데 헨리 경이 다가와 젊음에 대한 그 이상한 찬사와 더불어 덧없음에 대해서도 끔찍한 경고를 보냈다. 그 말들은 그의 마음을 흔들어 놓았고, 지금 자신의 아름다움의 그림자를 응시하며 서 있는 동안 그 말들이 묘사한 모든 실상이 섬광처럼 스쳤다. 그렇다. 얼굴은 주름지고 쭈글쭈글해지며, 눈빛은 희미해져 색을 잃어버리고, 우아한 모습은 깨져 흉하게 되어 버리는 날이 올 것이다. 선홍빛이 그의 입술에서 사라지고, 금빛은 머리칼에서 없어질 것이다. 그의 영혼을 만들어 가는 삶은 육체에 흠결을 남길 것이다. 그는 천하고, 추하고, 괴상하게 변해 갈 것이다.

그가 그런 생각을 하고 있을 때, 날카로운 통증이 비수처럼 몸을 내리치며, 본성의 모든 섬세한 성질 하나하나를 떨리게 만들었다. 그의 눈은 자수정 빛깔로 어두워져 갔고, 눈물이 흘렀다. 마치 얼음으로 된 손길이 심장에 닿은 것 같았다.

"마음에 들지 않는가?" 마침내 홀워드가 물었다. 그는 청년의 침묵에 신경이 조금 쓰였으나 그 의미를 이해하지는 못하고 있었다.

"당연히 마음에 들겠지." 헨리 경이 말했다. "누군들 좋아하지 않겠나? 이것은 현대 예술에서 가장 위대한 작품 중 하나일세. 자네가 원하는 것은 무엇이라도 줄게. 내가 이 작품을 가져야겠어."

"이것은 내 소유가 아닐세, 해리."

"그럼 누구의 소유인가?"

"그야 물론 도리언이지."

"그는 진정 행운아로군."

"정말 슬픈 일이군요!" 도리언 그레이는 자신의 초상화에 가만히 시선을 고정한 채 중얼거렸다. "정말 슬픈 일입니다! 나는 늙어 끔찍하고 추해질 겁니다. 그러나 이 초상은 언제나 젊은 모습으로 남아 있겠죠. 이 그림은 6월의 이 특별한 날에서 절대 더 늙지 않을 거예요……. 그 반대 상황이 된다면 어떨까요! 나는 항상 젊은 사람으로 남아 있고 이 초상이 늙어 간다면 어떨까요! 이것을 위해서라면, 이를 위해서라면 나는 모든 것을 내줄 거예요! 그렇습니다. 내어주지 못할 것은 아무것도 없어요!"

"자네는 그런 계약을 좋아하지 않을 것 같은데, 바질." 헨리 경이 웃으며 말했다. "자네에겐 오히려 불행일 거야."

"나라면 아주 강하게 반대하겠지, 해리."

도리언 그레이는 돌아서서 바질을 바라보았다. "당신은 그럴 거라고 생각해요. 바질은 친구들보다 자신의 예술을 더 좋아하지요. 당신에게 나는 청동상에 지나지 않겠지요. 어쩌면 그보다 못한 존재일 거예요."

홀워드는 놀라서 그를 바라보았다. 그렇게 말하는 것은 도리언답지 않은 듯했다. 무슨 일이 있었던 것일까? 그는 거의 화가 나 있는 듯했다. 얼굴은 상기되고 볼은 달아올라 있었다.

"맞아요." 그는 말을 이어 갔다. "나는 당신에게 헤르메스 대리석 상이나 은빛 파우누스 조각상보다 못하지요. 당신은 영원히 그런 것들을 좋아하겠죠. 나는 얼마나 오래도록 좋아할까요? 내 생각에는 내게 첫 번째 주름이 생길 때까지입니다. 이제 나는 사람이 자신의 젊은 외모를 잃으면, 외모가 어떻든 모든 걸 잃는 것이나 다름없다는 것을 알았습니다. 당신의 초상화는 내게 그것을 가르쳐 주었습니다. 헨리 경이 전적으로 맞습니다. 젊음은 소유할 만한 가치가 있는 유일한 거예요. 늙어 가기 시작하면 나는 자살할 겁니다."

얼굴이 창백해진 홀워드는 도리언의 손을 잡았다. "도리언! 도리언!" 그가 외쳤다. "그렇게 말하지 말게. 나는 자네 같은 친구가 없었네. 그리고 앞으로도 없을 거야. 사물을 질투하는 건 아니겠지, 그렇지?"

"나는 아름다움이 다하지 않는 모든 것을 질투합니다. 나는 당신이 나를 모델로 그린 초상화를 질투합니다. 그것은 왜 내가 잃어야 하는 것을 계속 지니고 있지요? 지나가는 시간은 내게서 무엇인가를 뺏어다가 그림에 그것을 내어 주는 거예요. 아, 만약 그 반대가 된다면! 만일 바뀌는 것은 이 그림이고, 나는 지금의 나로 항상 있을 수 있다면! 당신은 왜 이 작품을 그린 거예요? 이건 언젠가 나를 조롱할 거예요. 끔찍하게 나를 조롱할 거라고요!" 뜨거운 눈물이 그의 눈에 흘러넘쳤다. 도리언은 바질의 팔을 뿌리치며 소파에 털썩 앉아 마치 기도하듯이 얼굴을 소파 쿠션에 파묻었다.

"자네 때문이네, 해리." 홀워드가 쓸쓸하게 말했다.

"나 때문이라고?"

"그래, 자네 때문이지, 자네도 알고 있잖아."

헨리 경은 어깨를 으쓱했다. "저 모습이 진정한 도리언 그레이의 모습이라네. 그뿐이야." 그는 대답했다.

"그렇지 않아."

"그렇지 않다고 치더라도 내가 이 상황과 무슨 관계가 있는가?"

"자네는 내가 부탁했을 때 갔어야 했어."

"나는 자네가 부탁해서 머물러 있었던 것이네."

"해리, 나는 나의 가장 소중한 두 친구와 동시에 싸울 수 없네. 자네 둘은 내가 이제까지 그렸던 것 중에서 최고로 훌륭한 작품을 미워하도록 만들었어. 그러니 이것을 없애 버려야겠네. 캔버스와 물감을 빼면 이게 다 무엇이란 말인가? 우리 세 사람 사이에 이 그림이 끼어들어 관계를 해치도록 내버려 둘 수는 없어."

도리언 그레이는 쿠션에서 금발 머리를 들어 창백한 얼굴과 눈물 어린 눈으로 그를 바라보았다. 화가는 긴 커튼이 쳐진 창 아래에 놓인 전나무 탁자로 다가갔다. 거기서 무엇을 하려는 것일까? 그의 손가락은 어지럽게 널린 양철 물감 튜브와 마른 붓들 사이에서 뭔가를 찾아 헤매고 있었다. 그렇다. 그것은 강철로 된 얇은 날을 가진 긴 팔레트 나이프였다. 그는 마침내 그것을 찾아냈다. 그는 캔버스를 찢어 버리려는 것이었다.

도리언은 울음을 억누르며 소파에서 벌떡 일어나서는 홀워드에게 달려들어 그의 손에서 나이프를 잡아채 스튜디오 구석으로 집어 던졌다. "그러지 마세요, 바질. 안 돼요!" 그가 소리쳤다. "이건 살인이나 마찬가지예요!"

"마침내 자네가 내 작품의 진가를 알아주다니 기분은 좋군, 도리언." 놀란 홀워드는 정신을 차리며 차갑게 말했다. "나는 자네가 그런 생각을 하리라고는 상상도 못했네."

"그림을 제대로 알아준다고요? 난 이 그림과 사랑에 빠졌습니다, 바질. 이건 내 분신입니다. 난 그렇게 느낀다고요."

"그래, 자네가 마르자마자 광택제를 바른 뒤 액자에 넣은 다음 자네 집으로 보내지. 그러면 자네는 자네에게 하고 싶은 대로 할 수 있을 거야." 그는 방을 가로질러 걸어가더니 벨을 울렸다. "도리언,

차를 마실 거지? 그리고 자네도, 해리? 차는 우리가 유일하게 즐기는 단순한 즐거움이지."

"나는 단순한 즐거움을 좋아하지 않아." 헨리 경이 말했다. "그리고 나는 무대가 아니면 요란한 장면을 연출하는 것을 좋아하지 않는다네. 자네들은 둘 다 참 어리석은 친구들이군! 누가 인간을 이성적인 동물이라고 정의했는지 궁금하네. 그것은 모든 정의 중에서 가장 섣부른 것이야. 인간에게는 여러 면이 있지만 합리적이지는 않아. 나는 인간이 합리적이지 않다는 사실이 좋지만. 나는 자네들이 그림을 두고 티격태격하지 않기를 바라네. 내게 그것을 넘기는 것이 훨씬 더 나을 것 같은데, 바질. 이 어리석은 소년은 정말로 그림을 원하는 게 아니야. 그래서 내가 가져갔으면 하네."

"나 말고 다른 사람한테 그것을 준다면 당신을 절대로 용서하지 않을 거예요!" 도리언 그레이가 소리쳤다. "그리고 누구든 나를 어리석은 소년이라 부르는 건 용납하지 않을 거예요."

"저 그림이 자네 것이라는 것은 자네도 알잖나, 도리언. 그림이 존재하기도 전에 내가 자네에게 준 거야."

"자신이 바보 같았다는 것을 당신도 알겠죠, 그레이 씨. 그리고 소년이라고 불리는 것에 진정으로 신경 쓰는 것도 아니잖아요."

"오늘 아침부터는 상당히 신경이 쓰였습니다, 헨리 경."

"아! 오늘 아침이라! 그때부터는 살아 있었다는 거군요."

노크 소리가 들린 뒤 집사가 차 쟁반을 들고 들어와 작은 일본식 탁자에 차를 차려 놓았다. 컵과 컵 받침이 부딪치는 소리, 주름장식이 가미된 조지 왕조식 주전자에서 김이 나는 소리가 들렸다. 하인이 둥근 덮개가 덮인 자기 그릇을 두 개 가져왔다. 도리언 그레이는 다가가 차를 따랐다. 두 남자는 탁자 쪽으로 다가가서 덮개 아래에 무엇이 있는지 무심히 살펴보았다.

"우리, 오늘 밤 극장에 가 보세." 헨리 경이 말했다. "분명히 어디선가 공연을 할 거야. 화이트 클럽에서 저녁을 먹기로 했지만 오랜 친구와의 약속이라 그에게 전보를 보내 아프다고 말하면 되네. 아니면 다른 일정이 생겨서 갈 수 없다고 하겠네. 내 생각에 이게 오히려 더 멋진 변명일 듯한데. 내 솔직함에 놀라겠지."

"예복을 입는 것은 정말 짜증 나는데." 홀워드가 말했다. "그리고 사람은 예복을 갖춰 입으면 너무나 끔찍해져."

"맞아." 헨리 경이 꿈꾸듯 대답했다. "우리 시대의 의복은 혐오스럽기 그지없어. 너무나 칙칙하고 우울해. 현대적인 삶에서 색채의 아름다움을 경험하는 유일한 방법은 죄를 범하는 것이 되어 버렸다네."

"해리, 도리언 앞에서 그런 말은 하지 말게."

"어느 도리언 앞에서? 우리를 위해 차를 따르고 있는 쪽, 아니면 그림 안에 있는 쪽?"

"둘 다."

"나는 당신과 함께 극장에 가고 싶어요, 헨리 경." 청년이 말했다.

"그럼 가세나. 바질, 자네도 함께 가세. 어떤가?"

"나는 갈 수 없어, 정말로. 안 가는 게 좋아. 할 일이 많거든."

"그럼 당신과 나, 둘만 가야겠군요. 그레이 씨."

"아주 좋아요."

바질 홀워드는 입술을 깨물며 손에 컵을 들고 그림 쪽으로 걸어갔다. "난 진짜 도리언과 함께 있겠네." 그는 슬프게 말했다.

"그게 진짜 도리언이에요?" 그림의 모델이 그에게 다가가며 말했다. "내가 정말 이렇게 생겼어요?"

"그래. 자네와 똑 닮았어."

"정말 놀랍네요, 바질!"

"적어도 겉모습은 자네와 닮았어. 하지만 그림은 절대로 변하지 않을 거네." 홀워드가 말했다. "그게 다른 점이지."

"사람들은 변치 않는 것에 관해서 정말 요란을 떨어 대지." 헨리 경이 중얼거렸다. "그런데 결국 그것은 순전히 생리학적인 문제야. 우리 자신의 의지와 아무 관계가 없어. 그것은 불행한 사건이나 생리적인 변화로 생기는 불쾌한 결과라네. 젊은이들은 변하고 싶어 하지 않지만 변하지. 늙은이들은 변하고 싶어 하지만 그럴 수 없고. 우리가 할 수 있는 말은 그게 전부야."

"오늘 밤 극장에 가지 말게나, 도리언." 홀워드가 말했다. "가지 말고 나와 저녁을 같이 하지그래."

"그럴 수 없어요."

"왜?"

"왜냐하면 헨리 경하고 같이 가겠다고 약속했으니까요."

"자네가 약속을 지킨다고 해서 그가 자네를 더 좋아하지는 않을 거네. 그는 항상 약속을 깨거든. 부탁이니 가지 말게."

도리언 그레이는 웃으며 고개를 저었다.

"제발 간청하네."

청년은 머뭇거리며 헨리 경을 바라보았다. 그는 즐거운 미소를 머금고 차 탁자에서 그들을 지켜보고 있었다.

"나는 가야 해요, 바질." 그는 대답했다.

"정 그렇다면야." 홀워드가 말했다. 그러고는 걸음을 옮겨 컵을 쟁반에 내려놓았다. "조금 늦은 데다 옷도 챙겨 입어야 하니 시간을 지체하지 않는 게 좋겠어. 잘 가게, 해리. 잘 가게, 도리언. 곧 만나세. 내일 찾아오게."

"그럴게요."

"잊지 않을 거지?"

"그럼요, 물론입니다."

"그리고…… 해리!"

"왜?"

"오늘 아침 정원에서 우리가 함께 있을 때, 내가 자네에게 부탁했던 것을 기억해 주게."

"난 잊어버렸는걸."

"난 자네를 믿네."

"나도 나를 믿을 수 있으면 좋겠네." 헨리 경이 웃으며 말했다. "자, 그레이 씨. 내 마차가 밖에 있으니 당신을 집으로 데려다줄게요. 잘 있게, 바질. 아주 재미있는 오후였어."

그들 뒤로 문이 닫히자 홀워드는 소파에 몸을 내던져 쓰러지듯 앉았다. 괴로운 표정이 그의 얼굴에 스쳤다.

3장

한 달 후 어느 날 오후, 도리언 그레이는 커즌가에 있는 헨리 경 저택의 작은 서재에서 호화로운 안락의자에 기대어 앉아 있었다. 그곳은 아주 매력적인 방으로 올리브 빛깔 참나무로 만든 높은 징두리 판벽, 석고로 돋을새김한 크림색 띠 모양의 장식과 천장, 벽돌색 펠트 카펫과 그 위에 깔린 기다란 술이 달린 페르시아산 비단 러그 등으로 장식되어 있었다. 새틴우드로 만든 작은 탁자 위에는 클로디옹²의 작은 조각상이 놓여 있었고, 그 옆에는 『100가지 새로운 이야기』 한 권이 있었다. 그 책은 클로비스 이브가 마르그리트 드 발루아³를 위해 제본하고, 왕비가 직접 선택한 문장인 금박 데이지꽃들로 수놓아진 것이었다. 벽난로 선반에는 푸른빛이 도는 커다란 자기 항아리 몇 개가 앵무새 튤립으로 채워져 진열되어 있었다. 그리

---

2 18세기 후반 프랑스의 조각가 클로드 미셸의 다른 이름.
3 16세기 프랑스의 왕비로 일명 마르고 왕비라고 불렸다.

고 납으로 창틀을 짠 작은 창문을 통해 여름날 런던의 살구 빛깔 햇살이 흐르고 있었다.

헨리 경은 아직 돌아오지 않았다. 그는 시간을 엄수하는 것은 시간을 도둑맞는 것이라는 원칙에 따라 항상 늦었다. 그래서 청년은 책장에서 발견한 『마농 레스코』의 정교한 삽화가 그려진 페이지들을 무심한 손길로 넘기고 있었는데, 그래서 그런지 다소 우울해 보였다. 루이 14세 시대의 시계가 내는 규칙적이고 단조로운 똑딱거림이 그를 짜증 나게 했다. 한두 번쯤 그는 그냥 가 버릴까도 생각했다.

마침내 밖에서 가벼운 발걸음 소리가 들린 뒤 문이 열렸다. "정말 늦었잖아요, 해리!" 그가 투덜댔다.

"미안하지만 전 해리가 아니에요, 그레이 씨." 한 여자의 목소리가 들렸다.

그는 재빨리 돌아보며 일어났다. "이런, 죄송합니다. 저는……."

"제 남편이 왔다고 생각했군요. 전 그의 아내예요. 저를 소개해야겠네요. 전 당신 사진들을 봐 와서 당신을 아주 잘 알고 있어요. 아마 제 남편은 당신 사진을 스물일곱 장 정도 가지고 있을 거예요."

"진짜 스물일곱 장은 아니겠지요, 헨리 부인?"

"그럼 스물여섯 장이라고 해야겠네요. 그리고 저는 요전 날 밤 오페라에서 당신이 그이와 함께 있는 것을 보았어요." 그녀는 말하면서 긴장한 듯이 웃었다. 부인은 옅은 물망초 색깔의 눈으로 그를 바라보았다. 그녀는 호기심이 많은 여자였다. 그녀의 드레스들은 마치 분노에 사로잡혀 디자인한 듯했고, 격정에 휩싸인 채 급하게 차려입은 듯이 보였다. 그녀는 항상 누군가와 사랑에 빠져 있었고, 열정은 결코 제대로 보상받지 못했지만 온갖 환상을 지니고 있었다.

그녀는 한 폭의 그림처럼 아름답게 보이려 했지만 오히려 단정치 못하게 보일 뿐이었다. 그녀의 이름은 빅토리아였고, 열광적으로 교회에 나가는 여인이었다.

"생각해 보니 「로엔그린」 공연에서였죠, 헨리 부인?"

"맞아요. 내가 좋아하는 「로엔그린」에서였어요. 나는 어떤 음악보다도 바그너의 음악이 좋아요. 음악 소리가 커서 옆자리에 말소리가 닿지 않아 공연 내내 말할 수 있거든요. 그건 커다란 이점이에요. 그렇게 생각하지 않나요, 그레이 씨?"

아까와 똑같은 신경질적인 스타카토식 웃음이 그녀의 얇은 입술에서 터져 나왔다. 그녀는 손에 쥔 긴 페이퍼 나이프를 가지고 놀기 시작했다.

도리언은 웃으며 고개를 저었다. "유감스럽지만 저는 그렇게 생각하지 않습니다, 헨리 부인. 저는 음악이 연주되는 동안에는 절대 말을 하지 않아요. 적어도 좋은 음악이 연주되는 동안에는요. 형편 없는 음악을 듣는다면 대화로 음악 소리를 사라지게 하는 것이 우리 의무겠지요."

"아! 그것은 해리의 견해이기도 하네요. 그렇지 않나요, 그레이 씨? 하지만 당신은 제가 좋은 음악을 좋아하지 않는다고 생각하면 안 돼요. 저는 좋은 음악을 흠모하지만 그것이 두려워요. 나를 지나치게 낭만적으로 만들거든요. 나는 피아니스트를 흠모해 왔어요. 때로는 한 번에 두 사람을 사랑하기도 해요. 그들의 어떤 점이 좋은지 저도 모르겠어요. 그들이 외국인이라서 그랬던 것 같아요. 그들은 모두 외국인이잖아요. 그렇지 않은가요? 영국에서 태어난 사람들조차도 외국인이 되지요, 그렇지 않나요? 그건 그들이 아주 영리해서

그래요. 예술에 대한 크나큰 찬사이기도 하고요. 음악도 세계 시민
적인 것이 되죠. 그렇지 않나요? 당신은 제 파티에 와 본 적이 없지
요, 그레이 씨? 꼭 와 보세요. 저는 난초를 살 여유가 없어도 외국인
들에게는 돈을 아끼지 않아요. 그들은 파티를 아주 아름답게 보이
도록 해 주거든요. 해리가 왔네요! 해리, 난 당신을 보려고 왔어요.
뭔가 좀 물어보려고요. 그런데 그게 무엇이었는지 깜박했네. 그런데
그레이 씨를 여기서 만났지 뭐예요. 우리는 음악에 대해서 아주 즐거
운 대화를 나누고 있었어요. 우리가 서로 똑같은 견해를 가지고 있
더라고요. 아니, 관점은 아주 달랐어요. 그렇지만 이분은 누구보다
유쾌한 분이지 뭐예요. 이분을 만나게 되다니 너무 기쁘네요."

"나도 그 매력에 빠졌어요, 내 사랑. 아주 매료되었지요." 헨리
경이 말했다. 그는 검은 초승달 모양의 눈썹을 치켜올리며 즐거운 미
소를 머금고 두 사람을 바라보았다. "늦어서 너무 미안하네, 도리언.
워더 거리에 오래된 비단 옷감을 사러 갔는데 몇 시간을 흥정해야
했거든. 요즘 사람들은 물건의 가치를 제대로 알지도 못하면서 가격
을 비싸게 부른다니까."

"미안하지만 저는 이만 가 봐야겠어요." 헨리 부인이 어색한
침묵 후에 갑자기 바보같이 웃으며 말했다. "공작부인과 외출하기로
했거든요. 그럼 이만, 그레이 씨. 안녕, 해리. 당신은 밖에서 식사할
거죠? 나도 그럴 거예요. 아마도 당신을 손베리 부인의 저택에서 만
나게 될지도 모르겠네요."

"아마 그러겠지, 여보." 헨리 경이 말했다. 그녀가 비 맞은 극락
조 같은 모습으로 급히 방을 나가자 그는 문을 닫았다. 희미한 파촐
리 향이 그녀가 떠나간 자리에 남았다. 헨리 경은 도리언 그레이와

악수하고 담뱃불을 붙이더니 소파에 털썩 앉았다.

"밀짚 빛깔의 노란 머리를 한 여자와는 절대로 결혼하지 말게, 도리언." 그는 담배를 몇 모금 빨더니 말했다.

"왜요, 해리?"

"왜냐하면 그들은 너무 감성적이거든."

"하지만 저는 감성적인 사람들이 좋은데요."

"절대로 결혼은 하지 말게, 도리언. 남자는 피곤하기 때문에 결혼하고, 여자들은 호기심 때문에 결혼하지. 그러니 둘 다 실망하는 거야."

"저는 결혼할 것 같지는 않습니다, 해리. 사랑에 푹 빠졌거든요. 사랑에 빠져 보라는 것은 당신의 금언이 아니었던가요. 나는 당신이 말하는 것은 모두 해 보는데 이것도 실행에 옮기려고요."

"누구와 사랑에 빠졌는데?" 헨리 경이 호기심을 한껏 머금은 미소를 지은 채 그를 바라보며 말했다.

"배우예요." 도리언 그레이는 얼굴을 붉히며 말했다.

"너무 흔해 빠진 시작이군그래." 헨리 경이 어깨를 으쓱하면서 중얼거렸다.

"당신이 그녀를 직접 만나 본다면 그렇게 말하지는 않을 겁니다, 해리."

"그녀가 누구인가?"

"이름은 시빌 베인이에요."

"전혀 들어 본 적이 없는 이름인데."

"알려지지 않았어요. 하지만 언젠가 사람들에게 알려질 겁니다. 그녀는 천재적 재능을 가졌거든요."

"여보게, 친구. 그 어떤 여자도 천재가 될 수 없어. 여자는 장식에 불과한 성별이라네. 그들은 별 내용도 없는 말을 하지만 매력적으로 말하지. 여자들은 정신에 대한 물질의 승리를 대표한다네. 마치 우리 남자들이 도덕에 대한 정신의 승리를 대표하듯이 말이야. 세상에는 오직 두 부류의 여자만 있어. 평범한 여자와 화려한 여자. 평범한 여자는 아주 유용하지. 자네가 존경받기 위해 명성을 얻고자 한다면 단지 그들을 식사 자리에 데리고 가기만 하면 되거든. 다른 부류의 여자들은 아주 매력적이야. 하지만 한 가지 실수를 범하지. 그들은 젊어 보이려고 화장을 한다네. 우리 할머니들은 말할 때 더 빛나 보이려고 화장을 했는데 말이야. 붉은 연지와 지성은 잘 어울렸지. 하지만 이제는 그런 게 다 사라져 버렸어. 여성은 자기 딸보다 열 살 더 젊어 보일 수 있다면 그것으로 무척 만족한다네. 대화에 관해 말하자면, 런던에 대화를 할 만한 가치가 있는 여자들은 오직 다섯 명뿐이야. 그중 두 사람은 품격 있는 사교 모임에 들어갈 수 없는 여성이지. 그건 그렇고 자네가 만난 천재에 대해 말해 주게. 그녀를 알게 된 지는 얼마나 되었나?"

　"3주 정도 되었습니다. 그렇게 오래되지도 않았어요. 정확히 2주 하고 이틀 정도 되었습니다."

　"어떻게 그녀를 만났는가?"

　"말씀해 드리죠, 해리. 그런데 내 이야기에 대해 공감해 줘야 해요. 결론적으로 내가 당신을 만나지 않았다면 이 일은 절대로 벌어지지 않았을 테니까요. 당신은 내게 인생에 대해서 모든 것을 알고 싶게 하는 야성적 욕망을 불러일으켰어요. 당신을 만나고 며칠 동안은 내 혈관 속에서 뭔가 요동치는 듯했습니다. 공원에서 여유롭게 쉬고 있을 때나 피커딜리 거리를 산책할 때면 지나치는 모든 사람을 바라보며 그 사람들이 어떤 삶을 살고 있을까 하는 미칠 듯한 호기심에 사로잡혔습니다. 어떤 사람들은 나를 매료시켰고 다른 어떤 사람들은 나를 공포로 몰아넣었습니다. 대기엔 매혹적인 마약 같은 것이 퍼져 있었고, 내 안엔 감각적 경험에 대한 열정이 가득했습니다.

어느 날 저녁 7시쯤 되어 모험을 찾아 한번 외출해 보기로 결심했습니다. 저는 당신이 언젠가 말했듯이 무수한 사람들, 화려한 죄인들, 그리고 더러운 죄악으로 가득 찬 이 회색빛 괴물 같은 런던이 나를 위해 틀림없이 무언가를 준비해 놓고 있으리라고 생각했습니다. 수천 가지 것들을 상상해 보았습니다. 위험도 환희에 대한 감각을 불러일으켰습니다. 우리가 처음으로 함께 식사했던 그 멋진 밤에 당신이 생의 비밀은 아름다움을 찾아가는 것이라고 내게 말해 주었던 것을 기억했습니다. 무엇을 기대했는지 모르겠지만, 저는 밖으로 나가 동쪽을 향해 걷다가 미로 같은 더러운 거리와 풀 하나 없는 어두운 광장에서 그만 길을 잃고 말았습니다. 8시 30분쯤 되었을 때 너울너울 불타는 가스등 불꽃과 현란한 광고 전단지로 가득한 작은 삼류 극장을 지나고 있었습니다. 내가 지금까지 살아오면서 보았던 것 중에서 가장 신기한 양복 조끼를 입은 무섭게 생긴 유대인 하나가 역겨운 시가를 피우며 입구에 서 있었습니다. 그는 기름진 곱슬머리에 더러운 셔츠 차림새를 하고 있었는데, 셔츠 한가운데는 번쩍이는 커다란 다이아몬드가 있었습니다. '특별석 자리가 하나 있습니다, 나리' 그가 말했습니다. 그는 나를 보고 엄청난 비굴함을 가장한 태도로 모자를 벗었습니다. 그에게는 흥미로운 면이 있었습니다, 해리. 괴물 같았거든요. 당신이 비웃을 것 같지만 나는 극장에 들어가서 특별석 자리를 위해 돈을 지불했습니다. 오늘까지도 내가 왜 그리했는지 이해할 수 없습니다. 하지만 그렇게 하지 않았더라면! 친애하는 해리, 내가 그리하지 않았더라면 나는 내 생의 가장 위대한 로맨스를 놓쳐 버렸을 거예요. 웃고 있군요. 불쾌하네요!"

"웃는 게 아니라네, 도리언. 적어도 비웃는 것은 아니야. 하지만 자네 인생의 가장 위대한 로맨스라고 말하지는 말게. 인생의 첫 번째 로맨스라고 해야지. 자네는 항상 사랑을 받을 것이고, 언제나 사랑과 사랑에 빠질 것이라네. 자네를 위해 멋진 것들이 준비되어 있어. 이것은 단지 시작에 불과해."

"당신은 내가 그렇게 얄팍한 성정을 가졌다고 생각하는 건가요?" 도리언 그레이가 화가 나서 외치듯 말했다.

"아니지. 나는 자네의 성정이 아주 깊이가 있다고 생각하네."

"무슨 의미입니까?"

"여보게, 친구. 인생에서 한 번만 사랑에 빠지는 사람들이야말로 정말로 얄팍한 사람들이라네. 그들은 그것을 충절이니 정절이니 하고 부르지만 나는 그것을 습관적인 권태로움 혹은 상상력의 결핍이라고 부르지. 지적인 삶에서 일관성을 말하는 것이 그런 것처럼 정서적 삶에서 부정을 말하는 것은 단순히 실패에 대한 고백일 뿐인 거지. 하지만 자네 이야기에 끼어들고 싶지는 않네. 이야기를 계속해 주게."

"나는 끔찍할 정도로 작은 개인 특별석에 앉아 있었어요. 저속한 무대 현수막이 내 앞에 있었습니다. 나는 커튼 뒤를 둘러보고 극장 안을 살펴보았습니다. 그곳은 싸구려 웨딩 케이크같이 온통 큐

피드 상과 풍요의 상징인 염소 뿔 천지였습니다. 저렴한 꼭대기 층 관객석과 무대 앞 싸구려 좌석은 상당히 찼지만 일등석 구역의 앞 자리 두 줄은 거의 비어 있었습니다. 그리고 내 생각에 그들이 특별 귀빈석이라 불렀던 곳에는 사람을 거의 찾아볼 수 없었습니다. 여자 들은 오렌지와 진저비어를 들고 다녔고, 계속해서 견과류를 엄청나 게 먹어 대더군요.”

“꼭 영국 연극의 전성기 같았겠군그래.”

“비슷했어요. 아주 끔찍했어요. 연극 전단을 보았을 때 도대체 어떻게 해야 할지 고민하기 시작했습니다. 해리, 당신은 그날 연극이 뭐였을 것 같아요?”

“내 생각에는 「멍청하지만 순진한 바보 소년」이었을 것 같아. 우리 선조들이 그런 작품을 좋아했지. 더 오래 살면 살수록, 도리언, 우리 선조들 시대에 너무나 좋았던 것들은 그것이 무엇이라 해도 우 리 세대한테는 좋은 것이 못 된다는 것을 절실히 느낀다네. 정치와 마찬가지로 예술에서도 ‘선조들은 항상 틀렸어’.”

“해리, 그 연극은 우리 세대가 보기에도 아주 좋은 작품이었 어요. 그것은 「로미오와 줄리엣」이었습니다. 한 가지 인정해야 할 것 은, 그렇게 형편없이 초라한 곳에서 셰익스피어 작품이 공연되는 것 이 괴로웠다는 거예요. 그런데도 조금이나마 관심이 가더군요. 어쨌 든 1막을 기다리기로 결심했습니다. 금이 간 피아노에 앉아 있는 젊 은 유대인이 지휘하는 오케스트라 연주를 들으니 나오고 싶었는데, 마침 막이 오르고 연극이 시작되었습니다. 로미오는 뚱뚱하고 늙은 신사로, 검게 칠한 눈썹과 허스키한 구슬픈 목소리에 맥주 통 같은 몸매를 가진 인물이었습니다. 머큐쇼 역시 마찬가지로 이상했습니다. 그는 저속한 자신만의 개그를 늘어놓으며 무대 앞에 자리 잡은 관객들과 가장 친한 척 대화하는 수준 낮은 코미디언처럼 연기했습니다. 그 배우들은 무대 풍경만큼이나 기괴했는데, 마치 50년 전 공연에서 튀어나온 듯해 보였어요. 하지만 줄리엣은! 해리, 작은 꽃 같은 얼굴, 그리스인처럼 머리를 땋아서 말아 올린 흑갈색 머리채, 열정이 담긴 보랏빛 우물 같은 눈, 장미 꽃잎 같은 입술을 가진 아직 열일곱 살도 되지 않은 소녀를 상상해 보세요. 그녀는 내 인생에서 지금까지 보았던 사람 중 가장 아름다운 존재였습니다. 당신은 언젠가 내게 애수를 자아내는 이야기는 당신에게 별 감흥을 주지 못한다고 말했죠. 아름다움, 단순한 아름다움만이 당신의 눈을 눈물로 채울 수 있다고요. 해리, 나는 흐르는 눈물로 시야가 흐릿해져 그 소녀를 제대로 볼 수가 없었어요. 그리고 그녀의 목소리, 나는 그런 목소리를 들어본 적이 없습니다. 처음에는 깊이 있고 부드러운 음색을 가진 아주 낮은 목소리가 귀에 바로 와 닿는 듯했습니다. 그러다가 조금 소리가 커지자 플루트 혹은 멀리서 연주하는 오보에 소리같이 들렸습니다. 정원 장면에서 그 목소리는 새벽 미명에 나이팅게일이 노래할 때처럼 떨리는 황홀함을 지니고 있었습니다. 나중에는 바이올린의 야성적인 열정을 담은 순간도 있었습니다. 목소리가 얼마나 사람을 흔들어 놓을 수 있는지 당신은 알 거예요. 당신의 목소리와 시빌 베인의 목소리는 내가 절대로 잊지 못할 거예요. 눈을 감으면 두 목소리가 들리고, 각각의 목소리는 서로 다른 이야기를 합니다. 나는 어떤 것을 따라가야 할지 모르겠습니다. 왜 그녀를 사랑하면 안 되죠? 해리, 나는 정말로 그녀를 사랑합니다. 그녀는 내 인생의 모든 것이에요. 밤이면 밤마다 나는 그녀의 연극을 보러 갔어요.

어느 날 저녁에 그녀는 로잘린드[4]였다가 다음 날 저녁에는 이모젠[5]
이 됩니다. 나는 그녀가 연인의 입술에서 독을 핥아 이탈리아 무덤
의 어둠 속에서 죽어 가는 것을 보았습니다. 나는 그녀가 예쁜 소년
으로 변장하여 몸에 딱 붙는 상의와 바지를 입고 귀여운 모자를 쓰
고 아든 숲을 헤매는 것을 보았습니다. 그녀는 미쳐서, 죄를 범한 왕
의 면전에 나타나 비통해하며 그에게 쓴 약초를 맛보도록 했습니다.
검은 질투의 손길이 순수한 그녀의 갈대 같은 목을 짓누르기도 했
습니다. 나는 그녀가 모든 연령대의 배역으로 온갖 의상을 입고 연
기하는 것을 보았습니다. 평범한 여성은 결코 우리의 상상력을 자극
할 수 없어요. 그들은 자신들의 시대에만 속해 있습니다. 어떤 황홀
한 것도 그들을 변화시키지 못합니다. 우리가 그들이 쓴 모자를 쉽
게 알아보듯이 그 마음을 알아채 버립니다. 우리는 그들의 생각을
항상 알 수 있습니다. 그들 중 누구에게도 신비로움이 없습니다. 그
들은 아침에 공원에서 말을 타고, 오후에는 다과 모임에서 수다를
떱니다. 그들에겐 틀에 박힌 미소와 최신 유행이 있을 뿐입니다. 그
들은 속이 빤히 들여다보이지요. 그러나 배우는! 배우는 실로 다릅
니다! 해리, 당신은 어찌하여 내게 사랑할 가치가 있는 유일한 존재
는 배우라고 말하지 않았어요?"

"왜냐하면 내가 수많은 배우와 사랑을 해 봤기 때문이라네, 도
리언."

"아, 그런가요? 염색한 머리에 화장으로 떡칠한 끔찍한 사람들

4 셰익스피어의 희곡 『뜻대로 하세요』의 여자 주인공.
5 셰익스피어의 희곡 『심벨린』의 여자 주인공.

말이군요."

"염색한 머리에 화장한 사람들을 무시하지 말게. 때로는 그들에게 비범한 매력이 있다네."

"당신에게 시빌 베인에 대해서 말하지 않는 게 나을 뻔했습니다."

"도리언, 자네는 내게 말할 수밖에 없어. 앞으로도 모든 것을 내게 말하게 될걸."

"그렇습니다, 해리. 그 말이 맞을 것 같아요. 당신에게 털어놓지 않을 수 없습니다. 당신은 내게 이상한 영향을 미치고 있어요. 내가 범죄를 저지른다고 해도 당신에게 그 사실을 털어놓겠죠. 당신은 나를 이해할 거고요."

"도리언, 자네 같은 사람들, 천진난만하게 인생을 살아가는 이들은 범죄를 저지르지 않아. 하지만 그래도 칭찬을 해 주니 아주 고맙군. 자, 잠깐, 거기 성냥 좀 건네주게. 착하군. 고맙네. 이제 말해 보게나. 시빌 베인은 자네의 정부인가?"

도리언 그레이는 볼을 붉히고 눈을 부릅뜨면서 펄쩍 뛰었다. "해리, 어떻게 감히 그런 말을 입에 담을 있습니까? 끔찍하군요. 시빌 베인은 고결한 사람입니다!"

"손댈 만한 가치가 있는 것은 고결한 것뿐이지, 도리언." 헨리 경은 이상하게 비애감이 섞인 목소리로 말했다. "그런데 왜 역정을 내는 것인가? 내 생각에 그녀는 언젠가 자네의 정부가 될 것 같은데. 사람이 사랑에 빠지면 처음에는 자신을 속이다가 다른 사람을 속이면서 끝을 내지. 그것이 세상 사람들이 로맨스라고 부르는 것이야. 어쨌든 자네는 그녀와 인사한 거지, 그렇지 않나?"

"물론입니다. 그 첫날 밤 공연이 끝난 후 끔찍하게 생긴 늙은 유대인이 특별석 자리로 찾아 와 무대 뒤편으로 나를 안내해서는 그녀를 직접 소개해 주겠다고 했어요. 나는 그에게 화를 내며 줄리엣은 죽은 지 수백 년이 넘었고, 시체는 베로나의 대리석 무덤에 누워 있다고 말했습니다. 놀라서 멍해진 그의 표정을 보건대 그는 내가 샴페인 같은 것을 너무 많이 마신 것이 아닌가 생각하는 것 같았습니다."

"놀랍지 않은데."

"저도요. 그러고 나서 그는 내가 어느 신문사에서 일하는지 물었습니다. 나는 절대 신문을 읽지 않는다고 말했습니다. 그는 그 말에 완전히 실망한 듯한 표정을 보였습니다. 그리고 내게 모든 연극 비평가가 자신에 대한 음모를 꾸미고 있어서 자신은 그들을 매수해야 한다고 털어놓았습니다."

"그 점에서는 그의 말이 맞는다고 생각하네. 하지만 다른 한편으로 그들 대부분은 상대하기에 돈이 많이 들지 않는다네."

"그런데 그는 돈이 부족하다고 생각하는 듯했습니다. 그때 극장의 불이 꺼지고 나는 떠나야 했습니다. 그는 시가 몇 개를 피워 보라고 강력히 권하더군요. 난 거절했죠. 다음 날 밤, 나는 극장에 다시 찾아갔습니다. 나를 본 그는 고개를 숙여 정중히 인사한 뒤 내가 예술 애호가라고 확신하며 말을 걸었어요. 셰익스피어에 대한 특별한 열정을 가지고 있었지만 아주 불쾌한 사람이었습니다. 그는 언젠가 오만한 태도로 자신이 세 번이나 파산한 이유는 전적으로 그 시인 때문이라고 말했습니다. 그는 셰익스피어를 꼭 '그 바드'[6]라고 불렀습니다. 그는 그런 표현이 특별하다고 생각하는 듯했어요."

"나름대로 특이한 표현이군. 상당히 특이해. 그런데 자네는 언제 처음 시빌 베인 양에게 말을 걸어 보았나?"

"셋째 날 밤이었습니다. 그녀는 그날 로잘린드를 연기했습니다. 나는 그녀에게 갈 수밖에 없었습니다. 그녀에게 꽃을 던져 주었죠. 그러자 그녀가 나를 쳐다보았습니다. 적어도 나는 그녀가 그랬다고 생각해요. 그 늙은 유대인은 끈질겼습니다. 나를 무대 뒤쪽으로 데려가려고 결심한 듯했어요. 나는 그의 제안에 동의했어요. 내가 그녀를 알고 싶어 하지 않았던 것이 신기해요. 그렇지 않나요?"

"아니. 난 그렇게 생각하지는 않네."

"왜요, 해리?"

"다음에 말해 주겠네. 지금은 그 소녀에 대해 알고 싶어."

"시빌이요? 아, 그녀는 아주 수줍음이 많고 무척 다정했습니다. 그녀에겐 어린아이 같은 점이 있었어요. 내가 그녀의 연기에 대해 생각한 바를 이야기해 주니 놀라워하며 눈을 크게 뜨더라고요. 자신의 능력에 대해 잘 알지 못하는 듯했어요. 우리 둘 다 약간 긴장했던 것 같아요. 늙은 유대인은 먼지 가득한 녹색 방의 문간에서 씩 웃으며 서 있었습니다. 그는 우리 둘에 대해 장광설을 풀어냈습니다. 그 순간 우리는 아이들처럼 서로를 바라보며 서 있었어요. 그는 고집스레 나를 '나리'라고 계속 불러 댔습니다. 그래서 나는 시빌에게 내가 그런 부류가 아니라고 확신시켜 주어야 했어요. 그녀는 이렇게만 말했어요. '당신은 오히려 왕자님 같아 보여요.'"

"맹세하건대, 도리언, 시빌 양은 칭찬하는 법을 잘 아는군."

---

6 '그 음유 시인'이란 의미.

"해리, 당신은 그녀를 이해 못 해요. 그녀는 나를 단지 연극에 나오는 한 사람처럼 대했어요. 그녀는 인생에 대해 아무것도 몰라요. 어머니와 함께 살고 있는데, 그 어머니는 첫날 밤에 심홍색의 화려한 의상을 입고 캐풀렛 부인 역할을 했던, 노쇠하여 지쳐 보이는 여인이었습니다. 한때 호시절을 보냈을 것처럼 보였지요."

"어떤 모습인지 알겠군. 그런 얼굴을 보면 항상 우울해지지."

"그 유대인은 그녀에 대한 이야기를 들려주고 싶어 했지만 나는 그런 데 관심이 없다고 했습니다."

"자네 말이 맞네. 다른 사람들의 비극에 대해 이야기할 때는 한없이 비열해지기 마련이지."

"시빌은 내가 좋아하는 유일한 사람입니다. 그녀가 어디서 왔는지 무슨 상관이 있겠어요? 그녀는 작은 머리에서 작은 발에 이르기까지 완벽하게 성스러워요. 매일 밤 그녀의 연기를 보러 가는데, 그녀는 날마다 더욱더 경이로워요."

"추측건대 그것이 자네가 지금 나와 절대 저녁을 같이하지 않으려는 이유 같은데. 내 생각에 자네는 손안에 어떤 호기심 가득한 로맨스를 쥐고 있음이 틀림없군. 그런데 내가 기대했던 것은 아니야."

"이봐요, 해리. 우리는 매일 점심이나 저녁을 같이하잖아요. 함께 오페라에도 몇 번 갔고요."

"자네는 항상 너무 늦게 오던데."

"단 1막이라도 시빌이 연기하는 것을 봐야 했으니까요. 나는 그녀의 존재에 굶주려 있습니다. 그 작은 상앗빛 몸속에 숨겨져 있는 경이로운 영혼에 대해 생각하면, 항상 경외감에 사로잡히게 돼요."

"오늘 밤에는 나와 저녁 식사를 같이할 수 있겠지, 도리언?"

그는 고개를 저었다. "오늘 밤 그녀는 이모젠이 될 거예요." 그가 대답했다. "그리고 내일 밤 그녀는 줄리엣이 될 거고."

"그럼 언제 시빌 베인이 되는데?"

"절대 그런 일은 없을 거예요."

"축하해 줘야겠군."

"당신은 정말 끔찍한 사람이군요! 그녀 한 사람 안에 세상의 모든 위대한 여주인공들이 들어 있습니다. 그녀는 한 개인에 불과하지 않다고요. 비웃는군요. 하지만 나는 그녀를 천재라 부릅니다. 나는 그녀를 사랑해요. 그녀가 나를 사랑하게 할 거예요. 당신은 인생의 모든 비밀을 알고 있으니까 시빌 베인을 어떻게 유혹해야 나를 사랑하게 만들 수 있을지 알려 주세요! 나는 로미오가 질투하게 만들고 싶습니다. 죽은 연인들이 우리의 웃음소리를 듣고 슬퍼하도록 만들고 싶어요. 우리의 열정이 담긴 호흡이 그들의 시신을 흔들어 의식을 가질 수 있도록, 그들의 유골을 깨워 고통을 느낄 수 있도록 하고 싶어요. 신에게 맹세코! 해리, 진정으로 나는 그녀를 흠모해요!" 그는 말하면서 방 안을 왔다 갔다 했다. 얼굴에 홍조가 띠었고, 상당히 흥분해 있었다.

헨리 경은 미묘한 즐거움을 느끼며 그를 바라보고 있었다. 그는 이제 바질 홀워드의 스튜디오에서 만났던 수줍음 많고 겁 많던 소년과는 완전히 달라져 있었다. 그의 성정은 꽃처럼 피어났고, 선홍빛 불꽃의 화려함을 닮아 있었다. 비밀스러운 은신처에서 그의 영혼이 기어 나오자 욕망의 신이 그것과 조우한 것이다.

"그럼 어떻게 하고 싶은 건가?" 헨리 경이 마침내 말했다.

"당신과 바질이 나와 함께 가서 그녀의 연기를 보았으면 합니다. 그 결과에 대해서는 일말의 두려움도 없어요. 당신은 그녀의 천재성을 인정할 수밖에 없을 거예요. 그리고 우리는 그녀를 저 유대인의 손에서 구해 내야 합니다. 그녀는 지금까지 3년 동안, 적어도 2년 8개월 동안 그놈에게 묶여 있었어요. 물론 내가 그놈에게 뭔가를 지불해야겠죠. 모든 것이 해결되면 웨스트엔드 극장가에 가서 제대로 그녀를 세상에 내놓을 거예요. 그녀는 나를 사로잡았듯이 세상을 열광시킬 거예요."

"이보게. 그건 불가능하네!"

"아뇨, 그녀는 해내고 말 거예요. 그녀는 예술성, 즉 자기 안에 완성된 예술적 본능을 지녔을 뿐 아니라 매력까지 지녔습니다. 그리고 당신도 종종 내게 시대를 움직이는 것은 원칙이 아니라 개성 있는 매력이라고 말하지 않았습니까!"

"그럼 우리 언제 가 볼까?"

"어디 보죠. 오늘이 화요일이니 내일 가요. 내일 그녀는 줄리엣을 연기할 거예요."

"좋아. 브리스틀 호텔에서 8시에 보지. 바질도 데려가겠네."

"8시는 안 돼요, 해리. 6시 반으로 해요. 막이 오르기 전에 도착해야 하거든요. 그녀가 로미오를 만나는 1막을 봐야 해요."

"6시 반이라! 시간이 참! 차에 고기를 곁들여 마시는 것 같겠군. 하지만 자네가 원한다면 그리하지. 그 전에 바질에게 볼일이 있는가? 아니면 내가 그에게 편지를 쓸까?"

"친애하는 바질 님이라! 난 일주일 내내 그를 만나지 못했어요. 좀 불쾌한 일이 있었습니다. 그가 자신이 직접 디자인한 세상 무엇보다 멋진 액자에 내 초상화를 넣어서 보내 주었는데, 초상화 속 인물이 나보다 한 달은 더 젊어 보여 약간 질투가 났어요. 그 그림이 진짜 마음에 든다는 것은 인정하지만요. 아마도 당신이 그에게 편지를 쓰는 것이 낫겠습니다. 나는 혼자서 그를 만나고 싶지 않아요. 그는 날 짜증 나게 하는 말들을 하거든요."

헨리 경이 미소를 지었다. "그가 자네에게 좋은 충고를 해 준다고 생각하는데. 사람들은 자신에게 가장 필요한 것을 내어 주기를 너무나 좋아하지."

"바질에게 열정이나 낭만이 있다고 말하는 것은 아니겠지요?"

"나는 그가 어떤 열정을 품고 있는지는 모르겠네. 하지만 그에겐 분명 낭만이 있지." 헨리 경의 눈에 즐거운 빛이 서렸다. "그가 자네에게 그런 이야기를 하지 않던가?"

"전혀요. 그에게 물어봐야겠네요. 그 말을 들으니 다소 놀랍네요. 그는 정말 좋은 친구예요. 하지만 내가 보기에 그는 약간 세속적이에요. 해리, 당신을 만나고 나서야 그것을 알게 되었죠."

"이보게, 도리언. 바질은 자기 안에 있는 모든 매력을 작품에 투영시킨다네. 결과적으로 그는 자신의 편견, 원칙, 자기만의 상식을 제외하면 삶을 위해 그 무엇도 남겨 놓지 않지. 내가 지금까지 알아 왔던 사람 중에 유쾌한 예술가들은 모두 실력이 없는 예술가들이었네. 훌륭한 예술가들은 자신의 예술 작품에 모든 것을 쏟아붓기 때문에 자신에겐 전혀 관심이 없어. 위대한 시인, 정말로 대단한 시인은 모든 피조물 중에서 가장 시적이지 않은 존재라네. 그러나 저급한 시인들은 그야말로 매력적이지. 그들의 운율이 조악해질수록 그들은 한 폭의 그림보다 더 멋져 보인다네. 이류 소네트 시집 한 권을 출판했다는 단순한 사실만으로 우리는 그 사람에게 저항할 수 없게 되거든. 그는 자신이 써낼 수 없는 시를 살아 내고 있는 거야. 다른 사람들은 그 자신이 감히 실현시킬 수 없는 시를 써 대는 것이고."

"정말 그런지 궁금한데요, 해리?" 도리언 그레이가 탁자에 있던 금색 뚜껑이 달린 커다란 향수병을 들고 손수건에 향수를 뿌리며 말했다. "당신이 그렇게 말씀하시니 그렇겠네요. 이제 저는 가 봐야겠어요. 이모젠이 나를 기다리고 있습니다. 내일 약속 잊지 마세요. 안녕히 계세요!"

그가 방을 떠나자 헨리 경의 무거운 눈꺼풀이 축 처졌고, 그는 생각에 빠져들기 시작했다. 도리언 그레이만큼 그에게 큰 관심을 불러일으킨 사람은 별로 없었다. 하지만 이 청년이 다른 사람에게 갖는 미친 듯한 열광이 그에게 일말의 곤혹스러움이나 시기 어린 고통을 불러오지는 않았다. 그 점이 재미있었다. 그 덕분에 도리언은 더욱 흥미로운 대상이 되었다. 그는 항상 과학적 방법론에 매료되었다. 그렇지만 과학의 연구 주제는 그에게 사소했고 중요하게 여겨지지 않았다. 그래서 그는 자신을 세세히 해부하기 시작했고, 나중에는 다른 사람을 상세히 해부하게 되었다. 인간의 삶, 그것은 살펴볼 만한 가치가 있었다. 그것과 비교할 만한 가치를 지닌 것은 아무것도 없었다. 사실 고통과 기쁨으로 점철된 이 복잡한 도가니 속에서 인생을 바라보면, 우리는 얼굴에 유리 가면을 쓸 수도 없고 유독가스가 머리를 아프게 하는 것을 막을 수도 없고, 상상력이 기괴한 공상이나 기형적인 꿈으로 바뀌는 것을 막을 수도 없다. 어떤 독약은 참으로 미묘해서 그 속성을 알기 위해서는 그것에 중독되어야만 한다. 어떤 병은 아주 기이하여 그 성질을 이해하려면 병을 직접 앓아야 한다. 하지만 우리가 받는 보상은 얼마나 큰지! 경험하고 나면 온 세상이 얼마나 멋지게 변모하는가! 열정의 이상하고 어려운 논리와 감정적으로 채색된 지성적 삶에 주목하는 것, 그것들이 어디에서 만나고 어디에서 갈라지고 어느 지점에서 하나가 되고 어디에서 화합하지 않는지 관찰해 보는 것, 거기에 바로 생의 기쁨이 있다! 그 대가가 얼마나 되든 무슨 상관이던가? 감각적 경험에 대한 비용이 아무리 비싸다 해도 기꺼이 지불해야 한다.

그는 자신의 말, 음악적 어조로 표현한 언어로 인해 도리언 그레이의 영혼이 그 소녀에게로 향하여 그녀를 경배하고 있다는 사실을 의식하고 있었다. 그리고 이런 생각은 그의 갈색 마놋빛 눈에 한 줄기 희미한 만족감을 불러왔다. 그 젊은이는 자신의 창조물이었다. 그는 청년이 조숙해지도록 만들어 주었다. 그건 특별한 일이었다. 보통 사람은 삶이 자신에게 그 비밀을 드러낼 때까지 기다린다. 하지만 소수만이, 선택된 자만이 베일이 걷히기 전에 생의 신비를 발견한다. 때로는 이것이 예술의 효과, 주로 문학의 효과이다. 문학은 열정과 지성을 직접적으로 다루기 때문이다. 그러나 때로는 복잡한 인물이 그 자리를 차지하여 예술을 자처하고, 그 나름의 방식으로 진정한 예술 작품이 된다. 시, 조각, 혹은 그림이 그러하듯 인생은 정교한 걸작들을 품는다.

그렇다. 이 청년은 조숙하다. 그는 아직 봄인 상태에서 수확을 하고 있다. 그에게는 젊음의 맥박과 열정이 있다. 하지만 자의식도 커지고 있다. 그를 바라보는 것은 유쾌하다. 그의 아름다운 얼굴과 아름다운 영혼은 실로 놀랍다. 그 모든 것이 어떻게 끝나 버리든, 어떻게 끝날 운명이든 중요하지 않다. 그는 가장행렬이나 연극에 등장하는 우아한 인물과 같다. 즉 그의 기쁨은 우리와는 동떨어져 있는 듯하고, 그의 슬픔은 우리의 미적 감각을 흔들어 놓고, 그 상처는 붉은 장미와 같았다.

영혼과 몸, 몸과 영혼, 그것은 참으로 신비롭다! 영혼 안에 동물적인 면이 있고, 몸은 영적인 순간들을 겪는다. 감각이 세련되어질 수 있고, 지성이 퇴락할 수 있다. 어디에서 육체적 충동이 멈추는지, 혹은 정신적 충동이 시작되는지 누가 말할 수 있을까? 평범한 심리학자들이 내리는 정의란 것이 얼마나 얄팍한가! 하지만 다양한 학파의 주장들 가운데 어떤 것이 옳다고 정하는 것이 얼마나 어려운가! 영혼은 죄의 집에 자리한 그림자인가? 아니면 조르다노 브루노가 생각했던 대로 육체는 실제로 영혼 안에 있는 것인가? 물질로부터 정신을 구분하는 것은 신비로운 일이며, 정신과 물질의 결합 또한 신비로운 일이다.

그는 우리가 심리학을 절대적인 과학으로 받아들여야만 무의식의 차원과 같은 미세하게 생동하는 삶을 이해하게 되는 것인지 궁금해지지 시작했다. 지금도 우리는 항상 우리 자신을 오해하고, 다른 사람은 거의 이해하지 못한다. 경험에는 윤리적 가치가 없다. 그것은 우리가 실수에 부여한 이름일 뿐이다. 인간은 대체로 그것을 경고의 형식으로 간주했으며, 경험이 인격을 형성하는 데 도덕적 효율성을 갖고 있다고 주장했고, 우리가 무엇을 따라야 하고 무엇을 피해야 하는지 보여 준다고 생각하며 찬양했다. 그러나 경험에는 동력이 없다. 그것은 양심과 마찬가지로 능동적 동기가 될 수 없다. 실제로 경험이 보여 주는 것은 우리 미래가 과거와 같으리라는 것이며, 강한 혐오감을 느끼고 한번 저지른 죄는 이후에 즐거움을 느끼고 무수히 반복할 것이라는 점이 전부다.

그는 실험적 방법만이 열정을 과학적으로 분석하기 위한 유일한 길이라고 생각했다. 분명 도리언 그레이는 그의 손안에 든 연구 주제이며, 풍부하고 유익한 결과를 약속하는 듯했다. 시빌 베인에 대한 갑작스럽고 광기 어린 그의 사랑은 주의 깊은 관심을 불러일으키는 심리학적 현상이었다. 호기심이 사랑과 깊은 관계가 있는 것이 분명했다. 호기심과 새로운 경험에 대한 욕망이 그렇다. 하지만 그것은 단순하기보다는 오히려 아주 복잡한 열정이었다. 그 열정 안에 존재하던 소년 시절의 순수하고 감각적인 본능은 상상력이 작동하면서 변형되어 소년 자신에게는 감각과 동떨어진 것처럼 보이는 무엇인가로 변했고, 바로 그런 이유로 열정은 훨씬 더 위험해졌다. 우리는 열정의 근원을 잘못 알게 되는 바람에 그것은 우리에게 가장 강력한 존재로 군림한다. 우리가 본질을 잘 알고 있는 것들은 오히려 가장 미약한 동기를 지니고 있다. 우리가 다른 사람들에게 실험하고 있다고 생각할 때 실제로는 우리가 우리 자신에 대해 실험하는 상황이 종종 발생하는 것이다.

헨리 경이 이런 것들에 대해 깊이 생각하며 앉아 있을 때 문을 두드리는 소리가 들렸다. 하인이 들어와 그에게 저녁 식사를 위해 예복을 갖춰 입을 시간이라고 알려 주었다. 그는 일어나 거리를 내다보았다. 저녁노을이 맞은편 집들의 창문 위쪽을 선홍빛 금색으로 물들이고 있었다. 창들은 달구어진 금속판처럼 빛나고 있었다. 그 위 하늘은 시들어 가는 장밋빛이었다. 그는 불길 같은 색으로 빛나는 도리언 그레이의 젊은 인생을 생각하며 그 모든 것이 어떻게 끝날지 궁금해했다.

12시 30분쯤 집에 돌아왔을 때 그는 거실 탁자에 놓여 있는 전보를 발견했다. 도리언에게서 온 것이었다. 도리언이 시빌 베인과 결혼하기로 약속했다는 소식을 전하고 있었다.

4장

"자네도 소식 들었지, 바질?" 다음 날 저녁 헨리 경이 말했다. 홀워드는 세 사람을 위한 저녁 식사가 준비된 브리스틀 호텔의 작은 개인 방으로 안내를 받았다.

"아니, 해리." 홀워드는 모자와 코트를 인사하는 웨이터에게 건네며 대답했다. "무슨 일인데? 정치 이야기는 아니었으면 하는데? 난 정치에 관심이 없네. 하원에는 초상화를 그려 줄 만한 인간이 한 사람도 없어. 그중에 많은 이들은 차라리 어디 싸구려 회칠하는 데나 갖다 쓰는 것이 더 나을지 몰라."

"도리언 그레이가 약혼을 했다네." 헨리 경은 친구를 바라보면서 말했다.

홀워드는 완전히 사색이 되었다. 이상한 빛이 잠시 그의 눈에 어렸다가 이내 사라지더니 넋이 나가 버린 듯했다.

"도리언이 약혼했다고!" 그가 소리치듯 말했다. "말도 안 돼!"

"사실이라네."

"누구와?"

"어떤 나이 어린 여배우와."

"도저히 믿을 수가 없네. 도리언은 매우 분별 있는 사람인데."

"이보게, 바질, 도리언은 너무도 현명해서 때때로 바보 같은 일을 벌이는 거야."

"결혼은 때에 따라 할 수 있는 것이 아니잖아, 해리." 홀워드가 웃으며 말했다.

"미국을 제외하고는 그렇지. 하지만 나는 그가 결혼했다고 말하지 않았네. 약혼을 했다 했지. 그건 큰 차이가 있어. 나는 결혼한 기억은 분명한데, 약혼했던 것은 전혀 떠오르지 않는군. 나는 약혼한 적이 없다고 생각하는 버릇이 있다네."

"그러나 도리언의 신분, 사회적 위치, 재산에 대해 생각해 보게. 그가 자신보다 한참 밑에 있는 사람과 결혼한다는 것은 말도 안 되는 일이야."

"자네가 도리언이 그 소녀와 결혼하기를 바란다면 그에게 그렇게 말하게, 바질. 그는 분명 그렇게 할걸. 사람이 철저하게 멍청한 짓을 저지르는 것은 항상 가장 고귀한 동기가 있기 때문이지."

"그 여자가 좋은 사람이길 바라네, 해리. 도리언이 사악한 사람과 엮이는 것을 보고 싶지는 않아. 그런 존재는 그의 본성을 타락시키고 그의 지성을 망쳐 버릴 수 있거든."

"오, 그녀는 착한 사람보다는 나은 사람이야. 아름답거든." 헨리 경이 오렌지 비터스와 베르무트가 섞인 칵테일 한 잔을 맛보면서 투덜거리듯 말했다. "도리언은 그녀가 아름답다고 하더군. 그는 그런 부류의 일을 잘못 판단하는 사람이 아니지. 자네가 그려 준 그의 초상화가 그에게 다른 사람들의 외모를 평가하도록 자극을 주었지. 다른 것보다 그것이 탁월한 효과를 발휘했어. 오늘 밤 우리는 그녀를 만나러 갈 것이라네. 그 젊은 친구가 자신의 약속을 잊지 않았다면 말이지."

"그래서 자네는 이 약혼을 찬성하는 건가, 해리?" 홀워드가 물었다. 그는 방을 왔다 갔다 하면서 입술을 깨물었다. "자네가 진정으로 그 결혼을 찬성할 리가 없어. 어리석음으로 누군가에게 빠진 것일 뿐이니까."

"이제 나는 그 어떤 것도 찬성하거나 반대하지 않는다네. 그건 삶에 대한 부조리한 태도일 뿐이야. 우리는 자신의 도덕적 편견을 자랑하려고 세상에 나아가는 것이 아니거든. 나는 평범한 사람들이 말하는 것에 대해 전혀 주목하지도 않고, 매력적이라고 하는 사람들이 하는 일에 절대 간섭하지도 않는다네. 나를 매료시킨 사람이 있다면, 그 사람이 행하는 일은 무엇이든 확실히 내게는 유쾌한 것이야. 도리언 그레이는 셰익스피어를 연기하는 아름다운 소녀와 사랑에 빠졌고, 그녀와 결혼하려고 프러포즈하는 것이네. 그러면 안 되는 이유가 있겠는가? 그가 메살리나[7]와 결혼한다고 해도 그는 여전히 흥미로운 존재일 거야. 자네도 알다시피 나는 결혼을 옹호하는 사람이 아니야. 결혼의 진짜 단점은 사람을 이타적으로 만든다는 점이지. 이타적인 사람에겐 색깔이 없어. 개성이 없지. 그렇지만 결혼으로 인해 성격, 기질이 더욱 복잡하게 변하는 사람도 있지. 그런 기질의 사람은 이기주의를 품고 있으면서 다른 자아를 추가하거든.

7 로마 황제 클라우디스의 황후로, 방탕한 생활로 유명했다.

그들은 하나 이상의 인생을 살도록 강요받지. 아주 고도로 조직화되는 거지. 게다가 모든 경험은 나름의 가치가 있어. 누가 결혼에 대해 부정적으로 말하든 그것도 분명 하나의 경험이지. 나는 도리언 그레이가 그녀를 아내로 삼아 열정적으로 한 6개월 동안 사랑하다가 갑자기 다른 누군가에게 매혹되었으면 한다네. 그러면 그는 아주 멋진 연구 대상이 되겠지."

"정말 그렇게 되길 바라는 것은 아니겠지, 해리. 그건 자네도 잘 알 거야. 도리언 그레이의 삶이 망가지면 자네보다 더 유감스럽게 생각할 사람은 없을 테지. 자네는 아닌 척하지만 실제로는 좋은 사람이야."

헨리 경은 웃었다. "우리가 다른 사람들을 아주 좋게 생각하는 이유는 우리가 모두 자신을 두려워하고 있기 때문이야. 낙관주의의 기반은 순수한 공포라네. 우리는 이웃이 우리에게 어떤 혜택을 줄 것 같기 때문에 그 점을 이웃의 미덕으로 여기면서도 스스로를 관대하다고 생각하지. 우리는 우리 계좌에 들어 있는 돈을 초과해서 인출해 줄 수도 있는 은행원을 칭찬하고, 내 호주머니는 봐줄 것이라는 희망으로 노상강도에게서 훌륭한 자질을 찾는 거야. 내가 하는 말은 모두 진심으로 하는 말이네. 나는 낙관주의에 대해 아주 큰 경멸감을 가지고 있지. 그리고 망가진 삶에 대해 말하자면, 어떤 삶도 망가지는 것이 아니라 성장이 저지되는 것뿐이야. 자네가 어떤 본성에 해를 가하고 싶다면 그것을 교정시키려고만 하면 된다네. 도리언이 왔군. 그가 나보다 더 많은 것을 말해 주겠지."

"안녕하세요, 해리. 안녕하세요, 바질. 두 분은 날 축하해 주셔야 합니다!" 청년은 말하면서 새틴으로 안감을 댄 이브닝 망토를 벗어 던지고, 친구들과 번갈아 가며 악수했다. "나는 이보다 더 행복했던 적이 없어요. 물론 갑작스러운 면이 있긴 해요. 진정으로 유쾌한 일은 모두 갑작스럽기 마련이죠. 하지만 내가 평생 찾아 헤매던 것이 바로 결혼인 것 같아요." 그의 얼굴은 흥분과 즐거움으로 달아올랐고, 더욱 멋있어 보였다.

"나는 자네가 언제나 아주 행복하길 바라네, 도리언." 홀워드가 말했다. "하지만 약혼 소식을 내게 알리지 않은 것은 용서할 수가 없네. 해리에게는 알렸으면서."

"그리고 나는 자네가 만찬에 늦은 것을 용서하지 못하겠네." 헨리 경이 끼어들며 청년의 어깨에 손을 올려놓았다. 그리고 미소 지으며 말을 이었다. "자, 이제 앉아서 새로 온 셰프의 실력이 어떤지 알아보세. 자네는 이 모든 사정이 어떻게 된 건지 말해 주게나."

"말씀드릴 것이 많지는 않아요." 도리언은 말했다. 그들은 작고 둥근 탁자에 자리를 잡고 앉았다. "간단히 말하자면, 자초지종은 이렇습니다. 어제저녁에 해리, 당신과 헤어지고 나서 루퍼트가에 있는 흥미로운 작은 이탈리안 레스토랑에서 저녁을 먹었습니다. 당신이 내게 소개해 준 그곳 말입니다. 그리고 나서 저는 극장에 갔습니다. 시빌은 로잘린드를 연기하고 있었습니다. 물론 무대는 끔찍했고 올랜도의 연기는 황당했어요. 하지만 시빌은 말이죠! 두 사람도 그녀를 봤어야 했어요! 그녀가 소년 복장을 하고 무대에 나타났을 때 정말 완벽할 정도로 근사했어요. 그녀는 황갈색 소매가 달린 진초록 벨벳 조끼, 무릎에서 끈을 맨 긴 갈색 양말, 독수리 깃털을 보석으로 고정해 매단 화사하면서도 자그마한 녹색 모자, 그리고 암적색 줄무늬가 들어간 두건 달린 망토 차림을 하고 있었습니다. 그렇게 아름다워 보인 적은 처음이었어요. 그녀에게는 바질, 당신의 스튜디오에 있는 작은 타나그라 조각상과 같은 섬세한 우아함이 있었습니다. 그녀의 머리는 연한 분홍색 장미 주위에 자라난 어두운 잎사귀 같은 모양으로 그녀의 얼굴을 감싸고 있었지요. 그녀의 연기로 말하자면……. 글쎄요, 오늘 밤 보시게 될 겁니다. 간단히 말하자면 그녀는 타고난 예술가입니다. 어두운 특별석에 앉아 있던 나는 완전히 그녀에게 매료되었어요. 내가 19세기에 산다는 것도, 런던에 있다는 사실도 잊었습니다. 누구도 본 적 없는 숲속으로 나의 사랑과 함께 있는 것 같았어요. 공연이 끝난 후에 무대 뒤로 가서 그녀와 이야기를 했습니다. 함께 앉아 있을 때, 갑자기 그녀의 눈가에 한 번도 본 적이 없는 표정이 스쳤습니다. 내 입술이 그녀를 향했어요. 우리는 키스했습니다. 내가 그 순간에 무엇을 느꼈는지 설명할 수는 없어요. 내 모든 인생은 장밋빛 환희로 완벽했던 이 한순간으로 집약할 수 있을 것 같습니다. 그녀는 온몸을 떨었지요. 하얀 수선화처럼 흔들리고 있었어요. 그리고 무릎을 꿇더니 내 손에 입을 맞췄어요. 두 사람에게 이 모든 것을 말해서는 안 될 것 같지만 어쩔 수 없네요. 물론 우리의 약혼은 극비 사항입니다. 그녀는 자기 어머니에게조차 말하지 않았습니다. 내 후견인들이 뭐라고 말할지 모르겠어요! 래들리 경은 분명 대로할 테지만 난 신경 쓰지 않아요. 1년도 못 되어 성년이 되니 하고 싶은 대로 할 수 있어요. 나는 잘한 거예요. 바질, 그렇지 않아요? 시에서 내 사랑을 찾고, 셰익스피어 연극에서 내 아내를 찾은 것 말이에요. 셰익스피어에게 말을 배운 입술이 비밀을 내 귀에 속삭였습니다. 로잘린드의 팔이 나를 감싸 안았고, 줄리엣의 입술이 내게 키스했습니다."

"그래, 도리언. 잘했네." 홀워드는 천천히 말했다.

"오늘도 그녀를 만났나?" 헨리 경이 물었다.

도리언 그레이는 고개를 저었다. "나는 아든 숲에서 그녀와 헤어졌습니다. 하지만 베로나의 과수원으로 가서 그녀를 찾을 겁니다."

헨리 경은 생각에 잠긴 듯한 자세로 샴페인을 한 모금 마셨다. "구체적으로 언제 결혼이라는 단어를 언급했나, 도리언? 그리고 그녀가 뭐라고 대답하던가? 아마 그런 것은 모두 잊어버렸을지도 모르겠지만."

"해리, 나는 그 일을 거래하듯 하지 않았어요. 공식적으로 프러포즈한 것도 아니고요. 나는 그녀에게 사랑한다고 말했고, 그녀는 자신에게 아내가 될 만한 자격이 없다고 말했습니다. 자격이 없다니요! 아, 온 세상도 그녀에 비하면 내게 아무것도 아닙니다."

"여성들은 놀라울 정도로 현실적이야." 헨리 경이 투덜거렸다. "우리보다 훨씬 더 현실적이지. 그런 상황에서 우리는 종종 결혼에 대해 이야기하는 것을 잊어버리지. 그런데 여성들은 항상 우리에게 상기시켜 주거든."

홀워드가 손을 헨리 경의 팔에 올려놓았다. "그러지 말게, 해리. 자네는 도리언을 괴롭히고 있어. 그는 다른 남자들 같지 않아. 그는 어느 누구도 절대로 불행하게 만들지 않을 거야. 그러기엔 본성이 너무 선한 젊은이거든."

헨리 경은 탁자 건너편을 바라보았다. "도리언은 절대로 나 때문에 괴로워하지 않는다네." 그가 대답했다. "나는 가장 합당한 이유, 우리가 어떤 질문을 할 때 변명이 될 수 있는 유일한 이유, 즉 단순한 호기심에서 그 질문을 던진 것이네. 나는 프러포즈하는 쪽은 항상 남성이 아니라 여성이라는 이론을 가지고 있네. 물론 중산층은 예외이지만 말일세. 하지만 그래서 중산층은 현대적이지 않지."

도리언 그레이는 머리를 젖히며 웃었다. "해리, 당신은 정말 못 말리겠네요. 하지만 저는 괘념치 않아요. 당신에게는 화를 낼 수 없어요. 당신이 시빌 베인을 직접 만나 보면 그녀에게 못된 짓을 할 수 있는 남자는 심장이 없는 야수라고 생각하게 될 거예요. 나는 인간이 어떻게 자신이 사랑하는 존재에게 수치를 주는지 이해할 수 없습니다. 난 시빌 베인을 사랑해요. 그녀를 금으로 만든 단상 위에 받들어 모시고, 내 것이 된 여인을 향해 세상이 숭배하는 것을 보고 싶습니다. 결혼이 뭔가요? 돌이킬 수 없는 맹세잖아요. 나는 그 돌이킬 수 없는 맹세를 하려는 거예요. 그녀의 신뢰는 나를 충실한 사람이 되도록 만들고, 그녀의 믿음은 나를 좋은 사람이 되도록 합니다. 그녀와 함께 있을 때면 나는 당신에게 배운 모든 것을 후회해요. 나는 당신이 아는 사람과 전혀 다른 사람이 돼 가요. 나는 변했습니다. 시빌 베인의 손이 스치기만 해도 당신과, 당신의 잘못되고 매력적이면서 중독성 있고 유쾌한 이론들을 잊게 돼요."

"도리언, 자네는 언제나 나를 좋아할 거야." 헨리 경이 말했다. "자네들, 커피 한잔하겠는가? 이보게, 커피 좀 가져오게. 그리고 괜찮은 샴페인하고 담배도. 아니, 담배는 됐네. 나한테 좀 있어. 바질, 시가는 피우지 마. 담배를 피우라고. 담배는 완벽한 즐거움을 위한 완벽한 것이라네. 담배는 강렬하면서도 다 채워지지 않은 욕구를 남기지. 그 이상 더 무엇을 원하겠나? 그래, 도리언. 자네는 나를 항상 좋아할 거야. 나는 자네가 절대로 저지를 수 없는 모든 죄들을 보여 주고 있으니까."

"참 말도 안 되는 이야기를 하고 있군요!" 도리언 그레이는 웨이터가 탁자에 놓아두었던 용 모양의 은제 라이터로 담뱃불을 붙이며 말했다. "자, 극장에 함께 가죠. 당신이 시빌을 만나면 삶에 대한 새로운 이상을 갖게 될 거예요. 그녀는 당신이 이제까지 전혀 알지 못했던 것을 보여 줄 거예요."

"나는 모든 것을 알고 있다네." 헨리 경이 슬픈 표정을 지으며 말했다. "하지만 나는 항상 새로운 감정을 맞을 준비가 되어 있지. 유감스럽게도 새로운 감정 같은 것이 생기지는 않지만. 그렇지만 자네의 놀라운 여인이 나를 전율시킬 수도 있을 거야. 나는 연기를 사랑해. 그것은 인생보다 훨씬 더 현실적이거든. 가 보세. 도리언, 자네는 나와 함께 가지. 미안하네, 바질. 사륜마차에는 두 사람이 앉을 자리밖에 없어. 자네는 다른 마차로 따라와야겠네."

그들은 일어나 코트를 입으면서 선 채로 커피를 홀짝였다. 홀워드는 말없이 생각에 사로잡혀 있었다. 그의 표정은 어두웠다. 그는 이 결혼이 참을 수 없었다. 하지만 일어날 수도 있는 다른 일들보다는 더 나은 것 같아 보였다. 잠시 후에 그들은 다 같이 계단을 내려갔다. 홀워드는 정한 대로 혼자서 마차에 올랐다. 그 앞에 작은 사륜마차의 반짝이는 불빛이 보였다. 이상한 상실감이 그를 덮쳤다. 그는 도리언 그레이가 다시는 이전과 같지 않을 거라고 느꼈다. 그의 눈빛은 어두워졌고 불빛으로 빛나는 혼잡한 거리는 흐릿해 보였다. 마차가 극장 앞에 이르렀을 때 그는 몇 년이나 늙어 버린 것 같았다.

5장

무슨 이유에서인지 그날 밤 극장은 붐볐다. 입구에서 그들을 맞이한 뚱뚱한 유대인 주인은 입이 귀에 걸리도록 느끼한 웃음을 짓고 있었다. 그는 다소 과장되게 공손한 태도로 손님들을 특별석으로 안내했다. 그는 보석으로 치장한 두툼한 손을 흔들어 대며 왱왱대는 톤으로 시끄럽게 이야기하면서 걸어갔다. 도리언 그레이는 어느 때보다 그런 그가 싫었다. 마치 미란다를 찾으러 왔다가 칼리반[8]을 만난 듯한 기분이었다. 반면 헨리 경은 그가 오히려 맘에 들었다. 그는 그 유대인이 마음에 든다고 말하고는 그에게 끈질기게 악수를 청했다. 그러면서 주인을 향해 진정한 천재를 알아보고, 셰익스피어 때문에 파산까지 감내한 사람을 만나게 되어 가슴이 벅차다고 거듭 말했다. 홀워드는 저렴한 객석에 자리 잡은 사람들의 얼굴을 바라보며 즐거워했다. 그곳의 열기는 끔찍할 정도로 불쾌했고, 강렬한 조

---

8 셰익스피어의 희곡 『템페스트』에 나오는 야만인.

명은 불꽃 모양 꽃잎이 달린 달리아처럼 뜨거웠다. 꼭대기 층 객석의 젊은이들은 코트와 조끼를 벗어 벽에 걸어 놓았다. 그들은 극장을 가로질러 반대쪽에 앉은 사람들을 향해 이야기하기도 하고, 옆에 앉아 있는 야한 화장을 한 아가씨들과 오렌지를 나누어 먹기도 했다. 어떤 여성들은 아래 객석에서 웃고 있었는데, 그 목소리가 끔찍할 정도로 날카로워 귀에 거슬렸다. 펑 하고 코르크 마개 따는 소리가 매점 안에서 들렸다.

"인간에게 있는 신성을 발견할 만한 장소로군!" 헨리 경이 말했다. "그렇습니다!" 도리언 그레이가 대답했다. "나는 여기서 그녀를 발견했습니다. 그녀는 모든 살아 있는 것들 너머의 신적인 존재입니다. 그녀가 연기할 때는 모든 것을 잊게 될 거예요. 상스러운 얼굴과 거친 몸짓을 지닌 이 안의 보통 사람들은 그녀가 무대에 있을 때 아주 달라집니다. 그들은 조용히 앉아서 그녀를 바라보죠. 그녀가 시키는 대로 울고 웃습니다. 그녀는 그들이 바이올린처럼 반응하도록 만들어요. 그들에게 영혼을 불어넣어 누구라도 그들이 자신과 같은 살과 피로 이루어져 있다고 느끼게 합니다."

"오, 그러지는 않길 바라네!" 헨리 경이 투덜거렸다. 그는 오페라 안경을 통해 꼭대기 층의 관객을 훑어보고 있었다.

"그의 말에 신경 쓰지 말게, 도리언." 홀워드가 말했다. "나는 자네가 무슨 말을 하는지 알겠네. 나는 그녀가 뛰어나리라고 믿네. 자네가 사랑하는 사람이 누구든 틀림없이 놀라운 사람일 거야. 자네가 묘사한 영향력을 불러일으키는 여인이라면 분명 멋지고 고귀한 사람이겠지. 한 시대에 영혼을 불어넣는 것, 그것은 노력해 볼 만한 가치가 있는 특별한 것이야. 그녀가 영혼 없이 살아온 이들에게 영혼을 줄 수 있다면, 더럽고 추한 삶을 살았던 이들에게 아름다움에 대한 감성을 부여할 수 있다면, 그들의 이기심을 벗어던지게 하고 자신이 아닌 다른 누군가의 슬픔을 위해 눈물을 내줄 수 있게 한다면, 그러면 그녀는 자네의 애정과 세상의 동경을 받을 만한 가치가 있는 사람일 거야. 이 결혼은 정말 옳은 결정이야. 처음에는 그리 생각하지 않았지만, 이제는 인정한다네. 신은 자네를 위해 시빌 베인을 만든 것이네. 그녀가 없다면 자네는 불완전한 상태로 남았을 거야."

"고마워요, 바질." 도리언 그레이는 그의 손을 힘주어 잡으며 대답했다. "당신은 나를 이해할 거라고 생각했어요. 해리는 아주 냉소적이며 내게 가혹해요. 이제 오케스트라가 연주를 시작하는군요. 연주가 아주 끔찍하지만 약 5분이면 끝나요. 그리고 막이 오르면 내가 인생의 모든 것을 바치게 될 여인, 내 안의 좋은 것을 모두 내준 여인을 보게 될 거예요."

15분쯤 후에 우레와 같은 엄청난 박수를 받으면서 시빌 베인이 무대 위에 올랐다. 그렇다. 그녀는 분명 아름다워 보였다. 헨리 경은 자신이 지금까지 보았던 사람들 중 가장 아름다운 여자라고 생각했다. 그녀의 수줍은 듯한 우아함과 놀란 듯한 눈은 새끼 사슴을 연상시키는 면이 있었다. 은거울에 비친 장미의 그림자처럼 희미한 홍조가, 열정적인 관객으로 가득한 극장을 힐끗 살펴보는 그녀의 볼에 스쳤다. 그녀는 몇 걸음 물러섰고, 입술은 떨리는 듯했다. 바질 홀워드는 벌떡 일어서더니 박수를 치기 시작했다. 도리언 그레이는 그녀를 응시하며 꿈꾸는 사람처럼 미동도 하지 않고 앉아 있었다. 헨리 경은 오페라 안경을 통해 그녀를 바라보면서 "매력적이야, 훌륭해!"라고 중얼거렸다.

무대 배경은 캐퓰렛가의 넓은 거실이었다. 로미오는 순례자 복장을 하고 머큐쇼와 다른 친구들과 함께 입장했다. 변변치 못한 악단이 몇 소절을 연주하자 배우들이 춤을 추기 시작했다. 볼품없는 옷을 입은 배우 무리를 뚫고 시빌 베인이 마치 다른 멋진 세계에서 온 존재인 듯 등장했다. 그녀의 몸은 춤을 출 때마다 식물이 물속에서 움직이듯 너울거렸다. 그녀의 목선은 하얀 백합의 곡선을 닮아 있었고, 손은 차가운 상아로 만들어진 듯했다.

그러나 그녀는 이상하게도 힘이 없었다. 그 눈길이 로미오에게 가닿을 때도 기쁜 기색을 전혀 찾아볼 수 없었다. 그녀가 대사 몇 줄을 읊었다.

선한 순례자여, 그대는 그대 손에 너무나 큰 욕을 보이는 거예요.
그대의 손이 이렇게 신실한 신앙심을 보여 주는 데 말이에요.
성자의 손은 순례자가 손을 갖다 대기 위해 있는 것이고,
손바닥을 맞대는 것은 거룩한 순례자들의 키스가 아닌가요?

이어진 짧은 대화도 너무나 작위적이었다. 목소리는 훌륭했지만 어조가 전혀 맞지 않았다. 음색도 어색했다. 대사의 시적 생명력은 전부 사라져 버려서 그녀의 열정도 거짓으로 보이게 했다.

도리언 그레이는 그녀를 바라보면서 얼굴이 창백해졌다. 친구 중 누구도 그에게 감히 말을 꺼내지 못했다. 그들이 보기에 그녀는 완전 무능해 보였다. 그들은 몹시도 실망했다. 하지만 그들은 줄리엣 배역의 진정한 시험대는 2막 발코니 장면이라고 생각했다. 그들은

그 장면을 기다렸다. 그녀가 거기서도 제대로 연기하지 못한다면 그녀에게 기대할 것은 아무것도 없는 셈이었다.

달빛 아래로 등장한 그녀는 매력적이었다. 그것은 부인할 수 없는 사실이었다. 그러나 연기는 차마 볼 수 없을 지경이었고, 시간이 지나면서 더욱 심해졌다. 몸짓은 어이없을 정도로 작위적이었다. 그녀는 자신의 모든 대사를 지나치게 강조했다.

내 얼굴이 이렇게 한밤의 가면으로 가려져 있으니 망정이지,
그렇지 않다면 내 볼은 처녀의 수줍음으로 빨개져 있을 거예요.
그대가 이 밤에 내 말을 엿듣고 있기 때문이니까요!

이 아름다운 문장을 이류 웅변 선생에게 낭독을 배운 학생처럼 웅변조로 정확하게 발음하며 연기했다.

그대를 만난 것이 기쁘긴 하여도
오늘 밤의 그런 맹세는 기쁘지 않아요.
너무나 무모하고, 너무나 갑작스러워요.
"번개예요"라고 말할 새도 없이 사라져 버리는
번갯불 같아요. 그럼 안녕히!
이 사랑의 꽃봉오리는 여름날 바람에
마냥 부풀었다가 다음에 만날 때 예쁘게 꽃필 거예요.

그녀가 발코니에 기대어 이 아름다운 대사를 읊었을 때도 자신에게 아무 의미도 없는 것처럼 대사를 내뱉었다. 긴장한 것은 아

니었다. 긴장한 것과는 너무나 거리가 멀었고, 오히려 완전히 자제하는 것처럼 보였다. 그녀의 연기는 형편없었다. 배우로서 그녀는 완전한 실패작이었다.

무대 앞의 일반석과 꼭대기 층 객석의 무식한 일반 관객들도 연극에 대한 관심을 거둬 버렸다. 그들은 가만히 있지 않고 큰 소리로 웅성대며 휘파람을 불기 시작했다. 유대인 주인은 귀빈석 뒤쪽에 서 있다가 발을 동동 구르고 화를 내며 욕을 해댔다. 움직이지 않는 사람은 시빌 베인뿐이었다.

2막이 끝났을 때 폭풍 같은 비난의 소리가 몰아쳤다. 헨리 경이 자리에서 일어나 코트를 입었다. "그녀는 아주 아름답네, 도리언." 그가 말했다. "하지만 연기는 못하는군. 자, 가지."

"나는 연극을 끝까지 보겠습니다." 강하고 쓸쓸한 어조로 청년이 대답했다. "저녁 시간을 허비하게 해서 정말 죄송합니다, 해리. 두 분께 사과드립니다."

"이보게, 도리언. 베인 양이 좀 아픈 것 같군." 홀워드가 끼어들었다. "우린 다른 날에 오겠네."

"나도 그녀가 아픈 것이길 바랍니다." 도리언이 말했다. "하지만 그녀는 단순히 투박하고 뻣뻣해 보이네요. 그녀는 완전히 변했어요. 어젯밤에 그녀는 위대한 예술가였습니다. 그러나 오늘 밤에는 흔해 빠진, 고만고만한 여배우일 뿐이에요."

"자네가 사랑하는 사람에 대해 그렇게 말하지 말게, 도리언. 사랑은 예술보다 훌륭한 것이네."

"두 가지 모두 모방의 한 형태에 불과하네." 헨리 경이 투덜거렸다. "어서 가세. 도리언, 자네는 여기 더 있어선 안 돼. 나쁜 연기는 보지 않는 것이 좋아. 게다가 나는 자네가 연기하는 아내를 원할 거라고 생각하지 않네. 그러니 그녀가 목각 인형처럼 줄리엣을 연기한다고 한들 무엇이 문제겠는가? 그녀는 아주 사랑스러워. 그리고 그녀가 연기만큼이나 인생에 대해 아는 것이 거의 없다면, 그녀와 유쾌한 경험을 하게 될 거야. 정말로 매력적인 사람은 딱 두 부류로 나눌 수 있지. 모든 것을 알고 있는 사람과 아무것도 모르는 사람이 있을 뿐이네. 맙소사, 여보게, 그렇게 비참한 표정은 짓지 말게! 젊음을 유지하는 비밀은 젊음과 어울리지 않는 감성은 갖지 않는 거야. 우리와 같이 클럽으로 가세. 담배나 피우며 시빌 베인의 아름다움을 위해 건배하세. 그녀는 아름다워. 그 이상 무엇을 더 원하겠는가?"

"제발, 그만 가세요, 해리." 청년이 외쳤다. "정말 혼자 있고 싶습니다. 바질, 가 달라고 부탁해도 괜찮지요? 아! 내 마음이 부서지고 있는 게 보이지도 않습니까?" 뜨거운 눈물이 그 눈에서 흘렀고, 입술은 떨렸다. 그는 특별석 뒤쪽으로 서둘러 나가 벽에 몸을 기댄 채 손으로 얼굴을 가리고 있었다.

"가지, 바질." 뜻밖에 헨리 경은 부드러운 어조로 말했다. 두 젊은이는 함께 나가 버렸다.

잠시 후 무대 조명이 밝혀지고 3막의 커튼이 올랐다. 도리언 그레이는 자리로 돌아갔다. 그는 창백하고, 오만하고, 무심해 보였다. 연극은 질질 늘어졌고, 끝없이 이어지는 듯했다. 관객의 반은 무거운 부츠로 쿵쿵거리고 웃어대며 나가 버렸다. 연극은 대실패로 끝났다. 마지막 막은 좌석이 거의 빈 상태에서 공연되었다.

공연이 끝나자마자 도리언 그레이는 무대 뒤편에 있는 분장실로 뛰어갔다. 소녀는 거기서 승리에 취한 듯한 표정으로 홀로 서 있었다. 그녀의 눈은 광휘로 빛났고, 주변에는 광채가 흘렀다. 그녀는 자신만의 비밀을 생각하며 미소 짓고 있었다.

그가 들어가자, 그를 본 그녀의 얼굴에 무한한 환희의 표정이 떠올랐다. "오늘 제 연기가 정말 형편없었죠, 도리언!" 그녀가 외쳤다.

"끔찍했습니다!" 그가 놀라서 그녀를 뚫어져라 쳐다보며 대답했다. "끔찍했습니다! 불쾌했습니다. 어디 아파요? 당신 연기가 어땠는지 자신은 모를 거예요. 내가 어떤 고통을 겪었는지 당신은 모를 거예요."

소녀가 웃었다. "도리언." 그녀는 그의 이름이 붉은 꽃잎 같은 그녀의 입술에 와 닿는 꿀보다도 훨씬 달콤한 듯, 긴 여운이 남는 음악적 리듬을 담아 그의 이름을 불렀다. "도리언, 당신은 이해해 줬어야죠. 하지만 이제는 이해하죠, 그렇죠?"

"무엇을 이해한다는 겁니까?" 그가 화가 나서 물었다.

"왜 내가 오늘 밤 연기를 그렇게 못했는지, 왜 앞으로도 못할 것인지를요. 내가 다시는 연기를 잘하지 못할 이유를요."

그는 어깨를 으쓱했다. "당신은 좀 아픈 듯합니다. 아플 때는 무대에 서면 안 돼요. 자신을 우습게 만드는 거예요. 내 친구들은 지루해했어요. 나도 재미없었고요."

그녀는 그의 말이 귀에 들어오지 않는 듯했다. 그녀는 환희의 감정에 젖어 있었다. 행복한 황홀감이 그녀를 지배했다.

"도리언, 도리언." 그녀가 외쳤다. "내가 당신을 알기 전에는 연기가 내 인생의 진리였어요. 내가 살아 있을 때는 극장에서 연기할 때뿐이었어요. 그것들을 모두 진실이라고 생각했죠. 어느 밤에 나는 로잘린드이고, 다른 날엔 포샤였어요. 비어트리스의 기쁨이 나의 기뻠이었고, 코델리아의 슬픔이 나의 것이었어요. 나는 모든 것을 믿었던 거죠. 나와 함께 연기했던 평범한 사람들이 신처럼 보였어요. 배경으로 그려진 장면들은 내 세계였고요. 나는 그림자의 세계 말고는 아무것도 몰랐던 거죠. 그것들이 실재한다고 생각했어요. 오, 나의 아름다운 사랑! 그런데 당신이 나타나 내 영혼을 감옥에서 자유롭게 해 주었어요. 당신은 내게 실재가 무엇인지 알려 주었어요. 오늘 밤, 내 생에 처음으로 내가 항상 연기해 왔던 연극이 공허하고, 거짓이고, 바보 같다는 것을 깨달았어요. 오늘 밤 처음으로 나는 로미오가 흉측하고 늙고 분칠한 존재였으며, 과수원의 달빛은 허위이고, 배경은 저속하고, 내가 읊어야 하는 대사들은 비현실적이며, 내 언어도 아니며, 내가 하고 싶은 말도 아니라는 것을 알게 되었어요. 당신은 내게 그보다 고귀한 것을, 모든 예술이 그림자에 불과하다는 특별한 사실을 알려 주었어요. 당신은 사랑이 무엇인지 이해하게 해 주었어요. 나의 사랑! 나의 사랑! 나는 그림자에 질렸어요. 당신은 모든 예술보다 소중해요. 내가 무대 위의 꼭두각시와 무엇을 하겠어요? 오늘 밤 무대에 섰을 때, 어떻게 내 모든 것이 사라져 버렸는지 이해할 수 없었어요. 그런데 갑자기 그것이 무엇을 의미하는지 분명해졌어요. 그 깨달음은 아주 강렬했어요. 관객들이 비난하는 소리를 듣고 나는 미소 지었어요. 그들이 사랑에 대해 무엇을 알까요? 날 데려가 줘요, 도리언. 당신과 함께 데려가 줘요. 우리 둘만이 있을 수 있는 곳으로. 나는 무대를 증오해요. 나는 느껴 본 적이 없는 열정은 모방할 수 있지만, 불같이 나를 태우는 열정은 모방할 수 없어요. 오, 도리언, 도리언. 이제 이해하겠죠? 내가 사랑에 빠진 연기를 할 수 있다고 해도 그건 신성모독일 거예요. 당신이 그것을 깨달게 했어요."

그는 소파에 털썩 주저앉아서 얼굴을 돌렸다. "당신은 내 사랑을 죽여 버렸어요." 그가 중얼거렸다.

그녀는 놀라서 그를 쳐다보더니 웃음을 터트렸다. 그는 대답하지 않았다. 그녀가 그에게로 다가가서 작은 손가락으로 그의 머리를 쓰다듬었다. 그녀는 무릎을 꿇고 그의 손에 입술을 갖다 대었다. 그는 그것을 뿌리쳤다. 그는 온몸으로 몸서리를 쳤다.

그는 벌떡 일어나 문 쪽을 향해 갔다. "그렇습니다." 그가 외쳤다. "당신이 내 사랑을 죽였어요. 당신은 내 상상력을 흔들어 놓곤 했어요. 그러나 이제는 호기심조차 일으키지 못해요. 간단히 말하면, 당신은 내게 어떤 영향도 미치지 못해요. 나는 당신이 경이로 가득했기에 사랑했어요. 당신이 천재성과 지성을 지녔기에, 당신이 위대한 시인들의 꿈을 실현시켰기에, 예술이란 그림자에 형식과 실체를 부여해 주었기 때문이었어요. 당신은 그 모든 것을 내던져 버렸어요. 당신은 천박하고 어리석군요. 맙소사! 당신을 사랑하다니 내가 정말 미쳤나 봐요! 난 정말 바보였어요! 이제 당신은 내게 아무것도 아니에요. 다시는 당신을 만나지 않을 거예요. 절대로 당신을 생각하지 않을 거예요. 당신의 이름도 언급하지 않겠어요. 예전에 당신이 내게 어떤 존재였는지 당신은 모를 거예요. 예전엔……. 오, 차마 생각조차 하고 싶지 않아! 당신에게 눈길을 주지 않았더라면! 당신은 내 인생의 로맨스를 망쳐 버렸어요. 사랑이 당신의 예술을 망쳤다고 말한다면, 당신은 사랑에 대해 아무것도 모르는 거예요. 당신에게 예술이 없다면 당신은 무엇인가요? 아무것도 아니에요. 난 당신을 유명하고 화려하고 고결하게 만들려고 했어요. 세상이 당신을 숭배했을 거고, 당신은 내게 속했을 거예요. 그런데 이제 당신은 무엇이죠? 예쁜 얼굴을 한 삼류 배우일 뿐이에요."

소녀는 얼굴이 창백해지면서 몸을 떨었다. 그녀는 두 손을 모아 꼭 쥐었다. 목소리가 나오지 않는 듯했다. "진심은 아니죠, 도리언?" 그녀가 중얼거렸다. "연기하는 거죠?"

"연기라고! 그건 당신이나 하는 거죠. 그것도 아주 잘하잖아요." 그가 씁쓸하게 대답했다. 그녀는 무릎을 펴고 일어선 뒤 고통에 찬 애처로운 표정을 지으며 방을 가로질러 그에게로 다가왔다. 그의 팔에 손을 얹으며 눈을 바라보았다. 그가 그녀를 밀쳤다. "날 만지지 말아요!" 그가 외쳤다.

낮은 신음 소리가 그녀에게서 터져 나왔다. 그녀는 그의 발치에 주저앉아 짓밟힌 꽃처럼 쓰러졌다. "도리언, 도리언. 날 떠나지 말아요." 그녀가 속삭였다. "오늘 연기를 못해서 너무 미안해요. 나는 당신을 생각하고 있었어요. 하지만 노력할게요. 정말로 노력할게요. 당신에 대한 나의 사랑, 그것은 너무도 갑작스럽게 닥친 일이에요. 당신이 내게 키스하지 않았다면, 우리가 키스하지 않았다면, 나는 사랑을 절대로 알지 못했을 거예요. 내게 다시 키스해 주세요, 내 사랑. 떠나지 마세요. 견딜 수 없을 거예요. 오늘 밤 일은 용서해 줄 수 없나요? 정말 열심히 노력해서 나아지도록 할게요. 내가 세상에서 그 누구보다 당신을 사랑한다고 해서 내게 잔인하게 굴지 말아요. 따지고 보면 당신을 만족시키지 못한 것은 한 번뿐이잖아요. 하지만 당신 말이 맞아요, 도리언. 좀 더 예술가적인 면을 보여 주었어야 했어요. 내가 바보 같았어요. 하지만 어쩔 수 없었어요. 오, 날 떠나지 마세요, 제발 떠나지 말아요." 격정적인 흐느낌에 그녀는 목이 메었다. 상처받은 존재처럼 그녀는 바닥에 웅크리고 앉았다. 도리언 그레이는 아름다운 눈으로 그녀를 내려다보았다. 그의 조각 같은 입술은 극렬한 경멸감으로 일그러졌다. 사람이 사랑하기를 그만두면 상대방이 보이는 열정은 항상 우습게 보일 뿐이다. 시빌 베인의 행동은 너무도 뻔한 멜로드라마 같아 보였다. 그녀의 눈물과 흐느낌이 짜증스러웠다.

"이제 갈게요." 마침내 그가 침착하고 분명한 어조로 말했다. "매정하게 굴고 싶지는 않지만 다시는 당신을 볼 수가 없어요. 당신은 나를 실망시켰어요."

그녀가 숨죽여 울었다. 대답은 없었다. 하지만 그에게 더 가까이 기어갔다. 작은 두 손은 허공을 향해 뻗었다. 그를 찾고 있는 듯했다. 그는 발길을 돌려 방을 떠났고, 잠시 후 극장을 나와 버렸다.

그는 어디로 가야 할지 잘 몰랐다. 희미한 불빛이 보이는 거리를 따라 음산한 검은 그림자가 드리워진 아치형 길과 악마처럼 보이는 집들 사이를 헤맸던 것이 기억났다. 거친 목소리와 거슬리는 소리로 웃어 대는 여자들이 그를 불렀다. 주정뱅이들은 욕지거리를 하고 휘청거렸으며, 기괴한 유인원처럼 혼자 떠들었다. 어떤 남자는 호기심 어린 눈으로 갑작스레 그의 얼굴을 빤히 들여다보다가 살금살금 그의 뒤를 바짝 따라다니며 그를 지나쳤다 다시 지나치기를 반복했다. 괴상한 아이들이 문가에 무리 지어 있었고, 음침해 보이는 안뜰에서는 비명과 욕설이 들려 왔다.

동이 터 올 무렵 그는 코번트 가든에 와 있었다. 흐늘거리는 백합을 가득 실은 커다란 수레들이 텅 빈 깨끗한 거리를 따라 덜컹거리며 천천히 움직였다. 공기는 꽃향기로 무거웠고, 꽃의 아름다움이 그의 고통에 진통제가 되어 주는 듯했다. 그는 시장으로 따라 들어가 사람들이 마차에서 짐을 내리는 광경을 구경했다. 하얀 작업복을 입은 마차꾼이 그에게 체리 몇 개를 내주었다. 그는 고마움을 표하면서 왜 그 짐꾼이 대가를 거부하는지 의아했다. 그는 내키지 않는 듯 체리를 먹기 시작했다. 과일은 한밤에 수확한 것들로 달빛의 냉기가 스며 있었다. 줄무늬 튤립과 노랗고 붉은 장미 상자들을 옮기는 긴 행렬의 소년들이 일렬로 그의 앞을 지나갔다. 그들은 녹청색 빛깔을 지닌 거대한 야채 더미 사이를 뚫고 나아갔다. 태양에 바랜 회색빛 기둥으로 이루어진 주랑 현관 아래, 한 무리의 지저분한 맨머리 소녀들이 배회하면서 경매가 끝나기를 기다리고 있었다. 얼마 후에 그는 마차를 불러 타고 집으로 향했다. 하늘은 이제 맑은 오팔빛이었고, 주택의 지붕은 은빛으로 빛났다.

서재를 지나 침실 문을 향해 걸어가는 데 바질 홀워드가 그려 주었던 초상화가 눈에 들어왔다. 그는 놀라서 걸음을 멈추었다가 가까이 다가가서 자세히 들여다보았다. 크림 빛깔의 블라인드를 뚫고 힘겹게 새어 들어온 빛에 드러난 얼굴은 약간 바뀌어 있는 듯했다. 표정이 달라 보였다. 누군가는 그 입가에 잔인함이 묻어난다고 말할지도 모른다. 분명 신기한 일이었다.

그는 돌아서서 창가로 걸어가 블라인드를 걷어 냈다. 밝은 새벽빛이 방을 가득 채우니 거대한 어둠의 그림자가 어스름한 구석으로 쫓겨나 거기서 몸서리쳤다. 하지만 그가 초상화 속 얼굴에서 보았던 이상한 표정은 여전히 머물러 있는 듯했다. 심지어 더 강렬해진 듯했다. 전율하듯 타오르는 햇살은 마치 그가 어떤 끔찍한 일을 저지르고 나서 거울을 들여다보기라도 한 듯이 선명하게 그의 입가에 자리 잡은 잔인함의 흔적을 드러내 보여 주었다.

그는 움찔했다. 탁자에서 헨리 경이 그에게 주었던, 상아 큐피드 장식으로 테를 두른 타원형 거울을 가져다가 급하게 자신을 비추어 보았다. 그의 붉은 입술 주변에는 그림과 같은 주름은 없었다. 도대체 무슨 일일까?

그는 눈을 비비며 초상화에 가까이 다가가 다시 살펴보았다. 실제로 수정한 흔적이 없었지만, 전체적인 표정은 분명히 바뀌어 있었다. 단순히 자신의 상상이 아니었다. 소름 끼칠 정도로 분명한 사실이었다.

그는 의자에 털썩 주저앉아 생각해 보기 시작했다. 갑자기 그림이 완성되던 날, 바질 홀워드의 스튜디오에서 그가 했던 말이 전광석화처럼 떠올랐다. 그렇다. 그는 그때를 완벽하게 기억하고 있었다. 그는 자신이 젊은 상태로 남아 있고, 초상화가 늙어 갔으면 하는 미친 소원을 이야기했었다. 자신의 아름다움은 퇴색되지 않고, 대신 캔버스에 그려진 얼굴이 그의 열정과 죄의 짐을 짊어졌으면 하는 바람 말이다. 그림으로 그려진 이미지에는 고통과 생각의 주름이 새겨지고, 대신 자신은 소년기의 우아한 혈색과 사랑스러움을 그대로 유지했으면 하는 바람 말이다. 그의 기도는 이루어지지 않았던 것이 아닌가? 그런 일은 불가능하다. 그런 일은 생각하는 것만으로도 무시무시했다. 하지만 그의 앞에는 입가에 잔인한 기색이 어린 초상이 놓여 있다.

잔인함! 그가 잔인했던가? 그 일은 여인의 잘못이지, 그의 잘못이 아니다. 그는 그녀가 위대한 예술가가 되는 꿈을 꾸었고, 그녀가 위대하다고 생각했기에 사랑을 내주었다. 그런데 그녀는 그를 실망시켰다. 그녀는 천박하고 가치가 없어졌다. 그녀가 자신의 발치에 엎드려 어린아이처럼 흐느끼던 것을 생각하니 깊은 후회가 엄습해 왔다. 얼마나 냉담하게 그녀를 바라보았는지 떠올렸다. 어째서 그렇게 했던가? 자신은 왜 그런 영혼을 가졌는가? 하지만 그 역시 고통을 겪었다. 연극이 지속되던 그 끔찍한 세 시간 동안 수 세기에 걸친 듯한 고통을 겪었고, 영겁의 고문을 감내했다. 그의 인생도 그녀만큼이나 가치가 있다. 그가 그녀에게 오래갈 상처를 주었다지만 그녀도 잠시나마 그를 망쳐 놓은 것이다. 게다가 여자는 남자에 비해 슬픔을 잘 참는다. 그들은 자기감정에 의존해 살아간다. 그들은 자기감정만을 생각한다. 그들이 연인을 사귀는 것은 감정을 함께할 수 있는 누군가를 갖기 위해서다. 헨리 경이 그렇게 말했다. 그는 여성이 어떤 존재인지 알고 있다. 그가 왜 시빌 베인 때문에 괴로워해야 하지? 그녀는 이제 그에게 아무것도 아니다.

하지만 이 그림은? 뭐라고 설명해야 하는 거지? 그것은 그의 삶에 대한 비밀을 품고 있으면서 그의 이야기를 말해 주고 있다. 그것은 자신의 아름다움을 사랑하라고 가르쳤다. 이제는 자신의 영혼을 증오하라고 가르치는 건가? 그것을 다시 들여다볼 수 있을까?

아니다. 단지 고통스러운 감각 때문에 일어난 환상에 불과하다. 그가 보낸 이 끔찍한 밤이 환영을 남긴 것이다. 갑자기 사람을 미쳐 버리게 만드는 작은 주홍빛 얼룩이 그의 뇌리에 스친 것이다. 그림은 변하지 않았다. 변했다고 생각하는 것은 어리석다.

하지만 초상화는 아름다우면서도 흠이 있는 얼굴로, 잔인한 미소를 머금은 채 그를 바라보고 있다. 밝은 머릿결이 이른 아침 햇살에 빛났다. 푸른 눈이 그의 눈과 마주쳤다. 자신이 아니라 초상화

속 자신에게 무한한 동정심이 밀려왔다. 그것은 이미 변했고, 앞으로 더 많이 변할 것이다. 금빛은 회색빛으로 시들어 갈 것이다. 붉고 하얀 장미는 죽어 버릴 것이다. 그가 범하는 모든 죄로 얼룩이 생기고 아름다움은 망가질 것이다.

그러나 그는 죄를 범하지 않을 것이다. 변하든 변하지 않든 그 초상화는 그에게 양심의 시각적 상징이 될 것이다. 그는 유혹에 저항할 것이다. 그는 더 이상 헨리 경을 만나지 않을 것이다. 무엇보다 바질 홀워드의 정원에서 마음속에 있는 불가능한 것들을 향한 열정을 처음으로 일깨웠던 마약 같은 이론에 다시는 귀 기울이지 않을 것이다. 그는 시빌 베인에게 돌아가 사과하고, 그녀와 결혼하고, 다시 그녀를 사랑하도록 노력할 것이다. 그래, 그렇게 하는 것이 의무다. 그녀는 그보다 훨씬 더 고통스러웠을 것이다. 그는 그녀에게 이기적이고 잔인하게 대했다. 그녀가 그에게 보여 주었던 매력은 돌아올 것이다. 그들은 함께 행복할 것이다. 그녀와 함께하는 생은 아름답고 순수할 것이다.

그는 의자에서 일어나 초상화 바로 앞에 커다란 장막을 쳤다. 그는 그림을 흘긋 보면서 몸서리쳤다. "참으로 무섭군!" 그는 혼자 중얼거린 뒤 창가로 걸어가 창문을 열었다. 그러고는 풀밭으로 걸어 나가면서 깊은 한숨을 쉬었다. 신선한 아침 공기가 모든 음울한 감정을 몰아내는 듯했다. 그는 시빌 베인만을 생각했다. 사랑의 희미한 메아리가 다시 그에게로 돌아왔다. 그는 그녀의 이름을 부르고 또 불렀다. 이슬을 한껏 머금은 정원에서 노래하는 새들이 꽃들에게 그녀에 대해 이야기하고 있는 듯했다.

6장

 그가 깨어났을 때는 정오가 훌쩍 지난 시간이었다. 하인이 주인이 일어났는지 확인하기 위해 까치발을 하고 몇 번이나 방에 들어왔다. 그는 젊은 주인이 왜 그렇게 늦잠을 자고 있는지 궁금했다. 마침내 벨이 울리자 빅토르는 차 한 잔과 편지 한 묶음을 작고 오래된 세브르 자기 쟁반에 올린 채 들어왔다. 그는 세 개의 커다란 창문에 드리워져 있는, 푸른색 안감을 대서 만든 올리브 빛깔의 공단 커튼을 걷어 냈다.

 "오늘 아침은 푹 주무셨네요." 그가 미소 지으며 말했다.

 "몇 시지, 빅토르?" 도리언 그레이가 잠에 취한 목소리로 말했다.

 "1시 15분입니다, 주인님."

 정말 늦었구나! 그는 일어나 차를 마시며 편지들을 살펴보았다. 한 통은 헨리 경이 보낸 것으로 아침에 인편으로 보내온 것이었다. 그는 잠시 머뭇거리다 그것을 옆으로 치워 놓았다. 그는 내키지 않은 듯 다른 편지들 먼저 열어 보았다. 평범한 카드, 저녁 식사 초대장, 개인 초대전 티켓, 자선 콘서트 프로그램 등으로 이 계절이 되면 유행을 따라 사는 젊은이들에게 매일 아침 빗발치듯 쏟아져 들어오는 것들이었다. 루이 15세 시대의 은제 세면 용기 세트에 대한 청구서도 있었는데, 금액이 커서 아직 후견인들에게 보낼 용기를 내지 못하고 있었다. 후견인들은 너무 구식이어서 불필요한 것들만이 우리에게 절대적으로 필요한 시대에 살고 있다는 것을 깨닫지 못하고 있다. 또한 가장 합리적인 이자율에 즉시 얼마의 목돈이든 대출해 주겠다는 저민가의 대부업자들이 아주 예의를 갖추어 작성한 편지도 들어 있었다.

약 10분 뒤에 그는 일어나서 화려한 실내복을 입고 마노가 깔린 화장실로 향했다. 시원한 물이 오래 잠을 잔 그의 기분을 상쾌하게 해 주었다. 그는 자신이 겪은 모든 일을 망각해 버린 듯했다. 어떤 이상한 비극에 가담했던 희미한 기억이 한두 번 떠올랐지만, 꿈처럼 비현실적으로 느껴졌다.

옷을 차려입자마자 서재로 가서 가벼운 프랑스식 아침 식사를 들기 위해 앉았다. 열린 창문 가까이에 있는 작고 둥근 탁자에 아침 식사가 차려져 있었다. 참으로 화창한 날이었다. 따뜻한 공기에 향료가 첨가된 듯했다. 한 마리 벌이 날아들어 그의 앞에 놓인 노란 장미로 가득한 청룡 무늬의 화병 주위를 윙윙대며 맴돌았다. 그는 더할 나위 없이 행복했다.

갑자기 눈길이 초상화 앞에 쳐 놓은 장막으로 향했다. 그는 놀랐다.

"주인님, 추우신가요?" 하인이 탁자에 오믈렛을 놓으며 물었다. "창문을 닫을까요?"

도리언은 고개를 저었다. "춥진 않아." 그가 중얼거렸다. 그 모든 것이 사실일까? 초상화가 정말 변한 것일까? 아니면 기쁨의 표정이 악마의 표정으로 바뀐 것은 단순히 상상력 때문이었을까? 캔버스 위 그림이 바뀔 수는 없지 않은가? 실로 황당한 일이다. 언젠가 바질에게 들려 줄 만한 이야깃거리가 될 것이다. 그러면 그는 미소 짓겠지.

그러나 그 일은 실로 생생하기만 하다! 처음에는 희미한 여명 속에서, 다음엔 밝은 새벽빛 속에서 일그러진 입매의 잔인한 흔적을 보았다. 그는 하인이 방을 떠나는 것이 너무 두려웠다. 자신이 혼자 있을 때 초상화를 자세히 들여다보아야 한다는 것을 알고 있었다. 확인하는 것이 두려웠다. 커피와 담배를 들여온 하인이 뒤돌아 나갈 때 청년은 그에게 남아 있어 달라고 말하고 싶은 미친 욕망을 느끼기도 했다. 그가 나가고 문이 닫히자 다시 그를 불렀다. 그는 주인의 명령을 기다리며 서 있었다. 도리언은 잠시 그를 쳐다보았다. "누가 오면 내가 집에 없다고 해요, 빅토르." 그가 손짓하며 말했다. 남자는 인사하고 물러갔다.

그는 탁자에서 일어나 담배에 불을 붙이고, 장막 맞은편에 놓인, 고급스러운 쿠션이 있는 소파에 털썩 몸을 던졌다. 장막은 금박을 입힌 스페인 가죽으로 만든 오래된 물건으로, 다소 화려한 루이 14세 시대의 문양이 수놓아져 있었다. 그는 호기심 가득한 시선으로 그것을 훑어보면서, 그 장막이 전에 한 인간의 비밀을 감추어 본 적이 있었을까 하는 궁금증이 생겼다.

결국에는 이 그림을 치워 놓아야 할까? 이것을 그냥 여기에 두면 안 될까? 사람들이 알게 되면 무슨 일이 생길까? 만일 모든 것이 사실이라면 끔찍한 일이다. 사실이 아니라면 괴로워할 이유가 무엇인가? 하지만 운명 혹은 그보다 치명적인 우연에 의해 자신이 아닌 다른 사람이 그 무서운 변화를 보게 된다면 어찌할 것인가? 만약에 바질 홀워드가 찾아와 자신의 그림을 보자고 하면 어찌해야 할 것인가? 그는 분명 그럴 것이다. 그래서는 안 된다. 그림을 자세히 들여다봐야겠다. 그것도 즉시. 끔찍한 의심을 품고 있는 것보다는 무엇이라도 하는 것이 더 나을 것이다.

그는 일어나서 문을 모두 잠갔다. 적어도 자신의 수치스러운 가면을 들여다볼 때는 혼자 있어야 했다. 그러고 나서 장막을 걷어내고 자신과 마주했다. 그것은 너무나 자명한 사실이었다. 초상화는 변해 있었다.

그는 나중에 이후의 상황을 자주 떠올릴 때마다 항상 놀라운 기분이 들었다. 처음에 그는 거의 과학적인 흥미를 갖고 자신의 초상을 응시했다. 그런 변화가 생겼다는 사실을 믿을 수 없었다. 하지만 사실이었다. 캔버스 위에서 형태와 색을 변화시키는 화학적 원자들과 자기 안의 영혼 사이에 어떤 미묘한 연관성이 있는 것일까? 원자들이 영혼이 생각한 것을 드러낸 것일까? 영혼이 꿈꾸는 것을 사실로 만들어 버린 것일까? 아니면 다른 끔찍한 이유가 있는 것일까? 그는 몸서리를 치면서 두려움을 느꼈다. 그는 소파로 돌아가 누운 뒤 역겨운 공포에 휩싸인 채 그림을 응시했다.

그러나 한 가지는 그에게 도움이 된 것도 있었다. 자신이 시빌 베인을 얼마나 부당하고 잔인하게 대했는지 깨닫게 해 주었다. 그 일을 바로잡기에 너무 늦은 것은 아니다. 그녀는 여전히 그의 아내가 될 수 있다. 그의 비현실적이고 이기적인 사랑은 더욱 큰 영향력에 굴복하고, 더욱 고상한 열정으로 변형될 것이다. 바질 홀워드가 그를 모델로 하여 그려 낸 초상은 평생 그에게 안내자가 될 것이다. 누군가에게는 실로 종교가, 다른 누군가에게는 양심이, 우리 모두에게는 신에 대한 두려움이 안내자가 되는 것과 마찬가지다. 후회를 잊게 할 아편, 도덕심을 잠재울 수 있는 마약도 있다. 그러나 이 초상화는 죄악으로 인한 타락을 의미하는 시각적 상징물이었다. 인간이 자신의 영혼에게 불러일으킨 파멸을 보여 주는 신호였다.

시계가 3시를 알렸다. 그리고 4시가, 4시 반이 되었다. 하지만 그는 미동도 하지 않았다. 그는 인생의 주홍빛 실타래를 모은 뒤 어떤 무늬를 만들어 보려 애썼다. 방황하듯 지나고 있는 열정의 미로를 가로질러 자신의 길을 찾아내려 애썼다. 무엇을 해야 할지 혹은 무슨 생각을 해야 할지를 몰랐다. 마침내 그는 탁자로 다가가 자신이 사랑했던 소녀에게 열정 가득한 편지를 써 내려갔다. 그녀에게 용서를 간청하고 자신의 광기를 자책했다. 그는 슬픔의 언어와 그보다 더한 고통의 언어로 몇 장의 편지를 썼다. 자책에는 사치스러운 면이 있다. 우리가 자신을 비난할 때, 우리는 누구도 자신을 비난할 권리를 갖지 못한다고 느낀다. 우리에게 면죄부를 주는 것은 사제가 아니라 고백이다. 도리언 그레이는 편지 작성을 끝냈을 때 자신이 용서받은 듯한 느낌을 받았다.

갑자기 문 두드리는 소리가 들렸다. 밖에서 헨리 경의 목소리가 들렸다. "여보게, 도리언. 자네를 좀 만나야겠네. 어서 나를 들여보내 주게. 이렇게 자네가 자신을 가두고 있으니 참을 수가 없네."

처음에 그는 아무 대답도 하지 않고 그저 가만히 있었다. 노크 소리는 계속 이어졌고, 점점 커졌다. 그래, 헨리 경을 들어오게 해서 그에게 자신이 앞으로 추구할 새로운 삶에 대해 설명해 주는 것이 낫겠다. 싸워야 한다면 그와 싸울 것이고, 결별이 수순이라면 헤어질 것이다. 그를 자리를 박차고 일어나 서둘러 그림에 장막을 치고 문을 열었다.

"정말 유감이네, 도리언" 헨리 경이 들어오면서 말했다. "하지만 너무 깊이 생각하지는 말게나."

"시빌 베인 말입니까?" 도리언이 물었다.

"그래, 물론이지." 헨리 경이 의자에 앉아 천천히 장갑을 벗으며 대답했다. "어떻게 보면 끔찍한 일이지만 자네의 실수는 아니네. 말해 보게. 연극이 끝난 다음 무대 뒤로 가서 그녀를 만났는가?"

"네."

"자네가 그럴 거라고 생각했지. 그녀와 싸우기라도 했나?"

"내가 심하게 굴었습니다, 해리. 무척 가혹했어요. 그러나 지금은 괜찮습니다. 이미 벌어진 일을 후회하지는 않습니다. 그 일로 내 자신에 대해 더 잘 알게 되었습니다."

"아, 도리언. 자네가 그 일을 그렇게 받아들인다니 아주 기쁘군. 나는 자네가 후회의 늪에 빠져 자네의 멋진 머리를 뜯어 대지나 않았을까 걱정했다네."

"그 모든 과정을 다 거치긴 했습니다." 도리언은 머리를 흔들며 미소 지으면서 말했다. "이제는 행복해요. 먼저 나는 양심이 무엇인지 알게 되었습니다. 당신이 내게 말했던 것은 아니에요. 양심은 우리 안에 있는 가장 신성한 것입니다. 비웃지 마세요, 해리. 적어도 내 앞에서는 그러지 마세요. 나는 선한 사람이 되고 싶어요. 내 영혼이 흉측하게 변해 버린다고 생각하면 참을 수가 없습니다."

"윤리를 위한 아주 매력적이고 예술적인 기반이군, 도리언! 축하하네. 하지만 어떻게 하려는가?"

"시빌 베인과 결혼할 거예요."

"시빌 베인과 결혼한다고!" 헨리 경은 자리에서 일어나 당황한 듯 놀란 표정으로 그를 쳐다보며 소리쳤다. "하지만 여보게, 도리언……."

"네, 해리, 당신이 뭐라고 할지 알아요. 결혼에 대해 끔찍한 이야기를 하겠죠. 그런 말은 하지 마세요. 다시는 내게 그런 이야기를 하지 마세요. 이틀 전에 나는 시빌에게 청혼했습니다. 내 맹세를 깨지 않을 거예요. 그녀는 내 아내가 될 거예요."

"자네 아내라고! 도리언! …… 내 편지 못 받았나? 오늘 아침 자네에게 편지를 써서 내 사람을 통해 직접 보냈는데."

"당신 편지요? 아, 그래요, 기억나요. 아직 읽어 보지는 않았습니다, 해리. 거기에 좋아하지 않을 만한 내용이 있을 것 같아서요."

헨리 경은 방을 가로질러 간 뒤 도리언 그레이 옆에 앉아서는 그의 두 손을 꼭 잡았다. "도리언." 그가 말했다. "내 편지는, 놀라지 말게, 시빌 베인이 죽었다는 소식을 전한 것이었네."

젊은 친구의 입술에서 고통의 울부짖음이 흘러나왔다. 그가 자리에서 벌떡 일어나며 헨리 경이 쥐고 있던 손을 뿌리쳤다. "죽었다고! 시빌이 죽었다고! 사실이 아니겠죠. 끔찍한 거짓말이에요."

"사실이라네, 도리언." 헨리 경이 진중하게 말을 이었다. "모든 조간신문에 기사가 났어. 내가 오기 전까지 아무도 만나지 말라고 부탁하는 편지를 쓴 것이라네. 물론 사인을 조사해 봐야겠지. 자네가 거기에 연루되어서는 안 돼. 그런 일이 파리에서 생긴다면, 한 인간을 인기 있게 만들겠지. 하지만 런던 사람들은 너무나 편견이 심해서 여기서는 절대로 스캔들로 '데뷔'해서는 안 돼. 나이가 들 때까지는 그런 일에 관심을 두지 말아야 해. 극장에 있던 사람들이 자네 이름을 알고 있지는 않겠지. 그들이 모른다면 상관없어. 자네가 그녀의 방에 찾아간 것을 목격한 사람이 아무도 없나? 그게 중요해."

도리언은 잠시 아무런 대답도 하지 않았다. 그는 공포로 당황해 있었다. 마침내 그는 숨죽인 목소리로 중얼거렸다. "해리, 사인을 조사한다고 했나요? 그게 무슨 말이죠? 시빌이⋯⋯. 오, 해리, 견딜 수가 없네요. 하지만 빨리, 당장 모든 것을 설명해 주세요."

"그 일이 사고가 아니라는 점은 의심의 여지가 없네, 도리언. 세상에는 사고라고 알려져야겠지만. 그녀가 어머니와 함께 극장을 떠날 때가 12시 30분쯤이었는데, 위층에 뭔가를 두고 왔다고 했다네. 사람들은 한동안 그녀를 기다렸지만 그녀는 내려오지 않았어. 결국 사람들은 분장실 바닥에 쓰러져 죽어 있는 것을 발견한 거야. 그녀는 실수로 뭔가를, 극장에서 그들이 사용하는 것을 삼켰던 거야. 그것이 무엇인지는 정확히 모르겠지만 그 안에는 청산이나 백납이 들어 있었을 거야. 그 자리에서 즉시 죽은 것 같으니 청산이었을 거라는 생각이 드는군. 물론 아주 비극적인 일이지만 자네가 거기에 연루되어서는 안 되네. 나는 『스탠더드』 신문을 보고 그녀가 열일곱 살이라는 것을 알았네. 나는 그보다 좀 더 어릴 거라고 생각했어. 너무 어려서 연기에 대해서는 아무것도 모르는 듯했지. 도리언, 이 일에 너무 신경 쓰지 말게. 나와 같이 저녁 식사나 함께하세. 그리고 그 후에 오페라 극장에 잠깐 들러 보지. 소프라노 가수 아델리나 파티가 나오는 날이라서 모두 거기에 있을 거야. 자네는 내 누이의 특별석에 앉게나. 그녀는 똑똑한 여인네들하고 함께 있을 거야."

"그러니까 내가 시빌 베인을 살해한 거네요." 도리언 그레이가 반쯤은 혼잣말하듯 말했다. "그녀의 작은 목을 칼로 베어 버리듯 그녀를 살해한 겁니다. 그런데도 장미는 여전히 아름답네요. 새들은 정원에서 행복하게 노래하고, 오늘 밤 저는 당신과 저녁을 먹고 오페라 극장에 가겠죠. 나중에는 또 어딘가에 가서 간단히 무엇을 먹겠죠. 삶이란 얼마나 극적인지요! 해리, 내가 책에서 이런 이야기를 읽었다면 흐느껴 울었을 거예요. 하지만 이 일이 실제로 벌어지니 너무도 놀라 눈물도 나지 않습니다. 이상하죠. 열정 가득한 내 첫 번째 연애편지가 죽은 소녀에게 보내는 것이라니요. 우리가 죽은 자들이라고 부르는 창백하고 침묵하는 사람들이 무엇을 느낄 수나 있을까요? 궁금하네요. 시빌! 그녀가 무엇을 느끼거나 알거나 들을 수 있을까요? 오, 해리, 내가 한때 그녀를 얼마나 사랑했는데요! 그게 이제는 몇 년 전 일 같아요. 그녀는 내게 모든 것이었어요. 그런데 그 끔찍한 밤이 왔어요. 정말 그게 어젯밤이었나요? 그녀가 너무도 형편없는 연기를 했던 그 밤에 내 마음은 부서져 버렸어요. 그녀는 모든 것을 설명해 주었어요. 그녀의 이야기는 끔찍할 정도로 애처로웠습니다. 하지만 나는 조금도 마음이 흔들리지 않았어요. 그녀가 천박하다고 생각했습니다. 그리고 나를 두렵게 하는 일이 생겼습니다. 그것이 무슨 일인지 당신에게 말할 수는 없습니다만 끔찍한 일이었어요. 나는 그녀에게 다시 돌아갈 것이라고 썼습니다. 내가 잘못했다고 느꼈어요. 그런데 그녀가 죽었다니. 하나님 맙소사! 해리, 나는 어떻게 해야 하죠? 당신은 내가 어떤 위험에 처했는지 알지 못해요. 그 무엇도 나를 바로잡아 주지 못합니다. 그녀라면 나를 위해서 그렇게 해 주었을 거예요. 그녀는 자살할 권리가 없다고요. 그녀는 이기적이에요."

"여보게, 도리언, 여자가 남자를 변화시킬 수 있는 유일한 방법은 그를 완전히 지루하게 만들어 삶에 대한 모든 관심을 잃어버리게 하는 것이라네. 자네가 그 소녀와 결혼했다면 자네는 비참해졌을 거야. 물론 자네는 그녀를 친절하게 대했겠지만. 사람은 아무런 관심도 없는 사람들에게는 항상 친절히 대할 수 있지. 그러나 그녀는 곧 자네가 자기에게 무관심하다는 것을 알게 될 테지. 그리고 여자들은 남편의 무관심을 깨닫게 되면 무척 초라한 행색으로 다니거나 다른 여자의 남편이 사 준 것이 틀림없는 근사한 모자를 쓰고 다닌다네. 내가 신분 차이가 나는 두 사람의 결혼에 대해 뭐라고 하지는 않지만, 단언컨대 어떤 경우라도 그 모든 일은 결국 완전한 실패작이 되었을 것이네."

"그랬을지도 모르겠습니다." 청년은 방을 왔다 갔다 하며 중얼렸다. 그의 안색은 소름 끼치도록 창백해 보였다. "하지만 그것이 내 의무라고 생각했습니다. 이 끔찍한 비극으로 내가 옳은 일을 하지 못하게 된 것은 내 잘못이 아니에요. 언젠가 선한 결심에는 불행이 따른다고 했던 당신의 말이 기억납니다. 항상 너무 늦게 결심을 하게 된다고. 나는 분명히 그랬네요."

"선한 결심은 단순히 과학적 법칙을 가로막는 무모한 시도라네. 그 기원은 순수한 허영이야. 그것은 아무것도 가져오지 못해. 그런 결심은 때때로 우리에게 어떤 매력을 지닌 사치스럽고 메마른 감정을 불러오지. 그것에 대해 말할 수 있는 것은 그것이 전부라네."

"해리." 도리언 그레이가 다가와서 그의 옆에 앉으며 말했다. "왜 나는 내가 원하는 만큼 이 비극을 실감할 수가 없는 걸까요? 난 내가 냉혹하다고 생각하지는 않는데. 당신은 어떻게 생각해요?"

"도리언, 자네는 자네 인생에서 바보 같은 일을 너무 많이 저질러서 냉혹하다고 규정될 자격이 없네." 헨리 경이 감미롭고도 우울한 미소를 지으며 대답했다.

청년은 눈을 찡그렸다. "그런 설명은 맘에 들지 않는군요, 해리." 그는 대답했다. "그러나 당신이 나를 냉혹하다고 생각하지 않으니 기분은 좋네요. 나는 그런 부류가 아니긴 하지요. 내가 그렇지 않다는 것을 압니다. 그렇지만 이 일이 내게 영향을 끼쳐야 하는데도 그렇지 않다는 것을 인정해야 할 것 같아요. 내게는 단순히 멋진 연극에 따라 오는 멋진 결말처럼 보여요. 이 사건은 위대한 비극의, 내가 가담했던 비극의 끔찍한 아름다움을 지니고 있어요. 하지만 그것 때문에 상처를 입지는 않았지요."

"재미있는 주장이군." 헨리 경이 말했다. 그는 청년의 무의식적인 이기주의를 자극하는 데서 특별한 즐거움을 발견하고 있었다. "아주 재미있는 주장이야. 그것은 이렇게 설명할 수 있을 거라고 생각하네. 종종 생기는 일이지만, 진정한 인생의 비극은 조야한 폭력, 절대적인 지리멸렬함, 의미에 대한 어리석은 욕구, 전체적인 스타일의 부재 등으로 인해 우리에게 상처를 주는 비예술적인 방식으로 발생하네. 그것은 상스러운 것이 우리에게 충격을 주듯이 우리에게 충격을 전하지. 그런 비극은 우리에게 순전한 폭력에 대한 어떤 인상을 심어 주고, 우리는 거기에 반기를 드는 거지. 하지만 때때로 아름다움이라는 예술적 요소를 지닌 비극이 우리 삶과 교차하게 된다네. 이런 미의 요소들이 진짜라면, 그 모든 것은 단순히 극적 효과를 지닌 채 우리 감각에 호소하겠지. 그런데 갑작스럽게 우리는 더 이상 배우가 아니라 연극을 관람하는 관객이라는 사실을 발견하게 되지. 아니면 둘 다에 해당하는지도. 우리는 자신을 바라보고, 그 비극적 장관이 불러일으키는 경이로움에 사로잡히지. 이번 사건 같은 경우, 진짜로 발생한 사실은 무엇인가? 누군가 자네에 대한 사랑 때문에 스스로 목숨을 끊었다는 거지. 내게 그런 경험이 있었다면 좋겠네. 그러면 나는 여생 동안 사랑과 사랑에 빠지게 되겠지. 나를 흠모했던 사람들이 아주 많지는 않았지만 조금은 있었지. 내가 그들을 좋아하지 않게 되거나, 그들이 내게 관심을 두지 않게 되고 나서도 그들은 항상 오랫동안 함께 살자며 고집을 부리곤 했었지. 그들은 뚱뚱하고 따분해졌어. 그런데 내가 그들을 만나 주면 곧 추억에 빠진다네. 여성의 기억력이란 정말 끔찍해! 아주 무서운 것이야! 지성의 바닥을 드러내거든! 사람은 인생에 흐르는 빛깔을 흡수해야 하지만, 그 구체적인 부분을 기억해서는 절대로 안 되네. 자세히 들여다보면 그 모든 것이 저속하기만 하거든.

물론, 때로는 기억에 남아 있는 것들이 있기 마련이지. 언젠가 나는 한 철이 다 지나도록 보라색 옷만 입은 적이 있어. 시들지 않는 로맨스에 대한 애도의 뜻으로 말이야. 하지만 결국 그것도 죽어 버렸어. 무엇이 그것을 죽였는지는 잊었네. 그녀가 나를 위해 온 세상을 희생하겠다고 말했기 때문이었을 거야. 그것은 항상 두려운 순간이지. 그 순간이 영원에 대한 공포로 채워지거든. 그런데 자네라면 그것을 믿겠나? 일주일 전에 햄프셔 부인의 저택에 저녁 식사를 하러 갔는데 그 문제의 여인 옆에 앉게 되었지. 그녀는 다시 시작했어.

과거를 파헤치고 미래를 들추어냈던 거지. 나는 이미 나의 로맨스를 양귀비꽃 화단에 파묻어 버렸는데 말이지. 그녀는 그것을 다시 끄집어내서 내가 그녀의 인생을 망쳤노라고 말했지. 그런데 그녀가 저녁을 아주 거하게 먹어 댔다는 사실을 말해 주어야겠네. 그래서 나는 어떤 불안감도 느끼지 않았지. 얼마나 품위가 없든지! 과거의 유일한 매력은 그것이 과거라는 점이라네.

하지만 여자들은 언제 커튼이 내려졌는지 전혀 몰라. 그들은 항상 6막을 원하지. 연극에 관한 감흥이 완전히 사라져도 계속하자고 제안한다네. 그들이 자기 맘대로 하도록 내버려 두면 모든 희극은 비극적 결말을 맺게 될 거고, 모든 비극은 광대극으로 끝나 버릴 거야. 그들에게는 꾸며진 매력이 있을지 모르지만 예술에 대한 감각은 찾을 수 없네. 자네는 나보다 운이 더 좋아. 확실한 것은, 도리언, 내가 알고 지내 온 여자 중 그 누구도 시빌 베인이 자네를 위해서 행한 것만큼 나를 위해 해 주지는 않을 거라는 사실이지. 보통 여자들은 항상 자신을 위로할 뿐이거든. 어떤 여자들은 감상적인 면에 몰입하지. 나이가 어떻든 간에 연한 자줏빛 옷을 입는 여자는 절대로 믿지 말게. 혹은 분홍색 리본을 좋아하는 서른다섯 살 이상의 여인도 믿지 말고. 그것은 항상 그들에게 어떤 과거가 있다는 것을 의미한다네. 다른 여자들은 갑자기 남편에게서 훌륭한 자질을 발견하고 큰 위안으로 삼기도 하지. 그들은 결혼의 행복을 과시하는 거야. 마치 그것이 여러 죄악 중에서 가장 매력적인 듯이 말이지. 어떤 여자들은 종교에서 위안을 얻지. 종교의 수수께끼에는 연애의 모든 매력이 있다고 어떤 여자가 언젠가 내게 말해 주더군. 나도 이해할 수 있었지. 실제로 여성이 현대적 삶에서 찾는 위안에 끝은 없어. 그런데 가장 중요한 것을 언급하지 않았군."

"그게 뭔가요, 해리?" 도리언 그레이가 기운이 없는 듯 말했다.

"아, 뻔한 이야기인데. 자신을 흠모하던 사람을 잃으면 다른 누군가의 애인을 취하는 것이지. 훌륭한 사회에서 그런 행동은 항상 여성의 결점을 감추어 주지. 하지만 정말로, 도리언, 시빌 베인은 보통 우리가 만나는 일반적인 여자들과는 아주 다르다네! 내가 보기에 그녀의 죽음에는 아주 아름답고 특별한 점이 있어. 이런 경이로운 일이 일어나는 시대에 우리가 살고 있다는 사실은 기분 좋은 일이지. 경이로운 일들은 천박하고 유행을 따지는 사람들이 유희하는 것들, 즉 로맨스, 열정, 사랑 같은 것들이 실재하는 것이라 믿도록 해 주지."

"나는 그녀에게 너무도 잔인하게 굴었습니다. 당신은 그것을 잊고 있습니다."

"난 여성이 다른 무엇보다 그런 잔인함을 높이 평가한다고 믿네. 그들은 놀라울 정도로 원시적인 본능을 지니고 있거든. 우리가 그들을 해방시켰지만 항상 그네들은 주인을 찾으면서 노예 상태로 머물러 있어. 그들은 지배받는 것을 사랑한다네. 분명 자네는 멋진 사람이야. 난 자네가 화내는 것을 본 적이 없지만, 자네가 얼마나 멋지게 보였을지 상상할 수 있네. 그저께 자네는 내게 무엇인가 말했었지. 그때는 단순히 자네의 상상에 불과한 듯 보였거든. 하지만 이제 나는 그것이 완전한 사실이라는 것을 알았네. 그것이 이 모든 상황을 설명해 주는군."

"그게 뭐였는데요, 해리?"

"자네는 자신에게 시빌 베인이 로맨스의 모든 여주인공을 대표

한다고 말했지 않은가. 그녀는 어느 날은 데스데모나, 다음 날엔 오 필리아라고 했지. 그녀가 줄리엣으로 죽으며, 이모젠으로 살아난다 고 했고."

"이제는 다시 살아나지 못할 거예요." 청년은 두 손에 얼굴을 묻으며 중얼거렸다.

"맞아, 그녀는 절대 살아 돌아오지 않을 거야. 그녀는 자신의 마지막 연기를 다했어. 하지만 자네는 지저분한 분장실에서 발생한 그 외로운 죽음을 단순히 제임스 1세 시대의 비극에 나오는 이상하 고 끔찍한 장면으로, 웹스터나 포드나 시릴 터너의 작품에 나오는 놀라운 장면으로 생각해야 하네. 그 소녀는 실제로 존재하지 않았 고, 그래서 그녀는 실제로 죽지 않은 거야. 적어도 자네에게 그녀는 언제나 꿈이었고, 셰익스피어의 연극 무대들을 스쳐 지나가며 그 존 재만으로 작품들을 더욱 아름답게 만들어 준 환영 같은 존재였어. 그녀는 셰익스피어의 음악을 더욱 풍요롭고 환희에 찬 소리로 만들 어 준 갈대 피리였던 거야. 그녀가 현실의 삶을 건드린 순간, 인생을 망친 것이고 인생도 그녀에게 해를 끼쳤지. 그래서 그녀는 사라져 버 린 거지. 원하면 오필리아를 애도하게. 코델리아가 교살당했으니 자 네 머리에 재를 뒤집어쓰게나. 브라반시오의 딸이 죽었으니 하늘을 향해 울부짖게. 하지만 시빌 베인 때문에 눈물을 낭비하지는 말게. 그녀는 그런 가공의 존재들보다도 더 비현실적이니."

침묵이 흘렀다. 저녁이 되니 방 안이 어두워졌다. 은색 발들이 달린 그림자가 소리 없이 정원으로부터 슬며시 기어들어 왔다. 사물 의 색깔은 지친 듯 바래 가고 있었다.

얼마 후 도리언 그레이가 고개를 들었다. "당신은 나에 대해 잘 설명해 주시는군요, 해리." 그는 안도의 한숨 같은 것을 쉬며 중얼거렸다. "나는 당신이 말한 것을 모두 느꼈습니다. 하지만 조금 그것이 두렵습니다. 스스로 그것을 표현할 수가 없어요. 당신은 나를 정말 잘 아시는군요! 그렇지만 사건에 대해서 다시는 이야기하지 말아요. 놀라운 경험이었습니다. 그뿐이죠. 삶에 이런 경이로운 일이 또 있을지 모르겠네요."

"인생은 자네를 위해 모든 것을 준비해 두었네, 도리언. 자네의 탁월한 외모로 못할 것은 없어."

"하지만 생각해 보세요, 해리. 나는 늙어 수척해지고, 머리는 희끗희끗해지고, 주름이 생기겠죠? 그러면 어떻게 하지요?"

"아, 그러면." 헨리 경은 나가려고 일어나며 말했다. "그럼, 여보게, 자네는 승리를 위해 싸워야 할 거네. 지금은 승리가 자네에게 와 있지만. 아니, 자네는 훌륭한 외모를 지켜야 하네. 우리는 책을 너무 많이 읽어서 현명해지지 못하고, 생각을 너무 많이 해서 아름다워질 수 없는 시대에 살고 있다네. 우리는 자네가 꼭 있어야 해. 이제 옷을 좀 차려입고 클럽에 가는 게 낫겠군. 이미 좀 늦었네만."

"오페라 극장에서 만나요, 해리. 너무 피곤해서 아무것도 먹지 못하겠어요. 당신 누이의 좌석 번호가 어떻게 됩니까?"

"27번이었던 것 같네. 자리는 귀빈석에 있네. 문 입구에서 그녀의 이름을 찾아볼 수 있을 거야. 그러나 저녁을 같이 하지 못한다니 유감일세."

"그럴 기분이 아니에요." 피곤한 듯 도리언이 말했다. "하지만 당신이 내게 말씀해 주신 것에 대해서는 정말 감사할 따름입니다. 정말 당신은 제일 좋은 벗이에요. 이제까지 누구도 당신만큼 나를 이해해 주지 못했어요."

"우리 우정은 이제 막 시작되었을 뿐이네, 도리언." 헨리 경이 그와 악수하며 대답했다. "잘 있게. 9시 30분 전에 만나면 좋겠네. 잊지 말게, 파티가 노래하는 날이라는 걸."

그가 문을 닫고 나가자 도리언 그레이는 벨을 울렸다. 얼마 후에 빅토르가 램프를 가지고 나타나 블라인드를 내렸다. 그는 조바심이 나서 빅토르가 떠나기를 기다렸다. 이 사람은 무슨 일이든 한없이 시간을 들이며 늑장을 부리는 듯했다.

그가 떠나고 나자 도리언은 급히 그림으로 가서 쳐놓았던 장막을 걷어 냈다. 그림에는 더 이상의 변화는 없었다. 초상화는 그보다 먼저 시빌 베인의 죽음을 알고 있었다. 그림은 일이 발생하는 대로 사건들을 감지하고 있었다. 입가의 아름다운 선을 망쳐 버리는 악마적 잔인함은 의심할 것도 없이, 소녀가 무엇을 마셨는지 정확히 알 수 없지만 독약을 마셨던 바로 그 순간에 나타난 것이다. 아니면 그런 결과와 무관한 걸까? 단순히 영혼에 벌어지는 일만 인지했던 것일까? 그는 언젠가 바로 눈앞에서 그 변화가 일어나는 것을 목격하게 될까 궁금하기도 했고, 또 그것을 보고 싶은 마음도 있었다. 그런 생각에 그는 몸서리쳤다.

불쌍한 시빌! 얼마나 멋진 로맨스였던가! 그녀는 종종 무대에서 죽음을 연기했다. 그리고 마침내 죽음이 그녀를 건드렸고, 그녀를 데려가 버린 것이다. 그 무서운 장면을 그녀는 어떻게 연기한 것일까? 그녀는 죽어 가면서 그를 저주했을까? 아니다. 그녀는 그를 사랑해서 죽었다. 그리고 이제 그에게 사랑은 신성한 것이다. 그녀는 자신의 목숨을 희생하면서 모든 것에 대해 속죄했던 것이다. 그는 그녀로 인해 경험하게 되었던 것, 극장에서의 그 끔찍한 밤에 대해 더 이상 생각하지 않을 것이다. 그녀를 생각할 때는 사랑을 위대한 것으로 만들어 낸 놀랍고도 비극적인 인물로 떠올릴 것이다. 놀랍고도 비극적인 인물? 그녀의 어린아이 같은 표정, 공상에 잠기는 매력적인 습관, 수줍은 우아함 같은 것들을 떠올리자 눈물이 어렸다. 그는 급하게 눈물을 훔치며 다시 그림을 들여다보았다.

정말로 선택을 해야 할 때가 왔다고 느꼈다. 아니면 이미 선택은 내려진 것일까? 그래, 인생이 그를 위해 결정해 버린 것이다. 인생, 그리고 인생에 대한 그의 무한한 호기심이 말이다. 영원한 젊음, 무한한 열정, 섬세하고 비밀스러운 기쁨, 광적인 즐거움, 더욱 광적인 죄악들, 그는 이 모든 것을 가지게 된 것이다. 초상화는 그의 수치심이라는 짐을 대신 지게 된 것이다. 그뿐이다.

화폭에 그려진 아름다운 얼굴에 가해질 모욕적 훼손을 생각하니 고통스러운 감정이 몰려왔다. 언젠가 나르키소스를 흉내 내며 초상화에 키스한 적이, 아니 키스하는 척했던 적이 있었는데 이제는 초상화 속의 입술이 잔인하게 그를 향해 미소 짓고 있다. 아침마다 그는 초상화의 아름다움에 경탄하며, 거기에 거의 매혹되다시피 하며 그 앞에 앉아 있었다. 때때로 그림이 그만큼 아름답게 보였던 것이다. 이제 그림은 자신이 드러내는 모든 감정에 따라 변하는 것일까? 무섭고도 역겨운 존재가 되어 밀실에 숨기고, 언제나 그의 멋진 곱슬머리를 찬란한 황금빛으로 물들이던 저 햇볕으로부터 차단해야 하는 것일까? 안타깝구나! 안타까워!

잠시 그는 자신과 초상화 사이에 존재하는 무서운 공감대가 사라지게 해 달라고 기도했다. 초상화는 기도에 대한 응답으로 변한 것인데 말이다. 아마도 기도에 대한 응답으로 변하지 않을 수도 있다. 하지만 그 기회가 아무리 좋은 것이라 해도, 그것에는 어떤 운명적 결과가 따르기 마련이다. 그런데 인생에 대해 무엇인가를 아는 사람이라면, 누가 영원한 젊음을 포기할 것인가? 게다가 정말 이 초상화는 그의 통제하에 있는 걸까? 정말 그런 변화가 일어난 것이 기도 때문이었을까? 이 모든 사건에 대한 신비로운 과학적 근거가 있지 않을까? 생각이 살아있는 유기체에 영향력을 행사한다면, 죽은 것이나 유기체가 아닌 것에도 영향을 미칠 수 있지 않을까? 아니, 생각이나 의식적 욕망이 없어도 우리 외부에 있는 사물은 우리의 감정, 열정과 연동되는 것은 아닐까? 비밀스러운 사랑이나 이상한 친화력으로 원자가 원자를 부르는 것은 아닐까? 그러나 이유야 어쨌든 그것은 중요하지 않다. 그는 다시는 기도를 통해 어떤 무서운 힘을 시험하지 않을 것이다. 그림이 바뀌어야 한다면 그렇게 되도록 둘 것이다. 그뿐이다. 왜 그것에 대해 이토록 자세히 조사해야 하는가?

초상을 바라보며 진정한 기쁨을 느끼리라는 점은 부인할 수 없다. 그는 자신의 마음이 어디로 향하든 그 은밀한 처소에 이를 수 있을 것이다. 이 초상화는 그에게 가장 마법 같은 거울이 될 것이다. 초상이 그 자신의 몸을 드러냈듯이 그의 영혼까지 드러낼 것이다. 그리고 거기에 겨울이 닥치더라도 그는 여전히 봄이 여름과 맞닿아 있는 지점에서 언제까지나 머물러 있을 것이다. 초상화 속 얼굴에서 혈색이 사라지고 게슴츠레한 눈과 창백한 가면만 남더라도 그는 젊음의 광휘를 유지하고 있을 것이다. 그의 사랑스러움 중 어느 한 부분도 시들어 버리지 않을 것이다. 생의 맥박 어느 하나도 약해지지 않을 것이다. 그는 그리스의 신들처럼 강력하고 재빠르며 즐기듯 살

것이다. 캔버스 위의 그림에 무슨 일이 생긴들 무엇이 문제란 말인가? 그는 안전할 것이다. 가장 중요한 것은 그것이다.

그는 미소를 지으며 초상화 앞에 원래대로 장막을 다시 쳤다. 침실로 돌아갔더니 하인이 벌써 그를 기다리고 있었다. 한 시간 후에 그는 오페라 극장에 도착했는데, 헨리 경은 의자에 기대어 앉아 있었다.

7장

다음 날 아침 식사를 하고 있을 때 바질 홀워드가 집에 찾아왔다.

"드디어 자네를 만나게 되어 정말 다행이네." 그는 진중하게 말했다. "나는 어제도 찾아왔었는데 자네가 오페라 극장에 갔다더군. 물론 나는 말도 안 된다고 생각했지. 하지만 자네가 정말로 어디로 갔는지 한마디 메모라도 남겨 놓았으면 했어. 나는 어제저녁 끔찍한 시간을 보냈다네. 하나의 비극이 또 다른 비극으로 이어질 것이라는 두려움도 있었지. 자네가 그 소식을 처음 들었을 때 내게 전보를 보내 줄 거라고 생각했네. 나는 클럽에서 주워 든 「글로브」에서 아주 우연히 그 소식을 접했거든. 즉시 이리로 달려왔는데 자네를 만나지 못해 당황했다네. 그 사건 때문에 얼마나 마음이 아팠는지 말로 다 할 수 없다네. 자네가 겪어야 했던 고통은 알고 있어. 그런데 자네는 어디 있었던 것인가? 그 여자의 어머니를 만나러 갔었나? 잠시 나도 거기로 자네를 찾아가 볼까 생각했어. 신문에 주소가 나와 있었거든. 유스턴가 어디라고 했는데, 맞지? 그러나 내가 위로할 수 없는 슬픔에 사로잡힌 자네를 행여 더 괴롭게 하는 것은 아닐까 걱정되었어. 불쌍한 여자! 그녀는 제정신이 아닐 거야! 외동딸이었으니! 그 사건에 대해 그녀는 뭐라고 하던가?"

"여보세요, 바질, 내가 그것을 어찌 알겠습니까?"도리언은 은은한 금빛 거품이 이는 듯한 디자인의 베네치아산 유리잔에 담긴 연한 노란 빛깔 와인을 마시면서 투덜댔다. 그는 끔찍이도 지루한 표정을 짓고 있었다. "나는 오페라 극장에 갔었어요. 당신도 왔으면 좋았을 거예요. 해리의 누이인 그웬돌린 부인을 처음 만났습니다. 우린 그녀의 관람석에 앉았어요. 그녀는 너무도 매력적이었습니다. 파티의 노래는 더할 나위 없이 훌륭했어요. 우리, 끔찍한 이야기는 하지 말아요. 그것에 대해 언급하지 않으면, 그 일은 일어나지 않은 사건이 되지요. 해리가 말한 대로 사물에 실재성이 부여되는 것은 그것을 언어로 표현하기 때문입니다. 바질에 대해, 바질이 그리고 있는 그림에 대해서나 이야기해 주세요."

"오페라 극장에 갔었다고?"홀워드는 아주 느리게 말을 이었다. 그의 목소리에는 긴장감이 있었다. "시빌 베인이 더러운 극장에 죽어 누워 있었는데, 자네는 오페라 극장에 갔단 말인가? 자네가 사랑했던 여인이 고요한 무덤 속에 고이 잠들기도 전인데 어떻게 다른 여자가 매력적으로 보이고 파티는 더할 나위 없이 멋지게 노래하더라고 말할 수 있단 말인가? 이 사람아, 작고 창백한 그녀의 시신에 끔찍한 공포가 닥칠 것이네!"

"그만하세요, 바질. 정말 들어 줄 수가 없군요!"도리언은 자리에서 벌떡 일어서며 소리쳤다. "그 사건에 대해 이야기하지 마요. 이미 벌어진 일은 어쩔 수 없어요. 과거는 과거일 뿐입니다."

"자네는 어제를 과거라고 부르는 건가?"

"실제로 경과한 시간이 중요합니까? 감정을 정리하기 위해 몇 년씩이나 필요한 사람들은 깊이가 없는 사람들이에요. 스스로를 자신의 주인이라고 말할 수 있는 사람은 기쁨을 만들어 낼 수 있는 것처럼 슬픔도 쉽게 끝낼 수 있어요. 나는 감정에 좌지우지되고 싶지 않아요. 내 감정을 누리고 즐기고 지배하기를 원할 따름이에요."

"도리언, 그것참 무서운 말이로군! 뭔가가 자네를 완전히 변화시켜 버렸군. 자네 모습은 초상화의 모델이 되기 위해 매일 내 스튜디오에 찾아왔던 그 멋진 소년과 똑같은데 말이야. 그러나 그때의 자네는 수수하고, 가식도 없었고, 정이 넘쳤었네. 자네는 온 세상을 통틀어 본연의 모습을 잃지 않았던 가장 순수한 존재였어. 그런데 이제 무슨 일이 자네에게 벌어진 것인지 모르겠네. 자네는 자네 안에 진심도 동정심도 상실한 듯 말하고 있네. 이 모든 게 해리에게 영향을 받았기 때문이야. 분명해."

청년은 얼굴을 붉히고 창가로 가더니 녹색으로 빛나며 아른거리는 정원을 잠시 바라보았다. "나는 해리에게 많은 빚을 졌습니다, 바질." 그가 마침내 입을 열었다. "당신보다 그에게 더 많은 빚을 졌지요. 당신은 오직 내게 허영심만 가르쳐 주었을 뿐이에요."

"그래, 나는 그 때문에 벌을 받고 있군, 도리언. 아니면 언젠가 그리되겠지."

"무슨 말인지 모르겠네요, 바질." 그는 돌아서며 말했다. "당신이 원하는 것이 무엇인지 모르겠습니다. 원하는 것이 무엇이죠?"

"나는 내가 알던 도리언 그레이를 원하네."

"바질." 청년은 그에게 다가가 어깨에 손을 얹으며 말했다. "당신은 너무 늦게 찾아왔습니다. 어제 내가 시빌 베인이 자살했다는 소식을 들었을 때……."

"자살했다고! 오, 이런! 확실한 이야기인가?"

홀워드는 참담한 표정으로 그를 바라보았다.

"이런, 친애하는 바질! 그 사건이 단순한 사고라고 생각하는 것은 아니겠죠? 물론 그녀는 자살했어요. 이 시대의 위대한 낭만적 비극 중 하나이지요. 대체로 연기자들은 가장 평범한 삶을 살아가지요. 그들은 좋은 남편이거나 충실한 아내이고, 재미없는 존재입니다. 내가 무슨 말을 하는지 잘 알 겁니다. 중산층의 가치, 그와 같은 부류의 모든 것들을 말하는 거예요. 시빌은 정말 달랐지요! 그녀는 가장 멋진 비극을 보여 주었어요. 그녀는 항상 여주인공이었습니다. 마지막 날 밤, 당신이 그녀를 보았던 날 밤, 그녀는 사랑의 실상을 알았기에 제대로 연기하지 못했던 것입니다. 사랑의 비현실성을 알았을 때, 그녀는 죽었습니다. 줄리엣이 죽은 것처럼 말이지요. 그래서 그녀는 다시 예술의 영역으로 돌아간 거예요. 그녀에게는 순교자적인 면이 있습니다. 그녀의 죽음엔 순교와도 같이 모든 면에서 가엽고도 무익하며 낭비된 듯한 아름다움이 있습니다. 그러나 내가 괴로워하지 않았다고 생각하지는 마세요. 어제 저녁에, 아마도 5시 30분이나 45분쯤에 왔다면 내가 눈물을 흘리고 있는 모습을 봤을 겁니다. 여기 같이 있었고, 그 죽음에 대한 소식을 내게 가져다주었던 해리조차도 사실 내가 어떤 감정의 고통을 겪고 있었는지 모릅니다. 나는 너무도 고통스러웠어요. 그러고 나서는 그 감정이 사라졌습니다. 나는 어떤 감정을 되풀이하여 느끼지 못해요. 감상적인 사람 말고는 누구도 그럴 거예요. 바질, 당신은 너무나 부당하게 이야기하고 있어요. 나를 위로하겠다고 찾아왔잖아요. 그것이 당신의 매력이지요. 그런데 내가 이미 위로받은 것을 알고는 분노하다니요. 동정할 줄 아는 사람이 어떻게 그럴 수가 있어요! 해리가 어떤 박애주의자에 대해 들려주었던 이야기가 떠오르네요. 그는 어떤 부당한 일을 바로잡기 위해, 아니 어떤 불공평한 법을 고치기 위해 20년이나 인생을 허비했대요. 정확히 무슨 이야기였는지는 잊어버렸어요. 어쨌든 마침내 그는 성공했는데도 실망감에 사로잡혔대요. 아무것도 할 일이 없어진 그는 권태로움으로 거의 죽을 지경이었어요. 그는 사람을 싫어하는 혐오주의자가 되었다고 해요. 바질, 당신이 정말로 나를 위로하고 싶다면, 이미 벌어진 사건을 잊을 수 있는 방법을 가르쳐 주세요. 아니면 그것을 예술적 관점에서 바라볼 수 있도록 해 줘요. '예술의 위안'에 대해 글을 썼던 사람이 고티에[9]였던가요? 언젠가 당신 서재에서 쇠가죽으로 만든 표지의 책을 펼쳐 보다가 우연히 그 유쾌한 표현과 마주했던 기억이 납니다. 나는 우리가 말로에서 함께 있을 때 당신이 내게 말해 주었던 젊은이, 노란빛 공단이 인생의 온갖 불행에 빠진 인간을 위로할 수 있다고 말했다던 그 청년이 아니에요. 나는 직접 만지고 다룰 수 있는 아름다운 것들을 사랑해요. 오래된 비단, 녹색 청동상, 칠기 제품, 상아 조각상, 멋진 풍경, 사치스럽고 화려한 것들, 이 모든 것에서 많은 것들을 얻을 수 있어요. 그러나 그것들이 창조해 내는, 아니 드러내 보여 주는 예술적 기질이 내게는 더 중요해요. 해리가 말했듯이, 자신의 삶을 관객의 위

9 테오필 고티에Theophile Gautier(1811~1872). 프랑스의 시인.

치에서 보는 것이 곧 인생의 고통에서 벗어나는 길입니다. 내가 이런 식으로 말해서 놀랐다는 거 알아요. 당신은 내가 얼마나 성장했는지 깨닫지 못하고 있습니다. 당신이 처음 나를 만났을 때, 나는 어린 학생이었습니다. 하지만 이제는 어른입니다. 내게는 새로운 열정, 새로운 생각, 새로운 사상이 있습니다. 나는 달라졌어요. 하지만 그렇다고 나를 싫어하면 안 돼요. 나는 변했습니다. 그러나 항상 나의 친구가 되어 줘요. 물론 나는 해리를 아주 좋아해요. 하지만 당신이 그보다 더 훌륭하다는 것은 알아요. 당신이 더 강한 것은 아니지만요. 당신은 인생에 대해 너무 많은 두려움을 안고 있어요. 그러나 당신이 더 훌륭해요. 우리가 함께 있을 때 얼마나 행복했던가요! 나를 떠나지 마세요, 바질, 그리고 나와 싸우려 들지 마세요. 나는 나예요. 더는 할 말이 없네요."

홀워드는 기이한 감동을 받았다. 도리언은 거칠고 직설적이었지만 그 이면에는 순수한 여성적 부드러움 같은 것이 있었다. 이 청년은 그에게 한없이 소중한 존재였다. 그리고 그의 존재는 바질의 예술에 커다란 전환점을 가져다주었다. 그는 더 이상 이 젊은 친구를 비난해야겠다는 생각을 가질 수 없었다. 결국 도리언의 무관심은 지나가 버리고 마는 단순한 기분일지도 모른다. 도리언에게는 훌륭한 점, 고귀한 점이 아주 많았다.

"그래, 도리언." 그는 마침내 슬픈 미소를 지으며 말했다. "오늘 이후로 나는 이 끔찍한 일에 대해 다시는 언급하지 않겠네. 그것과 연관해서 자네 이름이 언급되지 않을 거라고 믿을 뿐이네. 오늘 오후에 조사가 시작될 것이네. 혹시 소환 받았나?"

도리언은 고개를 저었다. '조사'라는 말이 언급되자 그의 얼굴에 짜증 섞인 표정이 스쳤다. 그런 종류의 일은 아주 조야하고 저속한 데가 있었다. "그들은 내 이름을 몰라요." 그가 대답했다.

"하지만 그녀는 알고 있었을 것 아닌가?"

"성은 말고 이름만요. 그녀가 누구에게도 절대로 언급하지 않았을 거라고 확신합니다. 언젠가 그녀는 사람들이 내가 누구인지 알고 싶어 한다고 말했어요. 그녀는 언제나 나를 '멋진 왕자님'이라고 말하고 다녔대요. 귀엽지요. 내게 그녀의 그림을 하나 그려 주세요, 바질. 키스 몇 번과 지키지 못한 한심한 약속에 대한 기억이 아닌 다른 추억을 갖고 싶습니다."

"자네를 기쁘게 해 줄 수 있다면 한번 그려 보겠네, 도리언. 그러나 자네가 다시 모델이 되어 주어야 하네. 자네 없이는 작업을 할 수가 없다네."

"나는 더 이상 당신의 모델이 되지 않을 거예요. 그건 불가능해요!" 그는 놀라며 소리치듯 말했다.

홀워드가 그를 바라보았다. "이보게, 그 무슨 말도 안 되는 소리인가!" 그가 외쳤다. "내가 그려 준 그림이 마음에 들지 않는다는 건가? 내가 그려 준 초상화는 어디에 있나? 왜 거기에 장막을 쳐 놓았어? 한번 보세. 지금까지 내가 그린 것 중 최고의 작품 말이네. 장막을 치워 주게, 도리언. 자네 하인이 내 작품을 그런 식으로 숨겨 놓다니 아주 끔찍하군. 좀 전에 방에 들어왔을 때 어쩐지 뭔가 달라진 것 같다고 생각했네."

"하인이 그런 게 아니에요, 바질. 그가 멋대로 방을 바꾸도록 내가 내버려 둘 것 같아요? 때때로 꽃들을 꽂아 두지만, 그게 전부예요. 장막을 친 건 나예요. 초상화에 닿는 햇빛이 너무 강했거든요."

"햇빛이 너무 강했다고! 이보게, 그건 말도 안 되는 소리네! 여긴 그림을 두기엔 최적의 공간이야. 내가 한번 보겠네." 홀워드가 방구석을 향해 걸어갔다.

도리언 그레이의 입에서 공포에 질린 소리가 터져 나왔다. 그는 홀워드와 장막 사이로 달려들었다. "바질." 그는 아주 창백한 얼굴로 말했다. "보면 안 돼요. 보지 말아요."

"내가 그린 작품을 보지 말라니! 진심은 아니겠지. 왜 내가 그림을 보면 안 되는가?" 그가 웃으며 말했다.

"당신이 그것을 보려고 한다면, 바질, 내 명예를 걸고 말하는데 살아가는 동안 다시는 당신과 말을 섞지 않을 거예요. 진심이에요. 아무것도 설명할 수 없으니 당신도 내게 설명을 요구하지 마세요. 하지만 기억하세요. 당신이 이 장막에 손을 대면 우리 사이는 그것으로 끝입니다."

홀워드는 대경실색했다. 완전히 놀란 표정으로 도리언 그레이를 바라보았다. 그는 청년이 이렇게 행동하는 것을 본 적이 없었다. 청년의 얼굴은 분노로 창백해져 있었다. 그는 손을 꼭 움켜쥐었고 눈동자는 푸른 불길처럼 타올랐다. 그는 온몸을 부들거리고 있었다.

"도리언!"

"말하지 마세요!"

"뭐가 문제인가? 물론 자네가 원하지 않는다면 저 그림을 보지 않겠네." 그는 걸음을 돌려 창가로 걸어가며 차갑게 말했다. "그러나 내 작품을 보지 못한다니 너무도 황당하네. 특별히 가을에 파리에게 전시하려 했던 작품인데 말이지. 아마도 그 전에 광택제를 한 번 더 칠해야 할 거야. 그러니 언젠가는 봐야 하지. 그런데 왜 오늘은 안 되는 거지?"

"이 그림을 전시한다고요! 이것을 전시하고 싶다고요?" 도리언 그레이가 소리쳤다. 이상한 공포감이 그를 엄습해 왔다. 세상이 그의 비밀을 보게 된다고? 사람들이 그의 인생의 신비를 보고 입을 떡 벌리게 될까? 그래서는 안 된다. 뭘 해야 할지는 모르겠지만, 바로 대처해야 한다.

"그래, 그것을 반대하진 않겠지. 조르주 프티가 10월 첫째 주부터 뤼 드 세즈에서 열리게 될 특별 전시회를 위해 내 작품 중 최고만 모아 보낼 거야. 초상화는 한 달 동안만 전시할 거야. 나는 자네가 그 기간 동안 양보해 줄 것이라 믿네. 사실 자네는 외유를 떠날 예정이잖나. 게다가 그림을 항상 장막 뒤에 숨겨 둔다면 제대로 관리할 수 없을 거네."

도리언 그레이가 손으로 이마를 훔쳤다. 이마에는 땀이 송골송골 맺혀 있었다. 그는 끔찍한 위험의 기로에 서 있다고 느꼈다. "한달 전에는 저 그림을 절대로 전시하지 않을 거라고 했잖아요" 그가 말했다. "왜 마음을 바꾼 거예요? 한결같은 사람으로 통하는 바질 같은 사람들도 다른 이들처럼 변덕을 부리는군요. 유일한 차이가 있다면, 바질은 별 의미도 없이 기분을 바꾼다는 것이고요. 세상 그 무엇도 그림을 전시장에 내걸도록 하지 못할 거라고 내게 장담하듯 말했던 것을 잊어버린 모양이네요. 해리에게도 똑같이 말했고요." 그가 갑자기 말을 멈추었다. 한 줄기 빛이 그의 눈에 떠올랐다. 헨리 경이 언젠가 그에게 진담 반, 농담 반으로 던진 말을 기억해 냈다. "자네가 흥미로운 15분을 보내고 싶다면 바질이 왜 자네의 그림을 전시하지 않고 싶어 하는지 물어보게나. 그가 그 이유를 말해 주었는데,

무척 놀랄 만한 이야기였지." 그래, 아마도 바질 역시 자신만의 비밀이 있을 것이다. 도리언은 바질에게 물어보기로 했다.

"바질." 도리언은 바질에게 가까이 다가가 얼굴을 똑바로 바라보며 말했다. "우리는 각자 비밀이 있습니다. 당신의 비밀을 말해 주세요. 그러면 나의 비밀을 말해 드리지요. 내 초상화를 전시하지 않으려 한 이유가 무엇이었습니까?"

홀워드는 자기도 모르게 몸서리쳤다. "도리언, 자네에게 그것을 말해 준다면 자네는 나를 좋아하지 않을 것이네. 그리고 분명 나를 비웃을 거고. 나는 자네가 그 두 가지 중 어떤 식으로 반응하더라도 도저히 참을 수 없을 거야. 나더러 자네 초상화를 절대 보려고 하지 말라고 한다면 그렇게 하도록 하지. 나는 자네를 보면 되니까. 내가 지금까지 그린 것 중 최고의 작품을 자네가 세상에서 감추어 버리고 싶어 한다 해도 괜찮아. 자네와의 우정이 다른 어떤 명성이나 평판보다 더 소중하니까."

"아니요, 바질, 내게 이유를 말해 주세요." 도리언 그레이가 속삭이듯 말했다. "내겐 알 권리가 있어요." 공포심은 사라지고, 호기심이 그 자리를 차지했다. 그는 바질 홀워드의 비밀을 밝혀내기로 결심했다.

"앉지, 도리언." 홀워드는 창백하고 고통스러워 보였다.

"앉게나. 내가 그늘에 앉을 테니 자네는 햇빛에 앉게. 우리 삶도 꼭 그와 같이 되었군. 다만 한 가지 질문에만 답해 주게. 내 그림에서 어딘가 마음에 들지 않는 구석이 있었나? 처음에는 알지 못했는데 어느 순간 갑자기 드러났던 그 무엇 말일세."

"바질!" 청년이 떨리는 손으로 의자의 팔걸이를 움켜쥔 채 흥분하고 놀란 눈으로 그를 응시하며 소리쳤다.

"그런 걸 본 모양이군. 그것이 뭔지는 말하지 말게. 내가 할 말을 다 할 때까지 기다려 주게. 한 남자가 친구에게 느끼는 감정보다 훨씬 더 낭만적인 감정을 갖고 자네를 흠모했던 것은 사실이네. 나는 여자를 사랑해 본 적이 없어. 그럴 시간이 없어서였다고 생각해. 해리가 말했듯이 아마도 진정으로 '위대한 열정'은 아무것도 할 일이 없는 사람들이 누리는 특권이고, 한 나라의 한가한 부류에게나 쓸모가 있는 것인지도 몰라. 어쨌든 자네를 만났던 순간부터 자네의 존재가 내게 아주 놀라운 영향을 미쳤지. 내가 미치도록, 지나치게, 터무니없이 자네를 흠모했다는 점은 인정하네. 나는 자네가 말을 거는 모든 사람을 질투했어. 나 혼자만 자네를 차지하기를 원했지. 나는 자네와 함께 있을 때만 행복했다네. 떨어져 있을 때도 자네는 여전히 내 예술 속에 존재하고 있었고. 그것은 정말 잘못되고 멍청한 일이었지. 지금 생각해 봐도 그렇고. 물론 나는 자네에게 이런 마음에 대해 아무런 말도 하지 않았네. 그럴 수 없었지. 자네는 이해하지 못했을 테니까. 나 자신도 이해하지 못했으니. 그러던 어느 날 자네의 멋진 초상화를 그려야겠다고 결심했네. 내 걸작으로 만들려고 했고, 실제로 걸작이 되었지. 하지만 작업을 하면서 색을 벗기고 덧입힐 때마다 내 비밀을 드러내는 것처럼 느껴졌어. 선 하나하나마다 사랑이 담겨 있었고, 붓의 터치 하나하나마다 열정이 담겨 있었지. 나는 내 숭배를 세상이 알게 될까 봐 두려워졌다네. 도리언, 너무 많은 것을 드러낸 것 같았어. 그래서 그때는 절대로 초상화를 전시하지 않겠노라고 결심했지. 자네는 조금 화를 냈었지만, 그때 자네는 그것이 내게 어떤 의미를 갖는 것인지 알지 못했어. 내가 그것을 해리에게 말하니 나를 비웃더군. 그러나 나는 신경 쓰지 않았어. 초상화를 마무리하고, 홀로 앉아 있었을 때 나는 내가 옳았다고 생각했어. 그런데 며칠 뒤 초상화가 떠나 버린 거야. 그렇게 참을 수 없는 매력을 품은 초상화가 사라져 버리고 나니 내가 거기서 무엇인가를 발견했다고 상상했던 것이 너무 바보 같아 보이더군. 자네의 탁월한 용모를 내가 그림으로 그려 낼 수 있다고 생각했던 것보다 더 말이야. 지금도 나는 예술 작품을 만드는 과정에서 느끼는 열정이 내가 만들어 낸 작품 안에 그대로 반영된다고 생각하는 것은 착각이라고 생각해. 예술은 우리가 상상하는 것보다 더 추상적이야. 형식과 색채는 우리에게 형식과 색채에 대해서만 말해 줄 뿐이지. 그뿐이야. 종종 예술은 예술가를 드러내기보다는 훨씬 더 완벽하게 숨겨 주는 것처럼 보인다네. 그래서 내가 파리에서 이번 제안을 받았을 때 자네의 초상화를 전시회의 주요 작품으로 선정한 거야. 자네가 거절할 거라고는 전혀 생각지도 못했는데. 이제 보니 자네가 옳아. 초상화를 전시장에 내놓아서는 안 되겠네. 내가 자네에게 한 말 때문에 화내지는 말게, 도리언. 언젠가 내가 해리에게 말했듯이 자네는 사람들의 숭배를 받도록 타고난 사람이야."

도리언 그레이는 긴 한숨을 쉬었다. 그의 볼에는 혈색이 다시 돌았고, 입술에는 미소가 떠올랐다. 위기는 지나갔다. 당분간 안전한 것이다. 하지만 그는 자신에게 금방 이상한 고백을 한 남자에게 깊은 동정을 느낄 수밖에 없었다. 그는 자신도 어떤 사람의 매력에 압도될 수 있을지 궁금해졌다. 해리 경에게는 아주 위험한 매력이 있지만, 그게 전부이다. 그는 너무도 명민하고 냉소적이어서 진심으로 좋아할 수는 없는 사람이었다. 자신을 이상한 숭배에 빠지도록 할 누군가가 있기나 한 것일까? 그것도 인생에 준비된 것들 중 하나일까?

"예상하지 못했네, 도리언." 홀워드가 말했다. "자네가 그림에서 그것을 알아보았다니 말이네. 정말로 그것을 알아보았나?"

"물론이지요."

"그럼, 내가 지금 그림을 들여다보아도 괜찮겠나?"

도리언은 고개를 저었다. "그런 부탁은 하지 마세요, 바질. 당신이 저 그림 앞에 서도록 허락해 줄 수가 없습니다."

"언젠가는 보여 주겠지?"

"절대로 안 돼요."

"글쎄, 아마도 자네 말이 맞을지도 모르겠네. 이제 잘 있게, 도리언. 자네는 내가 인생에서 진심으로 좋아했던 단 한 사람이었어. 앞으로는 자네를 전처럼 자주 볼 수는 없겠지. 자네는 내가 방금 이야기를 털어놓기 위해 어떤 대가를 치렀는지 알지 못할 거야."

"이봐요." 도리언이 말했다. "내게 어떤 말을 했다고 그래요? 간단히 말하면, 당신이 나를 너무나 좋아한다는 거잖아요. 그것은 칭찬이 아닌데요."

"칭찬은 아니었어. 고백이었지."

"아주 실망스러운 고백이군요."

"무엇을 기대했던 것인가, 도리언? 자네는 초상화에서 또 다른 건 보지 못한 거지, 그렇지? 다른 뭔가를 보지 못했지?"

"네. 다른 건 없었어요. 왜 묻는 건가요? 어쨌든 다시는 나를 만나지 않겠다는 말 따위는 하지 말아요. 당신과 나는 친구예요, 바질. 우리는 영원히 친구일 거예요."

"자네에겐 해리가 있지 않은가." 홀워드가 슬프게 말했다.

"오, 해리!" 웃음의 파문을 일으키며 청년이 외쳤다. "해리란 사람은 낮에는 믿기 힘든 말을 하며 지내고, 저녁에는 전혀 일어날 것 같지 않은 일을 하면서 지냅니다. 내가 살고 싶은 삶이죠. 하지만 문제가 생길 경우 해리를 찾아가지는 않을 거예요. 당신을 먼저 찾아갈 거예요, 바질."

"하지만 다시 내 모델이 되어 주지는 않을 거지?"

"안 해요!"

"자네가 거절해서 예술가로서의 내 인생은 끝났어, 도리언. 누구도 두 번씩이나 자신의 이상과 마주치지 않아. 한 번만이라도 만나는 사람이 거의 없지."

"그 이유를 말해 줄 수는 없어요, 바질. 그렇지만 절대로 모델이 될 수 없어요. 차를 마시러 갈 수는 있어요. 그것만으로도 유쾌할 거예요."

"자네로서는 그게 더 유쾌하겠지, 유감스럽지만 말이야." 홀워드가 중얼거렸다. "그럼 잘 있게. 초상화를 한 번 더 보지 못하게 하니 참 유감스럽네. 하지만 어쩔 수 없지. 자네가 어떤 마음인지는 잘 이해하겠네."

바질이 방을 떠나고 나자 도리언 그레이는 혼자 미소를 지었다. 불쌍한 바질, 그는 진짜 이유를 정말 모르는구나! 자신의 비밀이 드러날 뻔하다가 오히려 친구의 비밀을 알게 되다니 참으로 이상한 일이다. 그 이상한 고백이 얼마나 많은 것을 설명해 주었는가! 바질의 터무니없는 질투, 광적인 헌신, 지나친 찬사, 기이한 침묵. 이제 그 모든 것을 이해하게 되었다. 그리고 미안함을 느꼈다. 로맨스로 채색된 우정에는 비극적인 면이 있었고, 너무나 열정적이지만 이루어지지 않을 로맨스에도 대단히 비극적인 면이 있었다.

그는 한숨을 쉬며 벨을 울렸다. 초상화는 어떻게 해서라도 숨겨 두어야 한다. 다시 발견될 위험을 감수할 수는 없다. 잠깐일지라도 친구가 들어올 수 있는 방에 그림을 놓아두다니, 정말이지 정신 나간 짓이었다.

8장

하인이 들어오자 도리언은 그를 뚫어져라 쳐다보았다. 그가 장막을 치우고 들여다볼 생각을 했었는지 궁금했다. 그는 무표정하게 자신의 명령을 기다렸다. 도리언은 담뱃불을 붙이고 창문 쪽으로 걸어가 창문을 바라보았다. 빅토르의 얼굴 표정이 창에 비쳐 아주 잘 보였다. 그 얼굴은 맹종을 보여 주는 차분한 가면과도 같았다. 거기에는 아무것도 두려워할 것이 없었다. 하지만 도리언은 경계심을 늦추지 않는 것이 좋겠다고 생각했다.

도리언은 하인에게 가정부를 자신에게 보내고, 그림 액자를 만드는 업자에게 가서 일꾼 둘을 보내라고 아주 느릿하게 말했다. 하인은 방을 떠나면서 장막이 쳐진 방향을 쳐다보는 듯했다. 그저 그의 상상이었을 뿐이었는지도 모른다.

잠시 후에 검은 비단옷을 걸친 나이 든 숙녀, 리프 부인이 방으로 씩씩하게 들어왔다. 그녀는 목에 세상을 떠난 남편의 사진을 넣은 금빛 브로치를 달고 있었고, 주름진 손에는 예전에 유행하던

뜨개질 장식의 긴 장갑을 끼고 있었다.

"네, 도리언 도런님." 그녀가 말했다. "무엇을 도와드릴까요? 아, 실례했네요, 주인님" 그녀는 무릎을 굽혀 인사했다. "더 이상 도리언 도런님이라고 부르면 안 되는데. 주님의 축복이 함께하시기를. 저는 주인님이 아기였을 때부터 알아 왔는데 주인님은 불쌍하고 늙은 이 리프에게 무수한 장난을 쳤지요. 그렇다고 주인님이 착한 소년은 아니었다고 말하는 것은 아니에요. 아이들은 아이들이라는 말입지요, 도리언 도런님. 잼을 좋아하셨죠. 그렇지 않나요, 주인님?"

도리언은 웃었다. "앞으로도 나를 도런님이라고 불러요, 리프. 그렇지 않으면 몹시 화를 낼 거예요. 그리고 나는 예전과 마찬가지로 지금도 잼을 아주 좋아합니다. 요즘에는 차를 마시러 외출해도 잼을 얻어먹지 못하지만요. 아무튼 꼭대기 층에 있는 방 열쇠를 가져다주었으면 해요."

"낡은 공부 방 말이지요, 도리언 도런님? 그런데 거기는 먼지로 가득한데요. 도런님이 올라가 보시기 전에 제가 가서 정리하고 치워 둘게요. 도런님이 들어가 보실 수 있는 상태가 아니에요. 정말로 그런 상태가 아니에요."

"치울 필요는 없어요, 리프. 열쇠만 있으면 돼요."

"도런님, 거기에 들어가시면 거미줄을 뒤집어쓰게 될 거예요. 정말로 거의 5년 동안 열어 보지도 않았으니까요. 전에 주인어른이 돌아가신 후로는 말이지요."

그는 죽은 삼촌이 언급되자 얼굴을 찡그렸다. 그는 삼촌을 증오했던 기억이 있었다. "상관없어요, 리프." 그가 대답했다. "내가 원하는 것은 열쇠뿐이에요."

"열쇠는 여기 있어요, 도련님." 떨리는 듯 조심스러운 손길로 열쇠 꾸러미를 들여다보고 난 후 노부인이 말했다.

"여기 있어요. 제가 고리에서 빼 드리지요. 그런데 거기에서 지내실 생각은 아니지요, 도련님? 여기가 더 편하실 텐데요?"

"맞아요, 리프. 그럴 생각은 없어요. 다만 그곳을 둘러보고 싶어서요. 거기에 뭔가를 좀 보관해 둘까 해요. 그뿐이에요. 고마워요, 리프. 관절염은 좀 나아졌으면 좋겠네요. 아침에는 잼을 좀 가져다 주고요."

리프 부인이 고개를 저었다. "그놈의 외국인들은 잼이 뭔지 몰라요, 도련님. 그놈들은 그것을 '콩포트'라고 부르지요. 하지만 허락해 주신다면 아침에 제가 직접 갖다 드릴게요."

"정말 친절하군요, 리프." 그는 열쇠를 바라보면서 대답했다. 노부인은 그에게 우아하게 무릎을 굽혀 인사한 후 방을 떠나갔다. 그녀는 만면에 미소를 지었다. 그녀는 프랑스인 하인을 아주 싫어했다. 그녀는 외국에서 태어난 사람을 불쌍하게 여겼다.

문이 닫히자 도리언은 주머니에 열쇠를 넣고 방을 둘러보았다. 금실로 촘촘하게 수를 놓은 커다란 자주색 공단 덮개에 눈이 갔다. 삼촌이 볼로냐 근처의 수녀원에서 발견한 17세기 후반 베네치아 스타일의 멋진 작품이었다. 그래, 이것이면 저 무서운 것을 덮어서 감추기에 안성맞춤이다. 아마도 종종 관을 덮는 용도로 쓰였을 것이다. 이제는 부패하는 것, 죽음 자체가 불러오는 부패보다 더 나쁜 것을 숨겨 줄 것이다. 절대 죽지 않으면서 공포를 불러오는 무엇인가를 말이다. 벌레가 시체를 좀먹어 가듯이 그의 죄악은 캔버스에 그려진 인물을 좀먹어 갈 것이다. 그의 죄가 그림의 아름다움에 흠을 내고,

그 우아함을 좀먹어 갈 것이다. 죄악이 그림을 더럽히고 수치스럽게 만들 것이다. 하지만 그림 속의 그는 여전히 살아 있을 것이다. 언제나 살아 있을 것이다.

그는 몸서리쳤다. 잠시나마 바질에게 왜 자신이 그림을 숨기고 싶어 하는지를 털어놓지 않았는지 후회가 들었다. 바질은 헨리 경의 영향력에 저항하도록, 자신의 기질에서 오는 훨씬 더 중독성 있는 영향력에 저항하도록 도와주었을지 모른다. 자신에 대한 바질의 사랑은 진정한 사랑이었기에 그 안에 고귀하고 지적인 것이 담겨 있었다. 그것은 감각으로부터 생겨났지만 감각이 지치면 죽는 아름다움에 대한 단순한 육체적 찬사가 아니었다. 그것은 미켈란젤로가 알았고 몽테뉴, 빙켈만, 셰익스피어가 알았던 그런 사랑이었다. 그렇다. 바질이 그를 구할 수도 있었다. 그러나 이젠 너무 늦어 버렸다. 과거는 항상 폐기할 수 있다. 후회, 부인 혹은 망각으로 그렇게 할 수 있다. 그러나 미래는 피해 갈 수 없다. 마음속에 자리 잡은 열정적 충동은 언젠가 그 끔찍한 배출구를 찾아내고야 말 것이고, 꿈들은 그 죄악의 그림자를 실재하는 현실로 만들어 버릴 것이다.

그는 소파를 덮어 놓았던 자주색과 금색이 들어간 커다란 덮개를 걷어 내어 손에 쥐고 장막 뒤로 돌아갔다. 캔버스에 그려진 얼굴은 이전보다 더 사악해졌을까? 변하지 않은 것처럼 보였다. 하지만 혐오감은 더 강렬해졌다. 금빛 머리, 파란 눈, 장미같이 붉은 입술, 그 모든 것들이 그대로였다. 변한 것은 단지 표정뿐이었다. 그 잔인함이 무서웠다. 그림에서 그가 보았던 비난이나 질책과 비교하면 시빌 베인 사건을 두고 바질이 한 비난은 얼마나 보잘것없었던가! 참으로 가볍고 대수롭지 않았던가! 자신의 영혼이 캔버스에서 자신을 바라보며 심판대로 부르고 있었다. 고통스러운 표정이 그에게 스쳤다. 그는 초상화에 고급스러운 덮개를 둘렀다. 그때 노크 소리가 들렸다. 하인이 들어오자 그는 앞으로 나섰다.

"사람들이 도착했습니다, 주인님."

도리언은 즉시 하인을 해고해서 어디론가 보내 버려야겠다고 생각했다. 초상화가 어디로 옮겨졌는지 알게 내버려 두어서는 안 된다. 그에게는 교활한 구석이 있었다. 그리고 용의주도하고 배신하기 쉬운 눈빛을 가지고 있었다. 그는 집필용 탁자에 앉아서 헨리 경에게 편지를 썼다. 읽을거리를 보내 달라는 것과 두 사람이 그날 저녁 8시 15분에 만나기로 한 약속을 상기시키는 내용이었다.

"기다렸다가 답장을 받아 오게." 하인에게 편지를 건네주며 말했다. "그리고 사람들을 들여보내게."

2, 3분 후에 또 다른 노크 소리가 들렸다. 사우스오들리가의 유명한 액자상인 애슈턴 씨가 다소 거칠어 보이는 젊은 조수와 함께 들어왔다. 애슈턴 씨는 혈색이 좋고 붉은 구레나룻을 기른 체구가 작은 남자였다. 예술에 대한 그의 찬사는 그가 상대하는 예술가 대부분이 고질적인 가난에 시달리는 것을 보면서 상당히 줄어들어 있었다. 대체로 그는 가게를 떠나는 법이 없었고, 사람들이 찾아오도록 했다. 하지만 도리언 그레이에겐 항상 예외를 두었다. 도리언에게는 모든 사람을 매료시키는 특별함이 있었다. 도리언을 만나는 것조차 기쁨이었다.

"무엇을 도와드릴까요, 그레이 씨?" 그는 자신의 주근깨투성이 두꺼운 손을 비비며 말했다. "제가 직접 찾아뵙는 영광을 누려야겠노라고 생각했습니다. 얼마 전에 아름다운 액자를 하나 들였습니다.

경매로 얻었지요. 옛날 피렌체 양식으로 된 물건입니다. 제 생각에는 폰트힐에서 제작된 듯합니다. 종교화에 아주 잘 어울릴 겁니다, 그레이 씨."

"직접 찾아오는 수고를 끼쳐 정말 죄송합니다, 애슈턴 씨. 제가 꼭 가게에 들러서 액자를 한번 보도록 하지요. 종교화에는 그리 큰 관심이 없지만요. 하지만 오늘은 나를 위해서 집 안 꼭대기 층으로 그림을 하나 옮겨 주었으면 합니다. 그게 좀 무거워서 조수를 두 명이나 불러 달라고 요청한 거예요."

"네. 문제없습니다, 그레이 씨. 당신에게 도움이 된다면 어떤 일이라도 기꺼이 하지요. 어떤 그림인가요?"

"이것입니다." 도리언 그레이는 장막을 뒤로 치우며 대답했다. "천을 덮어 놓은 채로 옮길 수 있겠습니까? 계단을 올라가는 동안 흠집이 생기지 않았으면 해서요."

"어렵지 않지요." 친절한 액자상이 대답했다. 그는 조수의 도움을 받아 긴 청동 고리에서 그림을 떼어 내기 시작했다. "그럼, 어디로 옮겨 드리면 될까요, 그레이 씨?"

"제가 안내해 드리죠, 애슈턴 씨. 조심해서 절 따라오시지요. 아니, 당신이 앞서가는 것이 낫겠네요. 죄송하지만 꼭대기 층 오른쪽 방입니다. 현관 계단이 좀 더 넓으니까 그쪽으로 올라가시지요."

도리언은 그들을 위해 문을 열고 서 있었다. 그들은 복도를 지나 계단을 오르기 시작했다. 액자가 정교하다 보니 그림 크기가 상당히 컸다. 때때로 신사가 도와주겠다고 덤비는 것을 보면 가만히 보고 있지 못하는 성격을 지닌 진짜 장사꾼인 애슈턴 씨의 아첨하는 듯한 만류에도 불구하고, 도리언은 그림을 잡아 주었다.

"상당히 무겁네요." 작은 체구의 사나이는 꼭대기 층에 다다르자 헐떡거리며 말했다. 그러고는 땀으로 번들거리는 이마를 훔쳤다.

"좀 무게가 나가는 물건이지요." 도리언이 중얼거렸다. 그는 자기의 신비한 비밀을 지켜 주고 사람들의 눈에서 자신의 영혼을 숨겨줄 방으로 들어가는 문을 열었다.

그는 4년이 넘도록 그곳에 들어가 본 적이 없었다. 어려서는 놀이방으로, 좀 컸을 때는 서재로 사용했던 것 말고는 들어가지 않았다. 그곳은 고인이 된 셰라드 경이 어린 조카가 사용하도록 특별히 꾸며 놓은 곳으로 아주 넓으면서도 모든 것이 잘 조화를 이룬 방이었다. 셰라드 경은 아이가 없어서, 아니면 다른 이유로 항상 도리언을 꺼리며 거리를 두었다. 도리언이 보기에 방이 아주 많이 변한 것 같지는 않았다. 그곳에는 자신이 유년 시절에 꽤나 자주 몸을 숨기며 놀았던, 아주 멋지게 페인트를 칠한 패널에 도금 몰딩이 변색된 커다란 이탈리아산 카소네 옷장이 놓여 있었다. 낡은 교과서로 가득한 마호가니 책장도 있었다. 그 뒤의 벽에는 플랑드르산 태피스트리가 걸려 있었는데, 그림 속에서는 희미하게 바랜 왕과 왕비가 정원에서 장기를 두고 있었고, 장갑을 낀 손목에 눈을 가린 독수리를 태운 일군의 매사냥꾼들이 지나가고 있었다. 그 모든 것이 얼마나 또렷이 기억나는지! 그곳을 둘러보고 있으려니 외로웠던 유년 시절의 모든 순간이 떠올랐다. 그는 그 시절의 흠 없던 순수함이 기억났다. 여기에 이 무시무시한 초상화를 숨겨야 한다고 생각하니 끔찍했다. 지나가 버린 그 시절에는 자신을 위해 무엇이 준비되어 있는지 몰랐다!

하지만 집 안에는 캐묻기 좋아하는 사람들로부터 이만큼 안전한 장소가 없었다. 그가 열쇠를 가지고 있으니 아무도 이곳에 들어올 수 없으리라. 자주색 덮개 아래에서 캔버스에 그려진 얼굴은 흉포하고 무기력하며 더러워질 것이다. 그렇다 한들 무슨 문제인가? 아무도 그것을 볼 수 없는데 말이다. 자신도 보지 않을 것이다. 자기 영혼이 끔찍하게 타락하는 것을 왜 보고 있어야 하는가? 그는 젊음을 유지하리라. 그것으로 충분하다. 어쩌면 그의 본성이 더 멋지게 변할 수도 있지 않겠는가? 미래가 수치스러움으로 가득할 이유가 없다. 어떤 사랑이 그의 인생에 찾아 와 그를 정화시켜 줄지도 모른다. 그 사랑은 정신과 육체를 뒤흔드는 듯한 죄악으로부터, 즉 미묘하면서도 매력적이기까지 한 신비로운 죄악으로부터 자신을 보호해 줄 수 있을지도 모른다. 아마도 언젠가는 잔인한 표정이 선홍빛의 섬세한 입가에서 사라질 수도 있다. 그러면 그는 세상에 바질 홀워드의 걸작을 보여줄 수도 있을지도 모른다.

아니다. 그것은 불가능하다. 캔버스 속 존재는 시간이 지남에 따라 늙어 가리라. 그것이 만약 죄의 추악함을 벗어 버린다 해도 나이가 들어가며 흉측하게 변할 것이다. 볼은 푹 꺼지거나 축 늘어지게 될 것이다. 눈가에는 황색 주름이 서서히 자리 잡고, 탁해지는 두 눈은 끔찍하게 변할 것이다. 머리칼도 윤기를 잃어 갈 것이고, 입은 벌어지거나 축 늘어질 것이다. 늙은이의 입처럼 멍청하거나 역겨워 보일 것이다. 유년 시절에 그에게 그리도 엄격했던 삼촌처럼 목에는 주름이 자글자글하고 손에는 퍼런 핏줄이 생기고 몸은 뒤틀릴 것이다. 초상화는 숨겨야 한다. 어쩔 수 없는 일이다.

"이리 들여오시면 됩니다, 애슈턴 씨." 도리언은 돌아서며 지친 듯 말했다.

"너무 오래 기다리게 해서 미안합니다. 다른 생각을 좀 하고 있었어요."

"쉬는 건 언제라도 좋지요, 그레이 씨." 액자상이 대답했다. 그는 여전히 숨을 몰아쉬고 있었다. "어디에다 놓을까요, 선생님?"

"아, 아무 데나요. 여기, 여기가 좋겠네요. 걸어 놓지는 않을 거예요. 그냥 벽에 기대어 놓으세요. 감사합니다."

"작품을 좀 볼 수 있을까요, 선생님?"

도리언은 흠칫 놀랐다. "당신 취향은 아닐 거예요, 애슈턴 씨." 도리언은 그 남자의 눈을 쳐다보며 말했다. 그가 인생의 비밀을 감추고 있는 저 아름다운 덮개를 감히 걷어 내기라도 한다면 그에게 달려들어 바닥에 내동댕이쳐 버리고 말리라. "이제 쉬게 해 드려야 겠네요. 직접 찾아와 주셔서 정말 감사드립니다."

"천만에요, 그레이 씨. 당신을 위해서라면 뭐든지 해 드릴 수 있습니다." 애슈턴 씨는 쿵쿵대며 아래층으로 걸어 내려갔다. 거칠고 못생긴 그의 조수가 수줍은 표정으로 감탄하며 도리언을 힐끗 돌아본 뒤 따라 내려갔다. 그는 그렇게 아름답게 생긴 사람을 결코 본 적이 없었다.

그들의 발소리가 사라지자 도리언은 문을 걸어 잠근 뒤 주머니에 열쇠를 집어넣었다. 그제야 안심이 되었다. 누구도 이 섬뜩한 것을 들여다보지 않으리라. 자신을 제외한 세상 누구도 그의 수치를 보지 않으리라.

서재에 돌아와 보니 5시가 조금 넘어 있었고, 차는 벌써 차려져 있었다. 향을 풍기는 어두운색 나무에 자개로 두껍게 표면을 장식한 작은 탁자 위에 헨리 경으로부터 온 편지가 놓여 있었다. 탁자는 지난겨울을 카이로에서 보낸 후견인의 아내 래들리 부인이 보내 온 선물이었다. 편지와 더불어 노란 종이로 장정한 책 한 권이 놓여 있었다. 책 표지는 약간 찢어지고 모서리에는 때가 좀 묻어 있었다. 석간신문인 「세인트 제임스 가제트」 3호 한 부도 차 쟁반에 놓여 있었다. 빅토르가 돌아온 것이 분명했다. 빅토르가 현관에서 집을 나서는 사람들과 마주쳤는지, 그들이 무엇을 했는지 캐묻지나 않았을까 하는 의심이 들었다. 차를 준비하는 동안 초상화가 사라진 것을 알아챘을 것이다. 확실히 알아챘을 것이다. 장막은 제자리에 있지 않았고, 벽에는 빈 곳이 보였다. 아마도 어느 날 밤 하인이 위층으로 올라가 그림이 있는 방의 문을 억지로 열려고 하는 것을 보게 될지도 모른다. 집 안에 염탐꾼을 두는 것은 끔찍한 일이다. 도리언은 편지를 읽거나, 대화를 엿듣거나, 주소가 적힌 카드를 보거나, 베개 밑에서 시든 꽃이나 구겨진 레이스 조각을 발견한 하인 때문에 평생 협박에 시달렸던 부자들에 대한 이야기를 들은 적이 있다.

도리언은 한숨을 쉬며 차를 한 잔 따라 놓고 헨리 경의 편지를 읽었다. 편지는 간단하게 석간신문 한 부와 그가 관심 있어 할 만한 책 한 권을 보낸다는 것과 클럽에 8시 15분까지 가겠다는 내용이 적혀 있었다. 그는 맥없이 신문을 펼치고 읽어 내려갔다. 5면에 붉은색 연필로 표시한 부분이 눈에 들어왔다. 기사 내용은 다음과 같았다.

여배우에 대한 부검.
오늘 아침 혹스턴가에 있는 벨 태번에서 지역 담당 검시관인 댄비 씨의 입회하에 최근에 홀번의 로얄극장에서 공연했던 젊은 여배우 시빌 베인의 시체에 대한 부검을 시행했다. 부검 결과, 불행한 사고에 의한 죽음이라고 밝혀졌다. 사람들은 고인의 어머니에게 심심한 조의를 표했다. 그녀는 직접 증언하는 동안, 그리고 시신을 부검을 실시한 버럴 박사가 증언하는 것을 듣는 동안 상당한 충격을 받았다.

도리언은 살짝 얼굴을 찌푸리고는 신문을 반으로 찢은 뒤 방을 가로질러 걸어가서는 금빛 바구니에 집어 던졌다. 이 모든 일이 정말 추하기 짝이 없었다! 모든 일이 이리도 끔찍하고 추하게 되어 가다니! 그는 자신에게 그런 내용을 보내 준 헨리 경에게 약간 짜증이 났다. 게다가 어리석게도 그 기사를 빨간 연필로 표시까지 해서 보내다니. 빅토르가 읽었을 수도 있다. 그는 그 내용을 이해할 수 있을 정도의 영어 실력을 지니고 있다.

아마 그것을 읽고 무언가 의심하기 시작했을지도 모른다. 하지만 그렇다 한들 뭐가 문제인가? 도리언 그레이가 시빌 베인의 죽음과 무슨 상관인가? 두려워할 것은 없다. 도리언 그레이는 그녀를 죽이지 않았다.

그의 시선이 헨리 경이 보내 준 노란 책으로 향했다. 어떤 책인지 궁금해졌다. 자신에게는 항상 이집트 벌들이 은으로 세공해 놓은 작품같이 보일 뿐인 진주색의 작은 팔각형 탁자로 다가갔다. 거기에 책이 놓여 있었다. 카튈 사라쟁이 쓴 『라울의 비밀』. 호기심을 자극하는 제목이로군! 그는 안락의자에 털썩 앉아 책장을 넘기기 시작했다. 몇 분 만에 몰입했다. 이제까지 읽은 책 중에서 가장 이상한 책이었다. 세상의 온갖 죄악이 세련된 옷을 입고 섬세한 플루트 소리에 맞추어 그 앞에서 무언극을 펼치는 듯했다. 희미하게 꿈꾸어

왔던 것들이 갑자기 실상이 되어 나타났다. 전혀 상상하지 못했던 것들이 서서히 그 모습을 드러냈다.

그것은 등장인물이 하나뿐인 플롯이 없는 소설이었다. 그 책은 19세기의 어떤 젊은 파리지앵에 대한 심리학적 연구서였다. 그는 자신의 시대를 제외한 모든 세기에 속한 온갖 열정과 사유 방식을 실현하려는 남자였다. 말하자면, 현명한 사람들이 여전히 죄악이라고 부르는 자연스러운 반항과 사람들이 어리석게도 미덕이라고 부르는 절제심을 단지 그 인위적 성격 때문에 사랑하면서, 세계정신이 관통한 다양한 풍조를 내면에서 종합해 내기 위해서 평생을 보냈다. 글은 신기하게 보석으로 장식한 것 같은 문체로, 생동감이 있으면서도 모호했고 은어와 고어로 가득했으며 기술적 표현과 섬세한 설명이 풍부했는데, 이것은 프랑스 데카당스 문학에서 가장 훌륭한 예술가들의 작품을 특징짓는 것들이었다. 거기에는 난초와 같이 기괴한 은유가 넘쳐 났고, 악마와 같은 색채를 띠었다. 감각적인 삶이 신비주의 철학 용어로 묘사되어 있었다. 때로는 중세 성인의 영적인 환상을 읽고 있는 것인지, 아니면 현대를 살아가는 죄인의 섬뜩한 고백을 읽고 있는 것인지 알 수가 없었다. 중독성이 있는 책이었다. 무거운 향내가 페이지마다 묻어나 머리를 혼란스럽게 했다. 문장의 운율과 그 운율이 자아내는 미묘한 단조로움은 복잡한 후렴구와 정교하게 반복되는 악장의 진행으로 가득 차 있는 듯해, 책장을 넘길수록 일종의 몽상과 퇴폐적인 꿈을 꾸게 했고, 하루가 저물어 가고 어두움이 서서히 다가오는 것을 의식하지 못하게 했다.

창문 너머 구름 한 점 없는 청록빛 하늘에 뜬 외로운 별 하나가 희미하게 빛났다. 도리언은 그 희미한 빛에 기대어 더 이상 읽을 수 없을 때까지 계속 읽어 갔다. 그러다 하인이 들어와 그에게 시간이 늦었음을 몇 번이나 상기시켜 주고 나서야 자리에서 일어났다. 그는 옆방으로 가서는 항상 자신의 침대 머리에 놓여 있는 작은 피렌체산 탁자에 책을 올려놓았다. 그리고 저녁 식사를 위해 옷을 차려입기 시작했다. 클럽에 도착했을 때는 거의 9시가 다 되어 가고 있었다. 그는 헨리 경이 클럽 응접실에서 대단히 지루하다는 듯한 표정으로 혼자 앉아 있는 것을 발견했다.

"정말 미안해요, 해리." 도리언이 외쳤다. "하지만 완전히 해리 잘못입니다. 보내 준 책이 얼마나 흥미롭던지 시간이 이렇게까지 된 것도 몰랐지 뭡니까."

"자네가 그 책을 좋아할 거라고 생각했네." 헨리 경이 자리에서 일어나며 대답했다.

"좋아한다고는 말하지 않았어요, 해리. 흥미롭다고 했지요. 둘 사이에는 큰 차이가 있어요."

"아, 그 차이를 알게 되었다면 아주 많은 것을 깨달은 것이네." 헨리 경이 묘한 미소를 지으며 중얼거렸다. "자, 저녁 식사를 하러 들어가세. 너무 늦었어. 샴페인이 너무 차가워지지는 않았을까 걱정이네."

9장

그 후 몇 년 동안 도리언 그레이는 그 책에 대한 기억에서 벗어날 수가 없었다. 아니 아마도 스스로 그 기억에서 벗어나려고 하지 않았다고 하는 것이 더 정확할 것이다. 그는 파리에서 그 책의 대형 초판본을 다섯 권이나 입수해서 서로 다른 색깔로 장정해 두었다. 기분에 따라, 때때로 제어하지 못하는 변화무쌍한 욕망에 따라 책을 골라 읽기 위해서였다. 낭만적 성정과 과학적인 기질이 아주 기이하게 혼합된 이 놀라운 젊은 파리지앵 라울은 도리언에게 자신의 삶을 미리 예시하는 모델이 되었다. 그리고 실로 책의 모든 내용이 자신이 삶을 전부 살아 내기도 전에 쓰이긴 했지만 자신의 인생 이야기를 담아내고 있는 듯했다.

어떤 점에서 도리언은 카틸 사라쟁의 환상 속에 등장하는 주인공보다도 운이 좋았다. 그는 거울, 매끈한 금속 표면과 고요한 수면 등에서 느끼는 기괴한 두려움에 대해 전혀 알지 못했다. 아니, 실로 알게 될 계기가 전혀 없었다. 그 두려움이 라울의 인생에 아주 일찍 닥쳐왔는데, 이는 한때 분명히 너무나 경이로웠던 아름다움이 갑작스럽게 퇴락해 갔기 때문이었다. 책의 후반부에는 세상에서 자신이 가장 중요한 가치를 부여했던 것들을 모두 상실한 인간의 슬픔과 절망에 대한 이야기가 다소 과장되지만 매우 비극적으로 전개되었다. 모든 쾌락처럼 대부분의 즐거움에도 잔인함이 자리하고 있듯이 도리언은 그 부분을 읽으면서 잔인한 희열을 느꼈다.

어쨌든 도리언은 그것을 두려워할 이유가 없었다. 바질 홀워드와 주변의 많은 사람을 매혹했던 소년 같은 아름다움은 절대 떠나지 않는 듯했다. 그에 대한 가장 나쁜 이야기를(때때로 그의 생활 방식에 대한 이상한 소문들이 런던에 떠돌았고 사교계의 험담거리가 되었다) 들었던 사람들조차도 정작 그를 만나면 그를 모욕하는 그 어떤 이야기도 믿지 못했다. 그는 항상 흠결 없이 살아왔던 사람의 표정을 하고 있었다. 저속한 말을 남발하던 사람들도 도리언 그레이가 방에 들어서면 이내 침묵해 버렸다. 그의 얼굴이 드러내는 순수함에는 그런 사람들을 질책하는 그 무엇이 있었다. 단순히 그의 존재만으로도 더럽혀진 자신들의 순수함을 다시 상기하게 되었다. 그들은 그와 같이 매력적이고 품위 있는 인간이 어떻게 더럽고 퇴폐적인 시대에 오염되지 않을 수 있었는지 궁금해했다.

도리언은 친구들 사이에 이상한 추측을 낳게 하는, 혹은 그들이 그렇게 생각하도록 만드는 비밀스러운 오랜 여행을 마치고 집으로 돌아오기만 하면, 자물쇠가 채워진 위층 방으로 조용히 올라가 항상 몸에 지니고 다니는 열쇠로 문을 열고 들어갔다. 그리고 그는 거울을 들고 바질 홀워드가 그려 주었던 초상화 앞에 서서 캔버스 위에서 추악하게 나이 들어 버린 얼굴을 바라본 다음, 깨끗한 거울

속에서 웃고 있는 아름답고 젊은 얼굴을 바라보았다. 그 대조가 아주 강렬할수록 만족감도 더욱 커졌다. 그는 점점 더 자신의 아름다움에 매혹되어 갔다. 그리고 자신의 영혼이 타락해 가는 데 더 관심을 기울였다. 잔인하고 무서운 쾌감을 느끼는 가운데 이마와 도톰하고 관능적인 입가에 생긴 주름을 세심히 들여다보았다. 그러면서 그는 때로는 죄악의 흔적과 노화의 흔적 중 어떤 것이 더 끔찍할지 생각했다. 그는 초상화 속의 거칠고 퉁퉁해진 손에 자신의 하얀 손을 가져다 대 보고 미소 지었다. 보기 흉해진 몸과 축 늘어져 가는 사지를 비웃었다.

은은한 향기가 나는 방에서 잠 못 이루며 누워 있는 밤이면, 혹은 변장한 채 가명을 쓰고 자주 드나드는 부둣가 근처의 작고 악명 높은 선술집의 더러운 방에 누워 잠 못 이루는 밤이면, 도리언은 자신의 영혼에 가져온 파멸에 대해 생각해 보곤 했고, 순전히 이기적이기에 더욱더 통렬한 연민을 느꼈다. 그러나 그런 밤은 흔하지 않았다. 오래전에 헨리 경이 바질의 정원에서 함께 앉아 있으면서 처음으로 그의 마음을 흔들어 놓았던 생에 대한 호기심은 더 많은 것을 알게 될수록 더욱 커지는 듯했다. 호기심을 채우면 채울수록 굶주림은 더 탐욕스러워져 갔다.

그러나 도리언은 실제로 사교계에서 관계를 맺은 사람들에게는 어떤 경우라도 함부로 행동하지 않았다. 겨울에는 매달 한두 번, 사교 시즌에는 수요일 저녁마다 사람들에게 아름다운 저택을 개방하고, 당시 가장 유명한 음악가들을 불러들여 그들의 경이로운 음악으로 손님들을 매료시켰다. 항상 헨리 경의 도움을 받아 마련한 저녁 식사 자리에는 이국적인 꽃들을 섬세하고 조화롭게 배치하고, 수

놓은 식탁보와 더불어 고풍스러운 금 그릇과 은그릇을 내놓았다. 식탁에서 드러나는 세련된 취향만큼이나 초대받은 사람들을 주의 깊게 선별하여 자리 배치를 하는 것으로도 유명했다. 많은 사람들은, 특히 젊은이들은 도리언 그레이를 보면서 자신들이 이튼칼리지나 옥스퍼드 재학 시절에 종종 꿈꾸었던 유형의 인간상이 실재한다고 생각했다. 그들에게 도리언 그레이는 학자적인 교양과 우아함과 탁월함, 세계 시민으로서의 완벽한 예의범절이 결합된 유형의 인간이었다. 그는 단테가 "미를 숭배함으로써 자신을 완벽하게 만드는 것을 추구한다"라고 묘사한 부류에 속하는 듯했다. 테오필 고티에처럼 그는 "눈에 보이는 세계가 그를 위해 존재하는" 사람이었다.

분명히 도리언에게는 삶 그 자체가 모든 예술 중 최우선이었고, 가장 위대한 것이었다. 그에 비해 다른 모든 예술은 삶을 위한 준비일 뿐인 듯했다. 실제로는 별난 것이 잠시나마 보편적인 것이 되는 유행과 그 나름의 방식으로 아름다움의 절대적인 현대성을 추구하려는 댄디즘도 물론 그를 매료했다. 그가 옷을 입는 방식, 때때로 그가 보여 주는 특별한 스타일은 메이페어 사교계의 무도회와 펠맬 클럽에 드나드는 세련된 젊은이들에게 상당한 영향을 끼쳤다. 그들은 도리언이 하는 모든 것을 모방했고, 그가 그리 진지하게 치장한 것이 아니라고 해도 우아한 멋에서 드러나는 부수적인 매력까지도 그대로 따라 해 보려고 애썼다.

그런 이유로 도리언은 성년이 되자마자 자신에게 주어진 지위를 당연하게 받아들일 준비가 되어 있었다. 그리고 『사티리콘』의 저자가[10] 그 옛날 네로의 로마 제국에서 그랬던 것처럼 자신도 동시대 런던을 주름잡을 수 있다는 생각에 묘한 쾌감을 느끼기도 했다. 하

9장

지만 마음 깊은 곳에서는 보석을 착용하는 것이나 넥타이를 매는 법, 혹은 지팡이 다루는 법에 대해 상담이나 해 주는 단순한 '사교 예절의 권위자' 이상의 특별한 존재가 되고 싶었다. 그는 논리적인 철학과 질서 정연한 원칙을 갖춘 인생, 감각을 정신적으로 승화시키는 것에서 가장 큰 성취감을 얻는 인생을 다듬어 가고자 했다.

감각에 대한 숭배는 자주 비난받았지만, 그 비난에는 정당한 면도 있었다. 사람들은 자기 자신보다 강해 보이는 열정과 감각을 인간보다 덜 조직화된 존재와 공유하고 있다는 것을 의식하게 되면서 본능적으로 열정과 감각에 대한 공포를 느꼈다. 그러나 도리언 그레이는 인간이 감각의 진정한 본질을 제대로 이해한 적이 없다고 여겼다. 그것이 야만적이고 동물적인 것으로 남아 있는 이유는 세상이 그것을 굶주리게 해서 굴종시키거나 고통스럽게 죽이려 했기 때문이다. 그렇게 하는 대신 아름다움에 대한 섬세한 본능이 지배적인 특성이 될 수 있는 새로운 정신을 지녔어야 했다. 그는 인간이 거쳐 온 역사를 돌아보며 상실감에 시달렸다. 인간은 너무 많은 것을 포기하면서 살아왔다! 그것도 의미 없는 하찮은 목적을 위해서 말이다! 광기 어린 거부와 자기 고문과 자기 부정이라는 야만적 형식만이 존재해 왔다. 그 근원에는 불안이 있었다. 그 결과, 무지한 인간은 상상했던 것보다 더 끔찍한 타락을 겪었다. 자연의 아이러니로 인해 은둔자는 사막의 야생 동물들과 무리 지어 함께 살도록 내몰리고, 야생 동물들을 동반자로 삼게 되었다.

10 가이우스 페트로니우스는 네로 황제 시대의 문인으로 멋과 쾌락을 중요시했다.

그렇다. 헨리 경이 말한 대로 우리 시대에 이상하게 되살아나고 있는 저 조악하고도 멋없는 청교도주의로부터 삶을 구해 내고 재창조하기 위해서는 새로운 쾌락주의가 필요하다. 그것은 분명 지성에 도움을 주는 것이다. 하지만 어떤 양식이든 열정적 경험을 희생시키는 이론이나 체계는 절대로 받아들여서는 안 된다. 달콤하든 쌉쓸하든 쾌락주의의 목적은 경험의 결과가 아니라 경험 그 자체에 있는 것이다. 쾌락주의는 감각을 둔하게 만드는 저속한 사치와 마찬가지로, 감각을 약화하는 금욕주의와도 아무 상관이 없다. 그것은 인간에게 한순간에 불과한 생의 순간들에 집중하도록 가르쳐 주는 것이어야 한다.

사람은 죽음과 사랑에 빠지거나 혼절한 듯 잠에 취해 꿈도 꾸지 않는 밤을 지내고 나면, 혹은 공포와 삐뚤어진 쾌락에 빠져 밤을 지내고 나면, 새벽이 오기도 전에 잠에서 깨어난다. 그런 밤에는 현실보다 무서운 환영이 뇌리를 휩쓸고 지나가는데, 그것은 세상 모든 괴상한 것들 가운데 잠재해 있으면서 고딕 예술에 영원한 생명력을 부여한다. 사람들은 고딕 예술이 망상과 같은 고질병으로 고통받는 사람들이 만들어 낸 예술이 아닐까 생각할지도 모른다. 그런 새벽에는 떨고 있는 듯이 보이는 하얀 손가락들이 커튼 사이로 서서히 나타난다. 환상과도 같은 검은 그림자들이 방구석까지 기어들어 와 웅크리고 자리 잡기도 한다. 밖에서는 나뭇잎 사이로 새들이 퍼드덕거리는 소리가 들려온다. 일터로 떠나는 사람들의 소리, 언덕에서 불어 내려와 잠든 이들을 깨울까 두려운 듯 조용한 집 주변을 배회하는 바람의 한숨이나 흐느낌이 들린다. 겹겹이 쳐진 베일처럼 내려앉은 엷고 어슴푸레한 공기의 장막이 걷히고, 차츰 사물의 형태와 색조가 제모습을 드러낸다. 그러면 우리는 새벽이 고래의 방식으로 세상을 다시 만들어 가는 것을 바라보게 된다. 흐릿했던 거울들은 그 안에 세상을 그대로 담아내는 삶을 회복해 간다. 불꽃 잃은 심지는 우리가 떠나간 자리에 머물러 있고, 그 곁에는 우리가 반쯤 읽은 책, 혹은 우리가 무도회에 장식으로 하고 갔던 철사 달린 꽃, 혹은 우리가 두려움에 읽지 못했거나 너무 자주 읽었던 편지가 놓여 있다. 아무것도 바뀌지 않은 듯하다. 지난밤의 비현실적인 어둠으로부터 우리가 알고 있던 현실의 삶이 돌아온다. 우리가 떠났던 지점에서 하루를 다시 시작해야 한다. 판에 박힌 습관처럼 똑같이 반복되는 일상을 살아야 한다는 생각이 엄습해 온다. 어느 날 아침에 눈을 뜨면 쾌락을 위해 새롭게 변화된 세상이 열릴 수도 있다는 엉뚱한 바람에 젖어 보기도 한다. 만물이 새로운 형태와 색을 드러내며 변화한 세상, 어제와는 다른 비밀을 간직하고 있을 세상, 과거가 남아 있지 않아서 의무감이나 후회 같은 어떤 의식적 형태로도 과거가 살아나지 않는 세상, 그래서 심지어는 씁쓸함이 뒤섞인 기쁨에 대한 기억과 고통이 뒤섞인 즐거움에 대한 기억이 살아나지 않는 세상, 그런 세상이 열리길 기대해 본다.

도리언 그레이는 그런 세상을 창조하는 것이 진정한 목적, 혹은 생의 진정한 목적 가운데 하나라고 여겼다. 그래서 새로우면서도 유쾌하고, 낭만을 위해 매우 본질적이라 할 수 있는 생소함의 요소까지 지닌 감각적 경험을 찾아다녔다. 그는 종종 자신의 본성과 잘 맞지 않을 것 같은 낯선 사고방식들을 택하여 그 미묘한 영향력에 자신을 내던져 보기도 했다. 말하자면 그는 그것들의 색감을 포착해 지적인 호기심을 충족하고 나면 무관심하게 내팽개쳤는데, 이

기이한 무관심은 열정적인 기질과 어울리지 않다고 할 수 없었다. 아니, 몇몇 현대 심리학자들은 그런 부분을 열정적인 기질의 조건이라고 말했다.

한번은 도리언이 로마 가톨릭교회의 성찬식에 참여할 거라는 소문이 돌았다. 로마식 의식은 항상 그에게 커다란 매력으로 다가왔다. 고대의 어떤 희생 제의보다 실로 더 큰 경외감을 불러일으키는 매일의 미사는 구성 요소의 원시적인 단순함과 그것이 상징하는 인간 비극의 영원한 비애감 때문만이 아니라 감각적 경험의 증거를 단호하게 거부하기 때문에 그의 마음을 사로잡았다. 그는 차가운 대리석 바닥에 무릎 꿇고 앉는 것이 좋았다. 꽃무늬의 뻣뻣한 제의를 입은 사제가 벽감에 쳐진 가림막을 하얀 손으로 천천히 열어젖히는 것이 좋았다. 때로는 사제가 그리스도의 수난을 상징하는 옷을 입고 사람들이 정말로 '파니스 셀레스티스', 즉 천사들의 빵이라고 믿는 하얀 성찬용 전병이 들어 있는 보석 박힌 전등 모양의 성체 안치기를 높이 들어 올렸다가, 성체(전병)를 찢어 성배에 담고 자기 가슴을 치며 죄를 뉘우치는 모습이 너무 좋았다. 레이스 달린 자주색 옷을 입은 소년 복사들이 연기 나는 금박 입힌 향로를 커다란 꽃다발인 양 허공에 흔들어 대는 풍경은 묘한 매력으로 다가왔다. 성당을 나오면서 그는 어두운 고해실을 호기심에 찬 시선으로 바라보면서, 어두운 그늘에 앉아 낡은 창살을 뚫고 자신의 생에 대한 진실한 이야기를 속삭이는 남녀의 목소리가 들려오길 고대해 보기도 했다.

그러나 도리언은 종교적 교의나 체제를 수용하여 자신의 지적인 발전을 저해하는 실수를 절대로 범하지 않았다. 살아갈 집과 하룻밤 체류할 집, 즉 별 하나 없고 달도 없는 칠흑 같은 밤에 몇 시간을 보내기에 알맞은 집을 혼동하지 않았다. 일상의 흔한 것들을 낯설게 보이게 하는 놀라운 힘을 지닌 신비주의, 그리고 항상 그것에 따라오는 듯한 도덕 폐기론이 한동안 그의 마음을 움직였다. 또 한동안 그는 독일에서 유행한 다윈주의의 유물론에 끌렸다. 뇌에 있는 어떤 상아색 세포나 몸 안에 있는 선홍색 신경 세포로부터 인간의 사유와 열정의 근원을 추적해 가는 데서 신비한 쾌감을 느꼈다. 병이 있든 건강하든, 정상이든 기형이든, 정신이 특정한 신체적 조건에 전적으로 의존한다는 생각에 즐거워하기도 했다. 하지만 앞에서 말했듯이 삶 그 자체와 비교하면 인생에 관한 어떤 이론도 중요하지 않았다. 모든 지적인 통찰이 행동과 실험에서 분리되어 버리면 얼마나 쓸모없어지는지 그는 아주 강렬하게 의식하고 있었다. 그는 영혼 못지않게 감각이 신비하다는 것을 것을 알고 있었다.

그래서 이제 도리언은 강렬한 향기를 내는 오일을 증류하고, 동양에서 온 향기 나는 고무를 태우면서 향수와 제조법의 비밀을 연구해 보았다. 그는 감각과 조응하지 않는 기분이란 없다는 것을 알게 되어 열심히 그것들 간의 진정한 관계를 찾아내려고 노력했다. 그러면서 사람을 신비롭게 만들어 주는 유향, 인간의 열정을 자극하는 용연향, 죽어 버린 낭만에 대한 기억을 일깨워 주는 제비꽃, 정신을 혼란하게 하는 사향, 상상력을 손상시키는 후박나무 등에 어떤 성분이 있을까 궁금해하며, 향수의 심리학을 설명해 보고자 했다. 그리고 달콤한 냄새가 나는 뿌리와 향기로운 꽃가루를 가진 꽃들, 아로마 향유, 짙은 색의 향나무, 메스껍게 하는 감송, 사람을 미치게 만드는 헛개나무, 영혼에서 우울증을 몰아낸다고 전해지는 알로에 등이 미치는 여러 가지 영향력을 평가해 보려고 했다.

어떤 때 도리언은 음악에 온전히 몰입하기도 했다. 천장은 주홍색과 금빛으로, 벽은 올리브색으로 칠하고 격자 장식으로 꾸며진 긴 방에서 신기한 공연을 열기도 했다. 공연에서 열광적인 집시들은 작은 현악기인 치터로 괴상한 곡을 연주했고, 노란 숄을 걸친 튀니지인들은 괴이하게 생긴 류트의 현을 튕겨 댔다. 반면에 히죽히죽 웃어 대는 흑인들은 구리로 만든 드럼을 단조롭게 두드렸다. 터번을 두른 인도인들은 주홍색 매트에 웅크리고 앉아 대나무나 황동으로 된 긴 파이프를 불며 커다란 코브라나 뿔 달린 무서운 살무사에게 주문을 걸거나 주문을 거는 척했다. 슈베르트의 우아함, 쇼팽의 아름다운 슬픔, 베토벤의 강렬한 화음이 귀에 들어오지 않을 때면 야성적인 음악의 거친 음정과 날카로운 불협화음이 그를 자극했다. 그는 온 세상을 돌아다니며 멸망한 국가의 고분이나 서구 문명과의 접촉에서 살아남은 몇몇 야만족 마을에서 온갖 이상한 악기들을 모두 수집했고, 그것들을 만지고 연주해 보는 것을 좋아했다. 그는 리오네그로 원주민들이 쓰던 신비한 주루파리스를 가지고 있었는데, 이것은 여성들에겐 보는 것조차 허락되지 않았고, 젊은이들도 금식과 고통의 과정을 겪지 않으면 볼 수가 없는 것이었다. 새들의 날카로운 울음소리를 내는 페루인의 토기, 알폰소 드 오바예[11]가 칠레에서 들었던 것과 같은 인간 뼈로 만든 플루트, 쿠스코 근처에서 발견된 것으로 감미로운 음을 내는 녹색 돌 등을 갖고 있었다. 자갈을 채워 흔들면 소리가 나는 채색된 호리병박, 공기를 불어 넣는 것이 아

---

11 와일드가 명칭을 잘못 쓴 경우로, 칠레 예수회의 사제인 알론소 드 오바예Alonso de Ovalle(1603~1651)를 말한다.

니라 흡입하면서 연주하는 기다란 멕시코 악기 클라린, 온종일 나무에 앉아 망을 보는 파수꾼들이 불어 대면 그 거친 소리가 15킬로미터 떨어진 곳에서도 들린다고 전해지는 아마존 부족의 악기 튜레, 진동하는 두 개의 나무 판으로 이루어져 있고 식물의 우윳빛 수액에서 뽑아낸 탄성 수지를 덧입혀 만든 막대기를 두들겨 소리를 내는 테포나스틀리, 포도같이 다발로 매달아 놓고 소리를 내는 아스텍 부족의 악기 요틀 벨, 베르날 디아스델카스티요가 코르테스와 멕시코 사원에서 들은 뒤 그 구슬픈 소리에 대해 생생하게 묘사한, 커다란 뱀 가죽을 씌워 만든 거대한 원통 모양의 드럼 같은 것들도 가지고 있었다. 이런 악기들이 지닌 환상적인 특징은 그를 완전히 사로잡았고, 자연에서와 같이 예술에서도 괴물이나 짐승의 형태를 지니고 괴이한 소리를 내는 물건들이 존재한다는 생각에 이상한 환희를 느꼈다. 그러나 얼마 지나지 않아 이것들에 싫증을 느끼고 오페라의 특별석에 혼자서, 혹은 헨리 경과 함께 앉아 황홀한 기쁨에 젖어 바그너의 「탄호이저」에 빠져들곤 했다. 그러면서 그는 이 위대한 예술 작품이 자신의 영혼이 겪는 비극을 표현하고 있다는 생각마저 들었다.

또 언젠가 도리언은 보석 연구에 몰입했는데, 프랑스 제독이었던 안 드 주와이외즈처럼 560개의 진주로 장식된 의상을 입고 가장무도회에 나타나기도 했다. 그는 종종 램프의 불빛에 비추어 보면 붉은색으로 변하는 올리브색의 금록석, 철사 같은 은색 선이 들어 있는 묘안석, 피스타치오 빛깔의 감람석, 엷은 장밋빛과 금빛 와인색을 띤 토파즈, 반짝이는 네 개의 별로 이루어진 주홍 빛깔의 석류석, 붉은 불빛의 육계석, 오렌지색과 보라색으로 빛나는 첨정석, 루비와 사파이어가 교차하는 문양의 자수정 등 자신이 수집했던 다양한 보석을 상자에 정리하고 또다시 정리하면서 온종일 시간을 보내기도 했다. 그는 일장석의 붉은 금빛과 월장석의 진주 같은 새하얀 빛깔, 우윳빛 오팔의 어른거리는 무지개빛을 사랑했다. 암스테르담에서 풍요로운 빛깔로 빛나는 엄청난 크기의 에메랄드를 세 개나 구입했고, 모든 보석 감정가에게 부러움을 샀던 오래된 터키옥도 갖고 있었다.

또 도리언은 보석에 관한 놀라운 이야기들을 찾아냈다. 페트루스 알폰시의 『성직자 지침서』에서 뱀은 진짜 히아신스석으로 된 눈을 가지고 있다고 되어 있으며, 알렉산더 대왕의 낭만적인 이야기 속에는 대왕이 요르단 계곡에서 "진짜 에메랄드가 등에서 자라는" 뱀들을 발견했다고 되어 있다. 철학자 필로스트라투스는 용의 뇌에 보석이 박혀 있으며, "황금빛 문자와 주홍빛 겉옷을 보여 주면" 마술 같은 잠에 빠져들어 죽일 수 있다고 말했다. 위대한 연금술사인 피에르 드 보니파스에 따르면 다이아몬드는 사람을 투명 인간으로 만들어 주고, 인도의 마노 구슬은 유창한 웅변가로 만들어 준다고 했다. 홍옥수는 분노를 달래 주며, 히아신스석은 잠을 불러오고, 자수정은 와인의 독성을 없애 준다고 했다. 석류석은 악마를 몰아내고, 하이드로피쿠스라는 보석은 달의 빛깔을 빼앗아 갔다. 투석고는 달과 함께 찼다가 이지러지며 색이 변했으며, 도둑을 찾아내기도 하는 멜로세우스는 아이들의 피를 써야만 색이 변했다. 레오나르두스 카밀루스는 갓 죽은 두꺼비의 뇌에서 하얀 보석을 발견했는데, 그것은 독을 해독하는 작용을 했다. 아라비아 사슴의 심장에서 발견된 결석은 역병을 치료할 수 있는 마력을 지녔다고 한다. 데모크

리토스에 따르면 아라비아 새들의 둥지에서 발견되는 아스필라테스를 품고 있으면 불에 의한 어떤 위험으로부터도 보호받는다고 했다.

실론의 왕은 즉위식에서 커다란 루비를 손에 들고서 말을 타고 성을 돌았다. 사도 요한의 계시록에 나오는 궁전 문들은 "홍옥수로 뿔 달린 뱀의 뿔을 만들어 박아 넣어서 어떤 사람도 독을 품고 궁내로 들어오지 못하도록 했다". 박공지붕 위로는 "황금으로 된 사과 두 개가 있었고 그 안에는 석류석 두 개가 박혀 있었다". 그래서 낮에는 황금이 빛나고 밤에는 석류석이 빛났다. 토머스 로지가 쓴 기이한 로맨스 소설인 『아메리카의 마가라이트』를 보면 마가라이트 공주의 방에서 "세상의 모든 정숙한 여인들이 감람석, 석류석, 사파이어, 초록빛 에메랄드 등으로 된 아름다운 거울을 들여다보고 있는 모습이 은장식으로 새겨져 있는 걸 볼 수 있다"라고 적혀 있다. 마르코 폴로는 지팡구 주민들이 장밋빛 진주를 죽은 자의 입에 넣어 주는 것을 보았다. 어떤 바다 괴물은 진주에 매혹된 한 잠수부가 그것을 훔쳐 페로즈 왕에게 가져다주자 그 도둑놈을 죽여 버리고 상실감에 일곱 달을 슬퍼하며 울었다. 역사가 프로코피우스의 이야기에 따르면, 훈족이 페로즈 왕을 유혹하여 커다란 구덩이에 빠뜨렸을 때 왕이 진주를 멀리 던져 버렸으며, 후에 아나스타시우스 황제가 그것을 찾는 자에게 순금 동전 500개를 준다고 했지만 다시는 발견되지는 않았다고 한다. 말라바르의 왕은 베네치아인에게 자신이 숭배하는 각각의 신들을 의미하는 104개의 진주로 된 묵주를 보여 주었다. 율리우스 카이사르는 진주로 만든 묵주를 사랑했던 세르빌리아에게 주었고, 그녀와의 사이에서 브루투스를 낳았다.

태양신의 젊은 사제는 소년이었을 때 죄를 지어 죽임을 당했는데, 그는 생전에 보석이 박힌 신발을 신고 금가루와 은가루로 이루어진 길 위를 걸어 다니곤 했다. 역사가 브랑톰에 따르면, 알렉산데르 6세의 아들 발렌티누아 공작이 프랑스의 루이 12세를 방문했을 때, 그의 말은 황금 잎으로 장식되었고 그가 쓴 모자는 광채를 발하는 두 줄의 루비로 장식되어 있었다고 한다. 영국의 찰스 1세는 다이아몬드가 321개 달린 등자를 매단 채 말을 탔다. 리처드 2세는 발라스 루비로 뒤덮인 3만 마르크 상당의 코트를 가지고 있었다. 에드워드 홀은 헨리 8세가 대관식을 하러 런던 탑으로 향하면서 "금으로 돋을무늬 장식을 한 외투를 입고, 다이아몬드와 다른 값비싼 보석으로 수놓은 띠를 두르고, 목에는 큰 발라스 루비들이 박힌 커다란 목걸이"를 두르고 있었다고 묘사한다. 제임스 1세가 가장 좋아하는 보석은 황금으로 세공한 에메랄드 귀걸이였다. 에드워드 2세는 귀족인 피어스 개버스틴에게 히아신스석으로 장식을 박아 넣은 붉은 금색 갑옷 한 벌과 터키옥으로 장식한 황금 장미 목걸이, 진주를 여기저기 장식한 모자를 하사했다. 헨리 2세는 팔꿈치까지 오는 보석 장갑을 끼었으며, 루비 12개와 커다란 진주 52개로 장식한 매잡이 장갑도 갖고 있었다. 부르고뉴 가문의 마지막 공작이었던 샤를 1세가 썼던 공작 모자는 사파이어와 서양배 모양의 진주들이 장식되어 있었다. 그 옛날 인생은 얼마나 멋졌던가! 그 화려함과 장식으로 인생은 얼마나 아름다웠던가! 죽은 자들의 사치스러운 삶에 대해 읽는 것만으로도 경이로웠다.

다음에 도리언은 관심을 자수로 돌려, 북유럽 국가들의 서늘한 방에서 프레스코화 역할을 하는 태피스트리에 관심을 보였다. 그는 이 주제에 대해 조사하다가 (그는 항상 자신이 시작한 일에 한동안 완전히 몰입하는 놀라운 능력을 지니고 있었는데) 아름답고 경이로운 유물들이 시간이 흘러 손상된 것을 생각하면 깊은 슬픔에 빠질 지경이었다. 어쨌든 그는 그것을 이겨 냈다. 해가 거듭되면서 노란 수선화가 무수히 피고 졌으며, 공포의 밤들이 수치스러운 이야기를 반복했지만 그는 전혀 변하지 않았다. 어떤 가혹한 세월도 그의 얼굴을 상하게 하지 못했고, 꽃처럼 만개한 젊음에 오점을 남기지 못했다. 그것은 실로 물질적인 대상들이 겪는 과정과는 달랐다! 그것들은 어디로 다 사라져 버린 것일까? 신들이 거인족에 대항해 싸우는 장면이 수놓아져 있고, 아테나 여신을 위해 만들어졌다던 사프란 빛깔의 커다란 예복은 어디로 갔던가? 네로가 로마의 콜로세움에 펼쳐놓았던 차일, 별이 빛나는 하늘과 금박을 입힌 고삐를 채운 하얀 준마들이 이끄는 전차를 타고 아폴로 신이 달리는 모습이 재현되었다던 그 거대한 차일은 어디로 간 것일까? 도리언은 로마의 엘라가발루스 황제를 위해 공들여 제작된 신기한 테이블보도 한번 보고 싶었는데, 그 위에는 축제를 위해 온갖 산해진미와 진수성찬이 펼쳐졌다고 한다. 황금벌 300마리가 수놓아졌다고 하는 킬페리크 1세의 수의와 한때 폰투스 주교의 분노를 일으킨, "사자, 표범, 곰, 개, 숲, 바위, 사냥꾼 등 사실상 화가가 자연에서 모방할 수 있는 모든 것들"을 새겨 넣었다고 하는 환상적인 예복, 샤를 도를레앙이 입었다고 하고 그 소매에는 "여인이여, 저는 정말 행복합니다"라고 시작하는 노래 가사를 수놓았으며, 가사의 반주 부분은 금실로 장식하고, 당시에는 사각형 모양이었던 음표 하나 하나가 네 개의 진주 모양으로 표현된 외투도 보고 싶었다. 도리언은 잔 드 부르고뉴 왕비를 위해 랭스의 궁전에 마련되었다던 방에 관해 읽었다. 그 방은 "1,321마리 앵무새가 자수로 장식되어 있고, 왕의 문장이 새겨져 있었으며, 나비 561마리가 새겨져 있고, 그 날개들은 여왕의 문장으로 장식되었는데, 모두 금으로 되어 있다". 카트린 드메디시스 왕비는 그녀를 위해 초승달과 태양이 점점이 수놓아진 검은 벨벳으로 만들어진 애도용 침대를 가지고 있었다. 침대의 휘장은 다마스크 천으로 만들었는데, 나뭇잎으로 만든 화관과 화환 장식이 더해졌으며, 금색과 은색 바탕에 가장자리를 따라 진주로 된 술이 달렸다. 침대가 있는 방에는 은색 천 위에 검은 벨벳으로 재단하여 만든 왕비의 문장이 열을 이루어 길게 걸려 있었다. 루이 14세는 금으로 수놓은 15피트 높이의 여인상을 자신의 호화로운 방에 두었다. 폴란드의 왕인 소비에스키의 침대는 터키의 스미르나산 금실로 짠 비단으로 만들어졌고, 코란에서 따온 구절들이 터키옥으로 수놓아져 있었다. 침대 다리는 은으로 도금해 아름다운 무늬를 넣었으며, 에나멜을 바르고 보석을 박은 커다란 메달들로 호화롭게 장식이 되어 있었다. 그 침대는 그가 빈에 이르기 전에 터키군 진지에서 획득한 것이었는데, 그 아래에는 마호메트의 깃발이 놓여 있었다고 한다.

그리하여 도리언은 1년 내내 직물과 자수 작품 중 가장 정교하고 아름다운 표본을 수집하러 다녔다. 그는 섬세한 델리산 모슬린을 구했는데, 금실로 종려나무잎 무늬를 새겨 넣었고, 무지갯빛 딱정벌레의 날개를 가져다 대어 꼼꼼히 바느질한 작품이었다. 또 그 투명함으로 인해 동양에서는 "공기로 짠 천", "흐르는 물", "저녁 이슬" 등으로 알려진 인도 아그라산의 얇은 천, 신기한 문양이 새겨져 있는 자바산 천, 정교하게 만든 중국의 노란 벽걸이 장식, 황갈색 공단이나 아름다운 파란색 비단 천으로 장정하고 백합과 새 등의 여러 이미지를 새겨 넣은 책, 헝가리 바늘로 뜬 레이스 베일, 시칠리아의 비단과 빳빳한 스페인산 벨벳, 도금한 동전들로 만든 영국 조지 왕조 시대의 공예품, 녹색을 띤 황금과 경이로울 정도로 멋진 날개를 지닌 새들 모양으로 수놓은 일본산 후쿠사 보자기 등을 수집했다.

또한 도리언은 성직자 예복에 대해 특별한 열정이 있었다. 그는 교회 예식과 관련된 모든 것에 관심을 보였다. 그가 자택의 서쪽 갤러리에 놓은 기다란 삼나무 옷장 안에는 '그리스도의 신부'를 위한 의복을 제작하는 데 사용하는 수많은 희귀하고 아름다운 표본들을 모아 두었다. 그리스도의 신부는 자주색에 보석으로 장식된 고운 아마포를 입어야 했는데, 이것은 그녀가 자신이 추구하는 고난이나 스스로에게 가한 고통으로 인해 상처입어 창백하고 쇠약해진 몸을 가릴 수 있기 때문이다. 그는 진홍색 비단과 금실 다마스크로 만든 아름다운 사제복을 가지고 있었는데, 황금빛 석류 문양이 반복되어 있어서 꽃잎 여섯 개가 일정한 모양으로 어우러져 활짝 피어오른 꽃 모양을 하고 있었다. 꽃 위의 양쪽에는 작은 진주로 장식한 파인애플 문양이 있었다. 사제복의 장식용 띠는 여러 부분으로 나누어져 있어 성모 마리아의 삶을 묘사한 장면들이 금실 자수로 새겨져 있었고, 그중에 성모의 대관식 장면은 색색의 비단으로 장식되어 있었다. 이것은 15세기 이탈리아 작품이었다. 또 다른 사제복은 녹색 벨벳으로 만든 것으로 아칸서스 이파리들이 하트 모양으로 수놓아져 있었다. 그 이파리들로부터는 긴 줄기의 하얀 꽃들이 뻗어 있었는데, 은실과 다채로운 수정을 사용해 문양을 돋보이게 했다. 사제복의 보석 단추에는 치품천사의 얼굴이 금실로 새겨져 있었다. 사제복은 마름모무늬의 붉은색과 금색 비단 천으로 짠 것인데 성 세바

스티아누스를 비롯한 많은 성인과 순교자가 원형 초상화로 새겨져 있었다. 그는 또한 호박색 비단, 파란색 비단과 금색 비단, 황색 다마스크와 금색 천으로 이루어진 사제복도 가지고 있었는데, 그 위에는 그리스도의 고난과 십자가형 장면이 그려져 있었고 사자와 공작, 다른 상징들이 수놓아져 있었다. 하얀 비단과 분홍색 다마스크로 만든 제의용 예복은 튤립과 돌고래, 백합 무늬로 장식되어 있었다. 주홍빛 벨벳과 파란 아마포로 이루어져 제단 정면을 장식하는 데 쓰는 제단 장식보, 성찬포와 성배 덮개, 손수건 등도 있었다. 이러한 것들이 사용되는 신비한 의식에는 그의 상상력을 자극하는 특별한 무언가가 있었다.

이 모든 것들과 그가 자신의 아름다운 집에 수집해 놓았던 온갖 것들은 그에게 망각의 수단이었고, 때로는 감당하지 못할 정도로 큰 두려움으로부터 잠시나마 벗어나게 해 주는 삶의 양식이었다. 그는 유년 시절에 아주 많은 시간을 보냈던 쓸쓸하고 잠겨 있는 방의 벽에다 변화를 통해 자기 인생의 실제적 타락을 그대로 보여 주고 있는 끔찍한 초상화를 자신의 손으로 직접 걸어 놓았다. 그리고 그 앞에 자주색과 금색으로 된 장막을 커튼처럼 쳐 놓았다. 거기에 들어가 보지 않는 몇 주 동안 그는 무서운 그림의 존재를 잊을 수 있었고 가벼운 마음, 경이로운 즐거움, 단순히 존재함으로써 누리는 열정적인 쾌락 같은 것을 회복할 수 있었다. 그러다 어느 날 밤 갑자기 집에서 슬그머니 빠져나와 블루 게이트 필즈 슬럼가 근처의 무서운 곳으로 가서 몇날 며칠씩 머무르곤 했다. 사람들이 공포에 사로잡혀 그를 거의 몰아내다시피 하면 그들에게 엄청난 뇌물을 주어야만 했다. 그는 돌아오면 초상화 앞에 앉아 때로는 그것과 자기 자신을 증오하기도 했지만, 어떤 때는 반쯤 죄악에 매료된 듯 반항적인 오만으로 충만해져서 자신의 것이어야 했을 짐을 지고 있는 흉물스러운 어둠의 그림자를 바라보며 비밀스러운 쾌감에 젖어 미소 짓기도 했다.

몇 년이 지난 후에 그는 오랫동안 영국을 떠나 지내는 생활을 견딜 수 없었다. 그래서 여러 번 겨울을 보냈던 하얀 벽을 두른 알제의 작은 저택뿐 아니라 헨리 경과 트루빌에서 함께 사용하던 별장도 처분했다. 그는 자신의 인생에서 큰 부분을 차지하는 초상화와 떨어져 지내는 것이 싫었다. 그리고 방문에 정교한 잠금장치와 빗장을 설치했음에도 불구하고 자신의 부재 시에 누군가 그 방에 들어가 보지나 않을까 두려워졌다.

도리언은 이 초상화가 사람들에게 아무것도 말하지 않을 거라는 것을 잘 알고 있었다. 초상화는 얼굴에 그 모든 사악함과 추함을 드러내며 자신과 현저하게 닮은 모습을 유지하고 있었다. 하지만 사람들이 그것을 통해 무엇을 알아낼 수 있을까? 그는 자신을 조롱하려 드는 사람은 비웃어 줄 것이다. 그가 초상화를 그린 것이 아니었다. 그것이 혐오스럽고 수치로 가득해 보인다고 해도 자신과 무슨 상관이란 말인가? 그가 사실을 말해 준다고 한들 누가 그것을 믿을 것인가?

하지만 도리언은 두려웠다. 때로는 노팅엄셔에 있는 저택에 가서 중요한 벗들이라고 할 수 있는 자신과 비슷한 계층의 부유층 젊은이들을 즐겁게 해 주고, 사치와 호화로움으로 가득한 생활을 자랑하면서 시골 사람들을 놀라게도 해 주었지만, 그러다 그는 갑자기 손님들을 놔두고 그 방문을 누가 건드리지나 않았는지, 그림이 여전히 거기에 잘 있는지 확인하기 위해 서둘러 런던으로 돌아왔다. 누가 그것을 훔쳐 갔으면 어떻게 하지? 그런 생각만 해도 공포에 사로잡혔다. 그러면 분명히 세상은 그의 비밀을 알게 될 것이다. 아마도 이미 의심하고 있을지도 모른다.

도리언은 많은 사람을 매료시켰지만, 그를 의심하는 사람들도 적지 않았다. 그의 신분과 사회적 지위면 회원이 될 만한 충분한 자격이 있었던 웨스트엔드 클럽에서도 그를 배척하였다. 그리고 언젠가는 한 친구가 그를 칼턴 클럽의 흡연실로 안내했는데, 버윅 공작과 다른 신사가 눈에 띄는 태도로 일어나 나가 버렸다. 그의 스물다섯 번째 생일이 지나고 나자 그에 대한 이상한 소문들이 돌았다. 그가 화이트채플의 외진 곳에 있는 매음굴에서 외국 선원들과 싸움을 벌이는 것을 목격했다는 소문이 있었다. 그가 도둑이나 화폐 위조범과 어울리며 그들의 영업 비밀을 캐고 다닌다는 말도 돌았다. 그는 수상한 부재로 악명이 높아졌고, 그러다 사교계에 다시 나타나면 남성들은 그가 여성들에게 불러일으키는 이상한 사랑에 대해 질투하며 구석에서 수군댔으며, 혹은 그를 조롱하며 지나치거나 차갑게 훑어보는 시선으로 쳐다보았다. 마치 그의 비밀을 찾아내려고 작심한 듯이 말이다.

물론 도리언은 그런 무례함과 냉대에 대해 전혀 주의를 기울이지 않았다. 대부분의 사람이 지닌 견해에 따르면, 그의 솔직하고 명랑한 태도, 매력적인 소년 같은 미소, 놀라운 젊음이 지닌 한없는 우아함이 절대 그를 떠나지 않는 듯이 보였고, 그런 모습은 그 자체로 사람들이 그에 대해서 일삼는 소위 '중상모략'에 대한 충분한 대답이 되었다. 그러나 그와 가장 친했던 사람들도 시간이 지나면 그를 피하는 것처럼 보인다고 전해졌다. 그의 친구 중에, 혹은 소위 친구들이라고 하는 사람 중에 헨리 워턴 경만이 그와 충실한 관계를 유지하는 유일한 사람이었다. 그를 열정적으로 흠모하던 여인들, 그를 위해서 모든 사회적 비난에 대해 용감하게 맞서고, 관습에 저항하는 모습을 보이던 여인들도 도리언 그레이가 방에 들어가면 수치나 공포로 얼굴이 창백해졌다. 심지어 밤거리를 어슬렁거리는 사악한 인간들조차도 그가 지나갈 때면 저주를 퍼부었고, 자신들보다 그에게서 더 큰 타락의 증거를 보았으며, 그래서 그의 실제 삶이 드러내는 끔찍한 참상을 너무나 잘 알고 있었다고 전해졌다.

그러나 많은 사람의 눈에는 이런 추문들이 그에게 낯설고 위험한 매력을 더해 주는 것으로 보였다. 그의 막대한 재산은 분명한 안전장치였다. 사회, 적어도 문명화된 사회에서는 부유하고 매력적인 사람들에게 해가 되는 이야기는 그 어떤 것이라도 절대 믿으려 하지 않는다. 그런 사회에서는 멋있는 태도가 도덕보다 훨씬 더 중요하며, 그래서 존경받는 것이 훌륭한 요리사를 두는 것보다도 가치가 없다는 것을 본능적으로 느낀다. 그리고 결국에는 누군가에게 질 떨어지는 저녁이나 저급한 와인을 대접한 사람이 사생활에서는 전혀 흠잡을 데 없다고 하는 말을 들어도 사람들은 별다른 위안을 받지 못한다. 헨리 경이 언젠가 이 주제에 대해 토론하면서 언급했듯이, 기본 덕목이란 것도 차갑게 식어 버린 음식에 대한 보상이 될 수 없다. 물론 사람들은 그의 견해에 대해서 할 말이 상당히 많을 것이다. 훌륭한 사회의 규범은 예술의 규범과 같거나, 같아야 한다. 형식은 규범에서 아주 본질적인 부분이다. 그것은 비현실적이어야 할 뿐 아니라 격식의 위엄도 지녀야 한다. 그리고 낭만적인 연극의 진지해 보이지 않고 형식적으로 보이는 특성은 그런 연극에 매력을 더해 주는 위트와 아름다움과 결합되어야 한다. 진지해 보이지 않는 형식적 위장이 그렇게도 끔찍한 것인가? 나는 그렇게 생각하지 않는다. 그것은 단지 우리가 개성을 다양하게 만들 수 있는 하나의 방법일 뿐이다.

어쨌든 그런 것이 도리언 그레이의 생각이었다. 그는 인간에게 있는 자아, 즉 '에고'가 단순하고 영원하며 믿을 만하고 하나의 본질로 이루어졌다고 생각하는 사람들의 얄팍한 심리가 의아하곤 했다. 그에게 인간은 다양한 삶과 무수한 감각을 지닌 존재이며, 내면에 사유와 열정이라는 낯선 유산을 품고 살아가는 복잡하고 다양한 형식을 지닌 피조물이며, 그 육체는 죽은 자의 무시무시한 질병으로 얼룩져 있다. 도리언은 시골 저택에 있는 음산하고 한기 가득한 회랑을 따라 거닐며 자신의 혈관에 흐르는 피를 물려준 조상들의 다양한 초상화를 감상하기 좋아했다. 그중 필립 허버트는 프랜시스 오즈본의 저서 『엘리자베스 여왕과 제임스 1세의 통치 기간에 대한 회고록』에서 "그 잘생긴 외모로 궁에 있는 사람들로부터 사랑을 받았지만 그 관계가 그리 오래가지는 못했다"라고 묘사되어 있다. 자신은 때로 젊은 허버트의 삶을 영위하고 있는 것은 아닐까? 어떤 이상한 독성을 지닌 균이 자신에게 이를 때까지 몸에서 몸으로 옮겨 왔던 것은 아닐까? 그가 그렇게도 갑작스럽게, 그리고 아무런 이유도 없이 바질 홀워드의 스튜디오에서 그의 인생을 확 바꾸어 놓았던 광기 어린 기도를 한 것은, 자신에게 내려진 은총도 언젠가 사라질 것이라는 희미한 불안감 때문이었을까? 그곳에는 금으로 수놓은 붉은 더블릿을 걸치고 그 위에 보석 박힌 겉옷을 입고, 가장자리에 금박을 입힌 옷깃과 팔찌를 하고 있는 앤서니 셰러드 경의 초상화도 있었다. 그의 발치에는 은빛과 검은빛이 어우러진 갑옷이 쌓여 있었다. 이 사람은 어떤 유산을 물려주었을까? 나폴리 여왕 조반나의 연인이었던 그는 죄와 수치라는 유산을 남겨준 것일까? 자신의 행동은 단순히 죽은 자가 감히 실현시키지 못하고 남겨 둔 꿈은 아닐까? 색이 바래 가는 캔버스에서는 얇은 천으로 된 두건을 쓰고, 진주가 달린 가슴 장식에, 길게 튼 분홍색 소매가 달린 드레스를 입은 엘리자베스 데버루 부인이 미소 짓고 있었다. 그녀는 오른손에 꽃 한 송이를 쥐고 있었고, 왼손에는 흰색과 담홍색이 섞인 에나멜 장미 문양 목걸이를 쥐고 있었다. 그녀의 옆에 놓인 탁자에는 만돌린과 사과가 하나 놓여 있었다. 작고 뾰족한 신발에는 초록빛의 커다란 장미 문양이 장식되어 있었다. 그는 그녀의 삶과 그녀가 호의를 베풀었던 사람들의 이상한 죽음에 대한 이야기들을 알고 있었다. 자신은 그녀의 기질을 물려받았을까? 그녀는 눈꺼풀이 무겁게 내려온 타원형 눈을 하고 자신을 호기심 어린 시선으로 바라보고 있는 듯했다. 머리에는 분을 뿌리고 얼굴에는 괴상한 패치 장식을 하고 다녔던 조지 윌러비는 어떤가? 그는 정말 사악하게 생겼다! 얼굴은 음울하고 까무잡잡했고, 육감적인 입술은 경멸하듯 삐뚤어져 보였다. 섬세한 레이스 소매 주름 장식은 반지를 여러 개 낀 노랗고 야윈 손을 뒤덮고 있었다. 그는 18세기 영국의 멋쟁이였으며 젊은 시절에는 페라스 경의 친구였다. 가장 자유분방했던 시절에는 섭정 황태자 조지 4세의 동료였으며, 피처버트 부인과의 비밀 결혼에 증인으로 섰던 셰러드 2세는 어떠한가? 밤색 곱슬머리에 거만한 자세를 취하고 서 있는 그는 얼마나 자신감이 넘치고 잘생겼는가! 그는 어떤 열정을 물려주었을까? 그는 악명 높은 인간이었다. 그는 칼튼 저택에서 흥청망청 파티를 벌였다. 가터 훈장[12]의 별이 그의 가슴에서 빛나고 있었다. 옆에는 그의 아내의 초상화가 걸려 있었다. 검은 드레스를 입고 창백하고 얇은 입술을 한 여인이었다. 그녀의 피 또한 도리언의 몸속에서 흐르고 있었다. 그는 이 모든 것이 참으로 신기했다!

그러나 사람에겐 혈족뿐 아니라 문학 작품 안에도 조상들이 있다. 아마도 유형이나 기질 면에서 문학 속 조상들과 더 비슷할 뿐더러, 그중 많은 이들에게 영향을 받았으며, 어떤 영향을 받았는지도 더 분명하게 인지할 수 있었다. 도리언 그레이에게 모든 역사가 단지 자기 인생의 기록으로 보이던 때가 있었다. 이것은 그가 실제로 행동하며 살아왔기 때문이 아니라, 그의 상상력이 자신을 위해 모든 역사가 그의 뇌리와 열정 안에 존재해 왔던 것처럼 그것을 창조해 냈기 때문이었다. 그는 모든 이들을, 즉 세상이란 무대를 가로지르며 너무나 놀라운 죄악을 범하고 경이로움마저 느끼게 되는 극악을 행했던 이상하고 소름 끼치는 인물들을 실제로 알고 있는 듯한 느낌이 들었다. 어떤 신비로운 방식인지는 모르나 그들의 삶이 자신의 삶인 것처럼 보였다.

그의 인생에 아주 큰 영향을 미쳤던 위험천만한 소설의 주인공인 라울은 그에게 이런 신기한 환상을 가져다주었다. 소설의 네 번째 장에서 라울은 번개에 맞지 않도록 어떻게 월계관을 쓰고 티베리우스처럼 카프리섬의 정원에 앉아 엘레판티스의 외설스러운 책들을 읽고 있었으며, 그동안 난쟁이들과 공작새들이 자신의 주변에서 우쭐대며 돌아다니고 플루트 연주자는 향로를 흔들고 있는 사람

12 영국 기사에게 수여하는 최고의 훈장.

을 조롱하고 있었는지 이야기했다. 그리고 칼리굴라 황제처럼 카에 소니아가 만든 사랑의 묘약을 마셨으며, 밤에는 비너스의 의복을 입고, 낮에는 가짜 금으로 된 턱수염을 붙이고, 초록빛 셔츠를 입은 기수들과 그들의 마구간에서 흥겹게 놀고 마시고, 보석으로 앞머리에 장식을 한 말들과 상아로 만든 구유통에서 식사하고, 도미티아누스 황제처럼 대리석 거울이 늘어선 복도를 따라 배회하며 그놈의 권태, 인생에서 무엇이든 다 가질 수 있는 자들에게 닥치는 생의 권태로움에 질려 버려 자신의 생을 끝내 줄 단검의 그림자를 찾아 초췌한 눈으로 두리번거렸다. 투명한 에메랄드를 통해 원형 극장의 핏빛 유혈 장면을 응시하기도 하고, 은 편자를 박은 당나귀가 끄는 진주색과 자주색으로 된 가마를 타고 석류의 길을 따라 황금 집까지 실려 갔으며, 그가 지나갈 때 사람들이 네로 황제의 이름을 부르짖는 것을 듣기도 하고, 엘라가발루스 황제처럼 여러 가지 색깔로 얼굴에 화장하고 여인들 사이에서 물레질을 하였으며, 카르타고에서 달의 신을 데려와서는 태양의 신과 신비한 결혼식을 올려 주었다.

도리언은 이 환상적인 장과 바로 이어지는 장을 거듭해서 읽었다. 다음 장에서 라울은 구스타브 모로의 디자인에 따라 만든 신기한 태피스트리를 묘사하고 있다. 그 위에는 욕정과 혈기, 권태로 극악무도하고 광기에 사로잡힌 사람들의 모습이 장엄하고 아름다운 형태로 그려져 있었다. 여기에 아풀리아의 왕인 맨프레드가 있었는데, 그는 항상 녹색 옷을 입고 다녔으며 궁녀들과 어릿광대들하고만 어울렸다. 밀라노의 공작이었던 필리포는 자신의 아내를 살해하고 그녀의 입술에 주홍빛 독약을 칠해 놓았다. 그녀의 정부는 자신이 그토록 사랑스럽게 어루만지던 죽은 연인에게서 신속하게 죽음을 빨아들였을 것이다. 교황 바오로 2세로 알려진 베네치아인 피에트로 바르비는 허영심 때문에 스스로를 '포르모수스', 즉 아름다운 교황이라 칭하고자 했다. 끔찍한 죄악의 대가로 얻은 그의 교황 직위는 20만 플로린의 가치가 있는 것이었다. 잔 마리아 비스콘티는 살아 있는 사람들을 쫓기 위해 사냥개를 사용했는데, 후에 그를 사랑했던 창녀는 살해당한 그의 시체를 장미로 뒤덮었다. 근친상간범, 형제살해범과 더불어 백마를 타고 다닌 보르자의 망토는 페로토[13]의 피로 물들어 있었다. 피렌체의 젊은 대주교였던 피에트로 리아리오는 식스토 4세의 자식이자 총신이었다. 그의 아름다움은 방탕한 삶으로만 설명할 수 있으며, 그는 흰색과 진홍색 비단으로 장식한 대형 천막에서 아라곤의 레오노라를 접대했는데, 천막에는 요정과 켄타우로스로 분장한 사람들로 가득했으며, 한 소년을 화려하게 치장하여 가니메데스나 힐라스처럼 연회에서 그녀의 시중을 들도록 했다. 에첼리노[14]는 사형 장면을 봐야만 우울을 치유할 수 있었는데, 다른 사람들이 붉은 와인에 열광하듯이 붉은 피에 열광했다. 기록에 따르면 그는 사탄의 아들로, 자신의 영혼을 걸고 아버지와 도박을 하면서 주사위로 속임수를 썼다고 한다. 잠바티스타 치보는 조롱을 받으며 교황직에 오르면서 '순수'를 뜻하는 이노첸시오라는 이름을 받아들였는데, 그는 유대인 의사가 자신의 무기력해진 혈관에 세 젊은이의 피를 수혈하도록 했다. 이소타의 연인이었던 시지스몬도 말라테스타는 리미니의 군주였는데, 신과 인간의 적으로 간

13 교황 알렉산더 6세가 아끼던 아들로 보르자가 죽였다.
14 이탈리아의 베로나와 파도바를 지배했던 공작.

주되어 그의 인형이 로마에서 화형되기도 했다. 그는 작은 수건으로 폴리세나를 목 졸라 죽였으며, 에메랄드 컵에 독약을 넣어 지네브라 데스테에게 건네주었으며, 수치스러운 열정 때문에 기독교식 예배를 드리기 위한 이교도 교회를 세웠다. 샤를 6세는 형의 아내를 광적으로 흠모해서 한 문둥병자에게 정신 이상에 걸릴 것이라는 경고를 받았다. 그래서 정신병에 걸렸을 때 그는 사랑과 죽음, 광기를 상징하는 그림이 그려져 있는 사라센 카드로만 위안을 받을 수 있었다. 가장자리를 장식한 조끼와 보석이 박힌 모자를 쓰고, 아칸서스잎과 비슷한 곱슬머리를 지녔던 그리포네토 발리오니는 아스토레와 그의 신부를 살해했고, 시모네토와 그의 시종마저도 죽였다. 그런데 그의 용모가 너무 수려해서 페루자의 황색 광장에서 그가 죽어갈 때 그를 미워했던 사람들조차도 애도하지 않을 수 없었고, 그를 저주했던 아탈란타도 명복을 빌었다.

그들 모두에게는 무서운 매력이 있었다. 도리언은 밤에 그들을 보러 갔고 낮에는 그들이 그의 마음을 어지럽혔다. 르네상스인들은 독을 만드는 이상한 방식들을 알고 있었다. 투구와 불타는 횃불, 수놓은 장갑과 보석 박힌 부채, 금박을 입힌 향료 상자와 호박 목걸이로 독살하는 방법을 알았다. 도리언 그레이는 책 한 권에 중독되었다. 그는 악이라는 것은 단순히 그것을 통해 아름다움의 의미를 깨달을 수 있는 하나의 양식이라고 생각했다.

10장

11월 7일, 그가 나중에 자주 기억에 떠올리듯 그날은 그의 서른두 번째 생일 전날 저녁이었다.

도리언은 헨리 경의 집에서 저녁 식사를 하고 난 후 11시쯤 집을 향해 걸어가고 있었다. 그날 밤은 춥고 안개가 자욱하여 두꺼운 모피 코트로 몸을 감쌌다. 그로브너 광장과 사우스오들리가가 만나는 길모퉁이에 이르렀을 때 한 남자가 안개를 뚫고 빠른 걸음으로 그를 지나쳤다. 그는 회색 얼스터코트의 깃을 세우고 있었다. 손에는 가방이 하나 들려 있었다. 도리언은 누구인지 알아보았다. 바질 홀워드였다. 설명할 수 없는 이상한 두려움이 도리언을 엄습해 왔다. 그를 알아보았다는 표시를 내지 않고 집을 향해 계속 천천히 걸었다.

하지만 홀워드도 그를 알아보았다. 도리언은 그가 멈춰서더니 서둘러 자신을 따라오는 소리를 들었다. 잠시 후에 그가 다가와 손으로 자신의 팔을 잡았다.

"도리언! 이런 행운이 있나! 자네 서재에서 9시부터 계속 자네를 기다렸다네. 마침내 지쳐 버린 자네 하인이 가여워서 그만 자러 가라고 말하고 집을 나왔지. 나는 자정에 기차를 타고 파리에 갈 거야. 떠나기 전에 꼭 자네를 만나고 싶었어. 자네가 날 지나칠 때 분명 자네일 거라고, 아니 자네의 모피 코트가 맞을 거라 생각했다네. 하지만 확신할 수 없었지. 자네는 나를 알아보지 못했나?"

"이런 안개 속에서 말인가요, 바질? 아니, 그로브너 광장도 어느 쪽인지 모르겠던데요. 우리 집이 여기 어디인 것 같은데 확신이 서질 않았지요. 떠난다니 아쉽군요. 오랫동안 만날 기회가 없었는데 말이에요. 하지만 곧 돌아올 거죠?"

"아니, 한 6개월 동안 영국을 떠나 있을 예정이네. 나는 파리에 스튜디오를 하나 얻어서 문을 걸어 잠그고 마음속에 구상한 대작을 마무리 지을 계획이네. 그러나 하려던 이야기는 내 소식에 대한 것이 아니야. 벌써 자네 집 앞이군. 잠시 들어가도 되겠지? 자네에게 할 말이 있네."

"그럼요. 그런데 기차를 놓치지 않겠어요?" 도리언 그레이는 계단을 올라가 열쇠로 문을 열면서 느리게 말했다.

램프의 불빛은 안개 속에서 몸부림치고 있었다. 홀워드는 자신의 시계를 들여다보았다. "시간은 충분하네." 그가 대답했다. "기차는 12시 15분에 떠난다네. 아직 11시밖에 되지 않았어. 사실 나는 자네를 찾아 클럽으로 가던 길에 자네를 만난 거야. 무거운 짐들은 먼저 다 보냈으니 짐 때문에 지체할 일도 없어. 내가 가진 짐이라곤 이 가방뿐이지. 20분이면 빅토리아역까지 충분히 갈 수 있네."

도리언은 그를 보며 미소 지었다. "멋쟁이 화가가 여행하는 차림새가 참 인상적이네요! 글래드스턴 가방에 얼스터코트라! 어서 들어오시죠, 안개가 집 안에 들이닥치겠어요. 그리고 심각한 사안이라면 이야기하지 마세요. 요즘에는 진지한 건 아무것도 없어요. 아니, 그 무엇도 진지하면 안 돼요."

홀워드는 집으로 들어서며 고개를 저었다. 그는 도리언을 따라 서재로 갔다. 커다란 벽난로에 밝은 장작불이 타오르고 있었다. 램프가 켜져 있었고, 작은 탁자 위에는 네덜란드산 은제 술 상자가 열려 있었고, 탄산수병과 커다란 유리컵이 함께 놓여 있었다.

"자네 하인이 나를 상당히 잘 대해 주었네, 도리언. 자네가 아끼는 담배를 포함해서 내가 원하는 것은 다 내어 주더군. 그는 사람을 환대할 줄 아는 사람이야. 자네가 전에 데리고 있던 프랑스인보다 훨씬 더 마음에 들어. 그런데 그 프랑스인은 어떻게 된 건가?"

도리언은 어깨를 으쓱해 보였다. "그는 애슈턴 부인의 하녀와 결혼해서 파리에 갔어요. 아내에게 영국식 양장점을 차려 주었다고 들었어요. 영국 스타일이 지금 거기에서는 아주 유행하고 있다고 들었습니다. 프랑스인들은 어리석은 것 같아요, 그렇지 않아요? 그는 하인으로서는 그렇게 나쁘지 않았어요. 그를 좋아하지는 않았지만 불만도 없었습니다. 사람들은 종종 아주 말도 안 되는 상상을 합니다. 그는 정말 내게 아주 헌신적이었고, 떠나게 되었을 때 아주 유감스러운 듯이 보였어요. 브랜디에 소다를 곁들여 한 잔 더 하시겠어요? 아니면 와인에 탄산수를 곁들여서? 나는 항상 탄산수를 탄 와인을 즐겨요. 분명 옆방에 조금 있을 거예요."

"고맙네. 하지만 더 이상은 필요 없네." 홀워드는 모자와 코트를 벗으며 말했다. 그는 자신이 한쪽 구석에 놓아둔 가방 위에 옷을 던져 놓았다. "자, 이보게 친구, 자네와 진지하게 이야기하고 싶네. 그렇게 찌푸리지 말게. 말을 꺼내기 힘들어지잖아."

"무슨 이야기인가요?" 도리언이 소파에 몸을 내던지며 짜증 섞인 목소리로 물었다. "나에 대한 이야기는 아니었으면 해요. 오늘 밤에는 내 이야기를 너무 많이 들어서 지쳤어요."

"자네에 대한 이야기라네." 홀워드는 진중하고 낮은 목소리로 대답했다. "자네에게 꼭 말해야겠네. 30분 정도면 되네."

도리언은 한숨을 내쉬며 담뱃불을 붙였다. "30분이라고요!" 그가 투덜댔다.

"자네에게 많은 것을 부탁하려는 것은 아니네, 도리언. 그리고 순전히 자네를 위해 하는 말이야. 나는 런던 시내에 자네에 관한 온갖 끔찍한 소문이 나돌고 있다는 것을 자네도 알아야 한다고 생각하네. 그것들은 내가 되풀이해서 이야기하기도 힘든 말들이야."

"그런 소문에 대해서는 아무것도 알고 싶지 않아요. 나도 다른 사람들에 대한 추문을 좋아합니다만 나에 관한 추문에는 별 관심이 없어요. 신선한 매력이 없거든요."

"관심을 가져야 하네, 도리언. 신사라면 누구나 자신의 평판에 신경을 써야 하네. 물론 자네는 지위와 부, 그런 종류의 것들은 가지고 있지. 하지만 지위와 부가 전부는 아니야. 나도 그런 소문들은 전혀 믿지 않아. 적어도 자네를 만날 때면 소문을 믿을 수가 없지. 죄는 인간의 얼굴에 기록을 남기지. 숨길 수가 없어. 사람들은 죄악을 감출 수 있다고 이야기하지만 그런 건 불가능해. 비열한 인간이 죄를 지으면 죄가 입가에 드러나고, 축 늘어진 눈꺼풀에 새겨지고, 심지어는 손에도 나타난다네. 누군가가, 이름을 언급하지는 않겠지만 자네도 아는 사람이네. 그 누군가가 작년에 내게 찾아와서 자신의 초상화를 제작해 달라고 했네. 전에는 한 번도 만나 본 적이 없고, 그에 대해 아무것도 들어본 적도 없는 사람이었다네. 하지만 그 이후에 많은 이야기를 듣게 되었지. 그는 터무니없이 엄청난 액수를 제시했어. 하지만 나는 거절했어. 그의 손가락이 어딘가 내가 싫어하는 모양새였거든. 지금은 그에 대한 내 짐작이 다 맞았다는 것을 알게 되었지. 그의 삶은 끔찍하더군. 하지만 자네는, 도리언, 자네의 맑고 밝고 순수한 얼굴과 놀라운 젊음을 보면 나는 자네를 음해하는 소문을 믿을 수가 없어. 하지만 그동안 나는 자네를 거의 보지 못했지. 자네도 스튜디오에 전혀 찾아오지 않았고. 자네와 떨어져 있는 동안 사람들이 자네에 대해 수군대는 끔찍한 이야기들을 들으면 무어라 말해야 할지 몰랐었네. 도리언, 자네가 클럽에 들어가면 버윅 공작 같은 사람이 자리를 피하는 이유가 무엇인가? 왜 런던의 수많은 신사가 자네 집에 가지도 않고, 자네를 집에 초대하지도 않는 건가? 자네는 코도 경과 친구였지. 지난주에 그를 만났다네. 자네 이름이 우연히 언급되었지. 더들리에서 열린 전시회를 위해 자네가 내어 주었던 세밀화 이야기였지. 코도 경이 입을 삐죽이며 자네가 뛰어난 예술적 취향을 가졌을지는 모르지만, 순수한 소녀에게 소개해 주어서는 안 되고, 정숙한 여성도 한방에 앉아 있으면 안 되는 사람이라고 말했네. 그래서 나는 그에게 내가 자네의 친구라는 것을 상기시켜 주면서 무슨 말을 하는 것인지 물어보았네. 그가 내게 말해 주더군. 거기에 있는 모든 사람 앞에서 내게 다 말해 주었다네. 정말 끔찍했어! 자네가 가까이 지내는 젊은이는 왜 모두 슬픔에 빠지고 타락하는 건가? 근위대에 있던 자살한 청년, 자네는 그와 좋은 친구였지. 명예가 더럽혀졌기에 영국을 떠나야 했던 헨리 애슈턴 경과도 막역한 사이였다지. 에이드리언 싱글턴도 끔찍한 결말을 맞이했지? 켄트 경의 외아들의 경력은 어떻게 되었는가? 나는 어제 세인트제임스 거리에서 켄트 경을 마주쳤네. 그는 수치와 슬픔으로 비탄에 잠겨 있는 듯했어. 젊은 퍼스 공작은 어떻고? 그가 이제 어떤 인생을 살고 있는지 알기나 하는가? 어떤 신사가 그와 어울리려 하겠는가? 도리언, 도리언, 자네의 평판은 몹시 나빠. 나는 자네와 해리가 대단한 친구 사이라는 건 잘 아네. 그에 대해서는 이제 아무 말도 하지 않겠네. 하지만 그 누이의 이름까지 비웃음거리로 만들 필요는 없지 않은가. 자네가 그웬돌린 부인을 처음 만났을 때 그녀는 어떤 스캔들과도 상관없는 사람이었어. 그런데 지금은 런던 시내에서 그녀와 함께 공원을 산책하려는 여인 중 단 한 명이라도 제대로 된 여인이 있는가? 어째서 그녀는 아이들과 함께 살 수 없는가 말일세. 다른 이야기도 많아. 자네가 새벽이면 무서운 저택에서 빠져나와 변장을 하고 런던의 가장 더러운 소굴을 남몰래 돌아다니는 것을 보았다는 이야기들 말이네. 그게 사실인가? 그것이 사실일 수 있는가? 처음 그런 이야기를 들었을 때는 나는 그저 웃었지. 이제는 그런 말을 들으면 몸서리가 쳐져. 자네의 시골 저택에서 벌어지는 일들은 또 무엇인가? 어떤 젊은이가 셀비 로열 영지에 간다고 하면 사람들은 조롱하듯 키득거린다네. 도리언, 사람들이 자네에 관해 뭐라고 하는지 자네는 너무 모르고 있어. 내가 자네에게 설교하고 싶어서 이러는 것은 아니라고 말하지는 않겠네. 언젠가 해리가 했던 말이 기억나는군. 스스로 아마추어 성직자가 되었던 사람들은 누구나 항상 설교하고 싶은 게 아니라고 말하지만, 나중에는 자기 말을 어기고 설교를 늘어놓더라고 말이야. 나도 설교를 좀 해야겠네. 난 자네가 세상의 존경을 받는 삶을 살기 바라네. 깨끗한 명예와 공정한 평판을 유지했으면 하네. 자네가 어울리는 그 끔찍한 사람들과의 관계를 모두 정리했으면 하네. 그렇게 어깨만 으쓱하지 말게. 그렇게 무관심한 척하지 말라고. 자네에게는 기이한 영향력이 있어. 그것을 악이 아니라 선을 위해 행사하도록 해. 사람들은 자네가 친밀하게 지내는 사람들을 타락시킨다고, 그래서 자네 혼자 집에 들어가는 것은 괜찮지만 자네를 따라 들어가면 수치를 당하게 된다고들 해. 나는 그게 사실인지 아닌지 모르겠어. 내가 어찌 다 알겠는가? 그러나 소문이 그렇다고. 의심하기 힘든 이야기들을 들었어. 글로스터 경은 옥스퍼드 재학 시절에 절친하게 지낸 친구 중 하나야. 그는 자신의 아내가 망통에 있는 별장에서 홀로 죽어가면서 그에게 썼던 편지를 보여 주었네. 그것은 이제까지 내가 읽었던 편지 중 가장 소름 끼치는 고백이었어. 그는 자네를 의심하더군. 나는 그에게 말도 안 된다고, 나는 자네를 너무도 잘 아는데 그런 일은 저지를 수 없는 인간이라고 말했지. 그런데 내가 자네를 정말 잘 알고 있는 것일까? 정말 그런지 궁금하네. 이 질문에 답하려면 자네의 영혼을 봐야겠지."

"내 영혼을 보겠다니!" 도리언 그레이는 깜짝 놀라 소파에서 펄쩍 일어서며 말했다. 그는 두려움에 사색이 되었다.

"그래." 홀워드가 무거운 목소리로 대답했다. 그 안에는 무한한 슬픔이 담겨 있었다. "자네의 영혼을 봐야겠네. 하지만 신만이 그럴 수 있겠지."

쏩쓸한 조롱의 웃음이 젊은이의 입가에 번졌다. "오늘 밤 직접 봐요." 그는 탁자에 있는 램프를 집으며 말했다.

"가요. 당신 자신의 손으로 그려 낸 작품인데 못 볼 이유가 있 겠습니까? 원한다면 온 세상에 떠들어도 돼요. 아무도 당신을 믿지 않겠지만요. 만약 믿는다면 오히려 나를 훨씬 더 좋아하게 될걸요. 바질은 이 시대에 관해 지루하게 떠들어 대지만, 나는 바질보다 이 시대에 대해 더 잘 알고 있어요. 가요, 내가 말해 줄게요. 타락에 대 한 이야기는 충분해요. 이제 직접 눈으로 봐요."

그가 내뱉는 모든 말에는 오만한 광기가 서려 있었다. 그는 아 이 같은 무례한 태도로 발로 바닥을 쿵쿵 굴러 댔다. 그는 다른 사 람과 자신의 비밀을 공유하게 될 거라는 생각에, 그리고 자신의 모 든 수치의 근원인 초상화를 그린 장본인이 스스로 초래한 일에 대 해 무거운 짐을 지고 남은 인생을 살아가게 될 것이라는 생각에 소 름 돋는 환희를 느꼈다.

"그래요." 도리언이 홀워드에게 가까이 다가가며 홀워드의 진 지한 눈을 단호한 시선으로 바라보며 말을 이었다. "바질에게 내 영 혼을 직접 보여 드리죠. 오직 신만이 볼 수 있다고 상상하는 바로 그 것을 직접 보게 될 거예요."

홀워드는 흠칫 놀라 뒤로 물러섰다. "그건 신성모독이네, 도리 언!" 그가 외쳤다. "그런 말을 해서는 안 되네. 그런 말은 끔찍하기만 할 뿐 아무런 의미가 없어."

"그렇게 생각해요?" 도리언이 다시 웃었다.

"그래. 오늘밤 내가 했던 말은 자네를 위해 한 말이야. 내가 항 상 자네에게 헌신적이었다는 것을 알고 있잖나."

"내게 손대지 말아요. 하고자 하는 말이나 끝내요."

그 순간 홀워드의 얼굴이 고통으로 일그러졌다. 그는 잠시 멈칫했다. 엉뚱한 동정심이 일었다. 자신은 무슨 권리로 도리언 그레이의 삶을 들춰내야 하는가? 떠도는 소문의 십 분의 일만 그가 실제로 저질렀다 해도 그 스스로 얼마나 많은 고통에 시달렸겠는가! 그래서 홀워드는 생각을 다시 정리하며 벽난로 쪽으로 걸어가 요동치는 불꽃을 발하며 타고 있는 장작과 서리와 같은 잿더미를 바라보았다.

"할 말이 있으면 해요, 바질." 젊은이는 단호하고 분명한 목소리로 말했다.

바질이 돌아섰다. "내가 말하고자 하는 것은 이것이네." 그가 외치듯 말했다. "자네는 내게 이 무서운 혐의들이 사실인지 말해 주어야 하네. 처음부터 끝까지 모두 절대 사실이 아니라고 말해 준다면 나는 자네를 믿을 거야. 그것들을 부인하게, 도리언. 제발 부정하라고! 내가 얼마나 괴로운지 보이지 않나? 세상에! 자네가 그런 파렴치한이라고 말하지 말게!"

도리언 그레이는 미소를 지었다. 입술에 경멸의 기색이 어렸다.

"위층으로 올라가요, 바질." 그가 조용히 말했다. "나는 매일 일기를 쓰고 있어요. 일기장은 일기를 쓰는 장소에 두고 절대 밖으로 가져가지 않아요. 나를 따라오면 그것을 보여 줄게요."

"자네가 원한다면 따라가지, 도리언. 이미 기차를 놓친 것 같네. 그건 별문제가 아니야. 내일 떠날 수도 있으니 말일세. 하지만 오늘 밤 나더러 무엇을 읽어 보라고 하지는 말게. 나는 내 질문에 대한 대답만 원할 뿐이야."

"그 대답은 위층에 가서 해 드리지요. 여기서는 답할 수 없어요. 읽는 데 오래 걸리지도 않습니다. 날 기다리게 하지 마요."

11장

그는 방을 빠져나와 계단을 오르기 시작했다. 바질 홀워드가 가까이서 따라왔다. 사람들이 밤이면 본능적으로 그러듯이 그들은 조심스럽게 걸었다. 램프의 불빛은 벽과 계단에 환상적인 그림자를 드리웠다. 불어 드는 바람에 창문이 흔들렸다.

그들이 꼭대기 층에 이르렀을 때 도리언은 램프를 마루에 내려놓고 열쇠를 꺼내서는 자물쇠에 넣고 돌렸다. "꼭 알고 싶은 거죠, 바질?" 그가 낮은 목소리로 물었다.

"그래."

"좋네요." 그는 미소 지으며 중얼거렸다. 그러고는 다소 씁쓸한 듯 말을 이었다. "이 세상에서 나의 모든 것을 알 자격이 있는 사람은 바질뿐이에요. 바질은 생각하는 것보다 내 삶에 큰 영향을 미쳐 왔어요." 그는 램프를 들고 방문을 열어 안으로 들어갔다. 차가운 바람 한 줄기가 그들을 스치자 램프의 흐릿한 오렌지색 불빛이 잠시 흔들렸다. 도리언은 몸서리를 쳤다. "뒤의 문을 좀 닫아 줘요." 그가 탁자 위에 램프를 내려놓으며 말했다.

　홀워드는 당혹스러운 표정으로 주위를 둘러보았다. 방은 몇 년 동안 아무도 살지 않았던 것처럼 보였다. 바래져 가는 플랑드르산 태피스트리, 장막으로 가린 그림, 오래된 이탈리아산 가구, 거의 비어 있는 책장, 의자 하나와 탁자 하나가 전부인 듯했다. 도리언 그레이가 벽난로 선반에 놓인 반쯤 태운 양초에 불을 붙이는 동안 홀워드는 먼지로 뒤덮인 방과 여기저기 구멍이 나 있는 카펫을 보았다. 쥐 한 마리가 벽판 뒤에서 버석거리며 지나갔다. 축축한 곰팡내가 풍겼다.

　"그러니까 오직 신만이 영혼을 볼 수 있다는 거죠, 바질? 저 장막을 걷어 보세요. 그러면 내 영혼을 보게 될 거예요."

　그의 목소리는 냉정하고 잔인했다. "자네는 미쳤군, 도리언. 아니면 연기를 하는 건가." 홀워드가 눈살을 찌푸리며 투덜거렸다.

　"보지 않을 거예요? 그러면 내가 직접 도와 드려야겠군요." 젊은이가 말했다. 그는 봉에서 장막을 찢어 바닥에 내던졌다.

　희미한 불빛 아래 캔버스에서 자신을 심술궂은 눈초리로 쳐다보고 있는 얼굴을 본 홀워드의 입에서 공포 섞인 비명이 터져 나왔다. 그림 속 얼굴의 표정에는 역겨움과 혐오감을 불러일으키는 무엇인가가 있었다. 이럴 수가! 그가 바라보고 있는 것은 분명 도리언 그레이의 얼굴이었다! 그것이 무엇이든 끔찍함이 도리언의 놀라운 아름다움을 완전히 훼손한 것은 아니었다. 머리는 숱이 적어졌지만 금빛은 여전했고, 육감적인 입술에는 아직 선홍빛이 남아 있었다. 흐릿해진 두 눈에도 아름다운 푸른빛이 남아 있었고, 칼로 조각해 놓은 듯한 코와 균형 잡힌 목의 우아한 곡선도 완전히 사라지지는 않았다. 그렇다. 그것은 바로 도리언이었다. 그러나 누가 이런 짓을 한 것일까? 그는 자신이 붓질한 선들을 알아보았다. 액자도 자신이 직접 디자인한 것이었다. 어떤 생각을 한 것만으로도 소름 끼치도록 두려웠다. 그는 불붙은 초를 들어 그림에 가져다 대 보았다. 왼쪽 구석에 밝은 주홍색으로 길게 써넣은 자신의 이름이 있었다.

그것은 어떻게 보면 역겨운 모작이었고, 어떻게 보면 혐오스럽고 비열한 풍자였다. 그는 절대 이런 그림을 그린 적이 없었다. 하지만 자신의 그림이었다. 그 사실을 깨닫자 뜨겁던 피가 일순간 얼음으로 바뀌어 버린 것 같았다. 자신의 그림이었다! 이게 무슨 일일까? 왜 그림이 변했을까? 그는 돌아서서 병든 사람 같은 눈으로 도리언 그레이를 쳐다보았다. 입은 실룩거렸으나 입속이 말라 말을 이어 갈 수가 없었다. 손으로 이마를 훔치자 식은땀으로 축축했다.

젊은 친구는 벽난로 선반에 기대어 서서, 위대한 배우의 연기에 몰입한 관객의 표정과 모습으로 그를 바라보고 있었다. 그 표정에는 진정한 슬픔도 진정한 기쁨도 없었다. 두 눈에는 승리에 도취한 듯한 빛이 희미하게 담겨 있을 뿐, 단지 관객의 열광이 담긴 표정을 짓고 있었다. 도리언은 외투에서 꽃을 꺼내 냄새를 맡았다. 아니, 냄새를 맡는 척했다.

"이게 무슨 일이야?" 홀워드가 마침내 소리쳤다. 자신의 귀에도 날카롭고 이상한 목소리가 들렸다.

"오래전 내가 어렸을 적에." 도리언 그레이가 말했다. "바질은 내게 헌신하고, 아첨하고, 내 준수한 용모에 대해 허영심을 갖도록 가르쳤어요. 그러던 어느 날 내게 친구 하나를 소개해 주었지요. 그는 내게 젊음의 경이로움에 대해 설명해 주었습니다. 그리고 바질은 내 초상화를 그려서 아름다움의 경이로움에 대해 깨닫게 해 주었지요. 지금도 그때를 내가 후회하고 있는지 아닌지 모르겠습니다만, 광기에 사로잡힌 순간 나는 소원을 빌었습니다. 아마도 당신은 기도라고 부를지도 모르겠습니다……."

"기억나네! 아, 아주 분명히 기억하네! 아니야! 그런 일은 불가능해. 방 안에 습기가 차 있어서 곰팡이가 캔버스에 퍼진 거야. 내가 사용했던 물감에는 독 성분이 약간 들어 있어. 자네에게 단언하지만, 그런 일은 불가능하네."

"아, 불가능한 게 어딨어요?" 젊은이는 창가로 가서 김이 서린 차가운 유리창에 이마를 갖다 대면서 중얼거렸다.

"자네는 내게 이것을 파괴했다고 했어."

"내가 잘못 말했어요. 그림이 나를 파괴했어요."

"이게 내 그림이라는 걸 못 믿겠네."

"그 안에 당신의 사랑이 보이지 않습니까?" 도리언이 쓸쓸하게 말했다.

"내 사랑이라고. 자네가 그렇게 부른다면……."

"바질이 그렇게 말했어요."

"거기에는 아무런 악의도 없었네. 부끄러운 것도 없었고. 그런데 이것은 사티로스[15]의 얼굴이야."

"이것이 내 영혼의 얼굴이에요."

"맙소사! 이렇게 흉측한 괴물을 내가 흠모했다고! 이 눈은 악마의 눈이야."

---

15 그리스 신화에 나오는 반인반수로 여색을 좋아한다.

"우리는 누구나 자기 안에 천국과 지옥을 지니고 있어요, 바질." 도리언이 절망스러운 듯 거친 몸짓을 하며 말했다.

홀워드는 다시 초상화를 향해 몸을 돌려 그것을 뚫어져라 쳐다보았다. "맙소사! 이게 사실이라면, 이것이 자네가 살아온 삶을 나타낸 것이라면, 자네는 자네에 대해 악하게 이야기하는 사람들의 상상보다 훨씬 더 사악한 사람이 틀림없어!" 그는 다시 캔버스에 불빛을 가져다 대어 살펴보았다. 표면은 예전에 그렸던 그대로인 듯 보였다. 더럽고 무서운 것은 분명히 내부에서부터 스며 나온 것이다. 내면의 존재가 활기를 더할수록 문둥병과 같은 죄악이 서서히 그 존재를 침식해 들어오고 있는 것이다. 물에 잠긴 무덤에서 썩어 가는 시체라도 이렇게 무섭지는 않을 것이다.

그의 손이 떨리자 양초가 촛대에서 떨어지면서 소리를 냈다. 그는 발로 밟아 불을 껐다. 그러고는 탁자 근처에 있는 흔들의자에 털썩 주저앉아 두 손에 얼굴을 묻었다.

"맙소사, 도리언. 이런 교훈이라니! 정말 끔찍한 교훈이야!" 대답은 없었다. 그러나 그는 이 청년이 창가에서 흐느껴 우는 소리를 들을 수 있었다.

"기도하게나, 도리언, 기도해." 그가 중얼거렸다. "우리가 어린 시절 배운 기도문이 무엇이었지? '시험에 들게 하지 마소서. 우리가 우리 죄를 용서하게 하소서. 우리의 사악함을 씻어 주소서.' 자, 함께 기도하세. 자네의 오만함이 깃든 기도가 응답을 받았었잖나. 회개기도 또한 응답받을 것이네. 나는 자네를 지나치게 흠모했네. 그래서 벌을 받는 거야. 자네는 자신을 과하게 숭배했던 것이고. 우리는 둘 다 벌을 받는 것이네."

도리언 그레이는 천천히 돌아서더니 눈물로 흐릿해진 두 눈으로 그를 바라보았다. "너무 늦었습니다, 바질." 그가 말했다.

"절대로 그렇지 않네, 도리언. 함께 무릎을 꿇고 기도문을 외워 보세. 어딘가에 '너의 죄가 핏빛처럼 붉을지라도 내가 그것들을 눈과 같이 하얗게 만들 것이니라' 하는 구절도 있지 않은가?"

"그런 말은 이제 내게 아무런 의미도 없습니다."

"쉿! 그런 말 하지 말게. 자네는 이미 많은 악을 행해 왔네. 맙소사! 저 저주받은 것이 우리를 기분 나쁘게 쳐다보는 게 보이지도 않는가?"

도리언 그레이는 초상화를 힐끗 바라보았다. 그러자 갑자기 바질 홀워드를 향한 통제할 수 없는 증오의 감정이 엄습해 왔다. 사냥에서 쫓기는 동물의 광기에 찬 격노가 마음을 휘저었다. 지금 탁자에 앉아 있는 남자가 지금까지 살면서 증오했던 그 무엇보다도 혐오스러웠다. 도리언은 미친 듯이 주위를 둘러보았다. 맞은편에 있는 색칠한 서랍장 위에 무엇인가가 번뜩였다. 눈이 거기에 닿았다. 그것이 무엇인지 알아보았다. 언젠가 끈을 자르려고 가져왔다가 다시 갖다 놓는 것을 잊어버렸던 칼이었다. 그는 천천히 홀워드를 지나쳐 칼을 향해 움직였다. 홀워드의 뒤로 가자마자 칼을 손에 쥐고 돌아섰다. 홀워드가 막 일어나려는 듯 의자에서 움직였다. 그는 홀워드에게 달려들어 귀 뒤에 있는 대정맥에 칼을 내리꽂은 뒤 탁자에 그의 머리를 누르면서 찌르고 또다시 찔러 댔다.

질식하는 듯한 신음 소리, 흐르는 피로 숨통이 막히는 듯한 무서운 소리가 들렸다. 길게 뻗은 양팔은 경련을 일으키듯 세 차례 들썩였다. 괴상하게 굽은 손가락이 허공에 흔들렸다. 도리언이 한 번 더 찔렀지만 더 이상 움직임은 없었다. 무엇인가가 바닥에 떨어지기 시작했다. 도리언은 머리를 누르며 잠시 더 기다렸다. 그러고는 탁자 위에 칼을 던져 버리고 귀를 기울였다.

닳아빠진 카펫에 피가 뚝뚝 떨어지는 소리 외에는 아무것도 들리지 않았다. 그는 문을 열고 복도로 나갔다. 집은 너무나 조용했다. 아무도 움직이지 않았다. 그는 열쇠를 꺼내 들고 방으로 돌아가 문을 걸어 잠갔다.

그것은 여전히 의자에 앉아 있었다. 탁자 위에 널브러져 고개는 숙이고 등은 굽어 있었고, 팔은 길게 쭉 뻗은 상태로 있었다. 목에 난 들쭉날쭉한 붉은 상처와 탁자 위에서 서서히 넓어져 가는 응고된 검붉은 피 웅덩이만 아니었다면 단순히 잠든 것처럼 보였을 것이다.

정말이지 모든 일이 너무도 순식간에 벌어졌다! 그는 이상하리만큼 차분해진 상태에서 창가로 걸어가 문을 열고 발코니로 나갔다. 바람이 안개를 걷어 내고 있었다. 하늘의 무수한 별들은 거대한 공작의 꼬리같이 금빛 눈을 빛내고 있었다. 아래를 내려다보니 순찰을 돌고 있는 경찰이 조용한 집들의 문에 손전등을 비추고 있었다. 배회하는 마차의 진홍색 불빛이 골목에서 희미하게 빛났다가 사라졌다. 누더기 숄을 걸친 한 여자가 난간 주변을 비틀거리며 걸어갔다. 그녀는 간혹 멈추어 서서 힐끔 뒤를 돌아보았다. 그러더니 쉰 목소리로 노래하기 시작했다. 경찰이 다가가서 뭐라고 말하니 휘청거리며 웃었다. 한바탕 거친 바람이 광장을 휩쓸고 지나갔다. 가스등 불빛이 깜박이며 파랗게 변했다. 나뭇잎이 다 떨어진 나무들은 고통스러운 듯 검은 쇠처럼 단단한 가지들을 흔들어 댔다. 도리언은 몸을 떨다가 집 안으로 들어와 창문을 닫았다.

그는 방문으로 가서 열쇠를 돌려 문을 열었다. 살해당한 사람에게는 눈길도 주지 않았다. 그 상황을 인식하지 않는 것이 사건을 비밀로 남게 하는 방법이라고 생각했다. 치명적인 초상화, 모든 불행을 초래한 초상화를 그린 친구는 자신의 인생에서 사라졌다. 그것으로 충분했다.

그러다가 램프가 떠올랐다. 그것은 장인의 솜씨를 가진 무어인이 만든 다소 신기한 물건이었다. 무광 은판에 광택이 나는 철로 아라베스크 문양을 상감 세공한 것이었다. 어쩌면 하인이 그 램프가 없어진 것을 알아차리고 물어볼지도 몰랐다. 그는 안으로 들어가 탁자에 있던 램프를 들었다. 시체는 전혀 움직이지 않았다. 기다란 손은 소름이 돋을 정도로 창백해 보였다! 무서운 밀랍 인형 같았다.

그는 방을 나와 문을 걸어 잠갔다. 그리고 조용히 계단을 내려왔다. 나무 바닥이 삐걱거렸는데 그 소리는 마치 고통으로 울부짖는 것 같았다. 그는 몇 번이나 걸음을 멈추고 귀를 기울였다. 모든 것은 잠잠했다. 자신의 발소리였을 뿐이었다.

서재에 이르렀을 때 한쪽 구석에 놓여 있던 가방과 코트가 눈에 들어왔다. 그것들을 어딘가에 숨겨야 했다. 그는 벽 뒤에 있는 비밀 벽장을 열어서 거기에 그 물건들을 넣어 두었다. 나중에 쉽게 소각시킬 수 있으리라. 그러고 나서 시계를 꺼내 보았다. 1시 40분이었다.

그는 일단 앉아서 생각을 하기 시작했다. 매년, 거의 매달, 영국에서 사람들은 자신이 저지른 과오 때문에 교수형을 당했다. 대기에 살인의 광기가 흐르고 있었던 것이다. 어떤 붉은 별이 지구에 너무 가까이 다가온 것이다.

증거? 내게 불리한 증거가 무엇이 있지? 바질 홀워드는 11시에 집을 떠났다. 아무도 그를 다시 보지 못했다. 하인들 대부분은 셀비 로열에 머무르고 있었고, 그의 하인은 잠자리에 들었다.

파리! 그래. 바질은 파리로 떠난 것이다. 자정 열차를 타고서. 그가 계획했던 대로 말이다. 이상하리만큼 조심스러운 그의 생활 습관 때문에 사람들이 수상히 여기기까지는 적어도 몇 달은 걸릴 것이다. 몇 달이랴? 모든 것이 없어지는 데는 그보다 훨씬 짧은 시간이면 충분했다.

갑자기 어떤 생각이 스쳤다. 도리언은 모피 코트를 입고 모자를 쓴 뒤 현관 쪽으로 나갔다. 거기에서 잠시 멈칫했다. 밖의 도로에서 경찰의 느리고 무거운 발소리가 들렸다. 손전등의 불빛이 창으로 들어오는 것이 보였다. 그는 숨을 멈추고 기다렸다.

잠시 후 현관문을 열고 빠져나와서는 아주 조심스럽게 문을 닫았다. 그러고는 벨을 울리기 시작했다. 약 10분 정도가 지난 뒤 하인이 나왔는데, 옷을 제대로 입지도 않은 채 한껏 잠에 취해 있는 모습이었다.

"깨워서 미안하네, 프랜시스." 도리언이 들어서며 말했다. "열쇠를 두고 갔지 뭐야. 지금 몇 시나 됐나?"

"2시 5분입니다, 주인님." 남자가 벽시계를 보고 하품하며 대답했다.

"2시 5분? 너무 늦었군! 내일 아침 9에 깨워 주게. 할 일이 있어."

"알겠습니다."

"오늘 저녁에 혹시 누가 왔었나?"

"홀워드 씨가 왔었습니다. 여기서 11시까지 기다리다가 기차를 타야 한다며 떠났습니다."

"아! 만나지 못해서 유감이로군. 메시지를 남겼던가?"

"아닙니다. 주인님께 편지를 쓰겠다고만 했습니다."

"그럼 됐네, 프랜시스. 내일 아침 9시에 깨우는 거 잊지 말게."

"알겠습니다."

하인은 슬리퍼를 신고 휘청이며 돌아갔다.

도리언 그레이는 노란색 대리석으로 된 탁자 위에 모자와 코트를 던져 놓고는 서재로 갔다. 그는 입술을 깨물며 생각에 잠겨 약 15분 동안 방 안을 서성였다. 그러다 책장에서 주소록을 꺼내 페이지를 넘기기 시작했다. "앨런 캠벨, 메이페어 지구, 하트퍼드가 152번지." 그래, 그가 사람이 바로 도리언에게 필요한 사람이었다.

12장

다음 날 9시에 하인이 쟁반에 초콜릿 음료 한 잔을 가지고 들어와서는 겉창을 열었다. 도리언은 오른쪽으로 돌아누워서 한 손을 볼 밑에 집어넣고는 아주 평화롭게 잠을 자고 있었다. 그는 놀거나 공부하다 지쳐 잠든 소년처럼 보였다.

하인이 두 차례 그의 어깨를 두드리고 나서야 도리언은 잠에서 깼다. 그가 눈을 떴을 때 희미한 미소가 입술에 번졌다. 마치 즐겁고 유쾌한 꿈을 꾸고 일어난 듯했다. 하지만 전혀 꿈을 꾸지 않았다. 지난밤 그는 어떤 기쁨이나 고통이 담긴 이미지를 떠올리지 않고 편안했다. 그러나 젊음이란 아무 이유도 없이 미소 짓기 마련이다. 그것이 젊음의 가장 큰 매력이다.

그는 몸을 돌려 팔꿈치를 괴고 초콜릿 음료를 마시기 시작했다. 부드러운 11월의 햇빛이 방으로 흘러들었다. 하늘은 푸른색으로 빛나고 공기는 부드럽고 따스했다. 마치 5월의 아침 같았다.

서서히 전날 밤의 사건이 피에 물든 걸음으로 조용히 그의 뇌리에 찾아들었다. 사건은 끔찍할 정도로 분명하게 뇌리에서 재구성되었다. 그는 자신이 겪었던 모든 것을 떠올리며 움찔했다. 의자에 앉아 있는 바질 홀워드를 죽이도록 했던 혐오감이 다시 살아나 그 격렬한 감정으로 선뜩해졌다. 죽은 자는 여전히 거기에 앉아 있을 테고, 이젠 햇빛이 들었을 것이다. 그 장면이 얼마나 끔찍하겠는가! 그렇게 무서운 것은 어둠에 있어야지 낮과는 어울리지 않는다.

그는 자신이 겪었던 일에 골몰하다가는 병에 걸리거나 미쳐 버릴 것 같았다. 어떤 죄악은 그것을 행할 때보다 상기할 때 더 큰 매력을 느끼게 된다. 그것은 격정보다도 자부심을 느끼게 한다. 그리고 격정이 감각에 전해 주거나 전해 줄 수 있는 것보다 더 큰 기쁨을 지성에 가져다준다. 그러나 지난밤의 일은 그렇지 않았다. 이 죄악은 마음에서 내몰아 버려야 하는 것, 마약에 중독시켜 마비시켜 버려야 하는 것, 그것이 먼저 나를 교살하지 못하도록 먼저 교살해야 하는 것이다.

그는 손으로 이마를 훔쳤다. 그러더니 급하게 일어나 평상시보다 신경 써서 옷을 차려입었다. 넥타이와 넥타이핀을 고심해서 골랐고, 반지도 여러 번 바꿔 끼어 보았다.

아침 식사를 하는 데 오랜 시간이 걸렸다. 다양한 요리를 맛보았고, 식사하면서 하인에게 셀비에서 일하는 하인들의 새 제복에 대해 이야기했고, 자신에게 온 우편물을 살펴보기도 했다. 어떤 편지를 읽으면서는 미소를 지었다. 그중에 세 통은 재미없는 내용이었다. 어떤 편지는 여러 번 읽더니 약간 언짢은 표정을 지으며 찢어 버렸다. "끔찍하군, 여자의 기억이란!" 언젠가 헨리 경이 그랬던 것처럼 말했다.

그는 커피를 마시면서 탁자에 앉아 편지 두 통을 썼다. 한 통은 그의 주머니에 넣고, 다른 한 통은 하인에게 전해 주었다.

"프랜시스, 이 편지를 하트퍼드가 152번지에 가져다주게. 캠벨씨가 출타 중이면 어디 있는지 주소를 알아 오고."

그는 혼자 남게 되자마자 담배에 불을 붙였다. 그리고 종이 한 장에 스케치를 하기 시작했다. 꽃들과 작은 건축물 몇 채를 그리더니 사람의 얼굴을 그렸다. 갑자기 그는 자신이 그린 얼굴이 바질 홀워드와 너무도 닮았다는 것을 감지했다. 눈살을 찌푸린 그는 일어서서 책장으로 다가가 구석에 있는 책 한 권을 꺼내 들었다. 그리고 반드시 떠올려야 할 때가 아니라면 지난 일에 대해서는 생각하지 않겠노라고 결심했다.

소파에 늘어지듯 앉아서 책의 표지를 보았다. 샤르팡티에가 일본산 종이에 자크마르의 에칭 삽화를 넣어 만든 판본인 고티에의 시집 『에나멜과 카메오』였다. 표지는 녹색 가죽에 금박으로 격자무늬를 넣고 점점이 석류 문양을 그려 넣은 모습이었다. 에이드리언 싱글턴이 준 책이었다. 책장을 넘기다 라스네르[16]의 손에 관한 시에 시선이 멎었다. 그 손은 "아직 고문의 흔적이 깨끗이 씻기지 않은" 차갑고 노란 손으로 솜털같이 붉은색 털이 난 "파우누스의 손가락"처럼 보인다고 적혀 있었다. 도리언은 길고 하얀 자신의 손가락을 힐끗 본 뒤 다시 책장을 넘겼다. 그러다 베네치아에 관한 아름다운 시에 눈이 머물렀다.

---

16 피에르 프랑수아 라스네르Pierre François Lacenaire(1803~1836). 유명한 프랑스의 살인자이자 시인.

가슴은 진주로 덮여 있고
매끄러운 몸을 지닌
아드리아해의 비너스가
반음계의 파도 소리를 따라 솟아오르네.

수면 위의 둥근 지붕은
명징하게 들리는 문장의 멜로디를 따라
그 모습을 드러내는데,
사랑으로 한숨짓는 가슴과 같이 부풀어 오르네.

기둥에 사슬을 던져
마침내 나는 안착하네.
장밋빛의 아름다운 건물 앞에,
대리석 계단 위에.

참으로 멋진 시가 아닌가! 누군가 이 시를 읽으면 분홍빛과 진주 빛깔이 어우러진 도시의 푸른 수로를 따라 떠가는, 검은 휘장이 은빛 뱃머리에서 길게 나부끼는 곤돌라에 누워 있는 듯하리라. 이 단순한 시행은 리도섬을 향해 나아갈 때 자신을 따라오던 청록색의 물길처럼 보였다. 갑자기 스치는 색깔은 그에게 오팔과 아이리스 빛깔의 목을 지닌 새들을 떠올리게 했다. 그 새들은 높다란 벌집 모양의 종탑 주변을 날아오르거나 위풍당당하고 우아한 자태로 어스레한 아케이드를 활보했다. 반쯤 눈을 감고 소파에 기대 누워 있던 그는 혼잣말로 시 구절을 몇 번이나 되뇌었다.

장밋빛의 아름다운 건물 앞에,

대리석 계단 위에.

베네치아의 모든 것이 저 두 행에 담겨 있다. 그는 그곳에서 보낸 가을, 그의 마음을 흔들어 놓아 너무나 즐겁고 환상적이고 바보 짓을 하게 했던 경이로운 사랑을 떠올려 보았다. 어디를 가나 로맨스가 있었다. 베네치아는 옥스퍼드와 마찬가지로 로맨스가 벌어질 만한 배경을 가진 도시다. 배경이 로맨스의 전부, 아니 거의 전부이리라. 바질도 그와 잠시 함께 지냈다. 그러다 틴토레토에게 미쳐 버렸다. 불쌍한 바질! 그렇게 참혹하게 죽다니!

그는 한숨을 내쉬며 책을 다시 집어 들면서 모든 것을 잊어 보려 했다. 스미르나의 작은 카페에 날아든다는 제비들에 대한 이야기를 읽었다. 그곳에서 이슬람교도들은 호박 구슬을 세며 앉아 있고, 터번을 두른 상인들은 긴 술이 달린 담배 파이프를 빨아 대면서 진중하게 이야기한다고 했다. 파리 콩코르드 광장에 있는 오벨리스크에 대해서도 읽었다. 오벨리스크는 외로이 햇빛이 들지 않은 곳에 유배당한 듯 서서 대리석으로 된 눈물을 흘리기도 하며, 연꽃으로 뒤덮인 뜨거운 나일강으로 되돌아가기를 갈망하고 있었다. 스핑크스, 장미처럼 붉은 따오기, 금빛 발톱을 지닌 하얀 독수리, 밝은 청록색의 작은 눈으로 뜨거운 녹색 진흙 속을 기어다니는 악어가 살아가는 나일강으로 말이다. 그리고 고티에가 루브르 박물관의 반암실에 놓여 있는 조각상을 "매력적인 괴물"로 부르며 콘트랄토 톤의 목소리에 비교했던 것에 대해서도 읽었다. 그러나 얼마 지나지 않아 손에서 책을 떨어뜨렸다. 초조해졌고, 무서운 공포의 기운이 엄습해 왔다. 만약에 앨런 캠벨이 영국을 떠나 있으면 어떻게 하지? 돌아오려면 며칠은 걸릴 텐데 말이지. 아마도 와 달라는 요청을 거부할지도 모른다. 그러면 어떻게 해야 할까? 한순간도 흘려보낼 수 없는데 말이다.

그들은 예전에 멋진 친구 사이였다. 5년 전만 해도 떼려야 뗄 수 없는 관계였다. 그런데 그 친밀함이 갑작스레 사라져 버렸다. 이제 사교계에서 만나면 미소 짓는 쪽은 도리언 그레이뿐이다. 앨런 캠벨은 절대 그를 보고 미소 짓지 않았다.

앨런은 아주 비상한 젊은이였다. 시각 예술에 대한 안목은 없지만 말이다. 시의 아름다움에 대한 안목은 전적으로 도리언 덕분에 얻은 것이었다. 그의 남다른 지적 열정은 과학에 있었다. 케임브리지에 있을 때 그는 대부분의 시간을 실험실에서 보냈다. 그리고 졸업 시험에서 우수한 성적을 거두었다. 지금도 그는 화학 연구에 전념하고 있는데, 자신만의 실험실을 마련한 뒤 온종일 그곳에서 지내는 바람에 어머니의 부아를 돋웠다. 그녀는 자식이 의회에 진출하기를 바랐고, 화학자는 처방 약이나 만드는 사람에 불과하다고 여겼기 때문이었다. 또한 앨런은 뛰어난 음악가이기도 해서 바이올린과 피아노를 아마추어 연주자보다 더 잘 연주했다. 처음에 그와 도리언 그레이가 친분을 맺게 된 것도 음악 때문이었다. 음악과 더불어 규정할 수 없는 도리언의 매력, 자신이 원하면 언제라도 발휘할 줄 알고, 심지어 전혀 의식하지 않을 때도 뿜어내는 매력도 한몫했다. 그들은 버크셔 부인의 영지에서 루빈스타인이 연주하던 밤에 처음 만났다. 그 후에 오페라 극장에 동행하는 것이 항상 목격되었고, 좋은 음악이 연주되는 곳이면 어디든 함께했다. 18개월 동안 그들의 친밀

감은 지속되었다. 캠벨은 항상 셀비 로열이나 그로브너 광장에 있었다. 다른 많은 이들에게 그러하듯이 캠벨에게 도리언 그레이란 인생의 놀랍고 매혹적인 모든 것을 의미하는 존재였다. 그 둘 사이에 다툼이 있었던 것에 대해서는 아무도 알지 못했다. 하지만 사람들은 돌연 그들이 만나도 거의 말하지 않고, 도리언 그레이가 참석하는 파티면 캠벨이 항상 일찍 사라져 버린다는 점을 알아챘다. 캠벨은 성격도 변해서 때로는 이상할 정도로 우울해했고, 격정적인 음악은 싫어하는 듯이 보였다. 사람들이 그에게 연주를 요청해도 그는 과학에 신경 쓰느라 연습할 시간이 없다는 핑계를 대면서 절대 연주하지 않았다. 그 말은 사실이기도 했다. 날이 갈수록 그는 생물학에 더욱더 몰두했으며, 어떤 신기한 실험과 관련해서는 몇몇 과학 전문 저널에 한두 번 그의 이름이 등장하기도 했다.

그가 바로 도리언 그레이가 기다리고 있는 인물이었다. 도리언은 방 안을 이리저리 배회하고, 시계를 힐끗힐끗 쳐다보았다. 시간이 흐를 때마다 초조해졌다. 마침내 문이 열리고 하인이 들어왔다.

"주인님, 앨런 캠벨 씨가 오셨습니다."

안도의 한숨이 그의 바싹 마른 입술 사이에서 터져 나왔다. 얼굴에는 화색이 다시 돌았다.

"어서 빨리 들어오시라 하게, 프랜시스."

하인은 인사를 하고 물러갔다. 잠시 후에 앨런 캠벨이 걸어 들어왔다. 딱딱하게 굳은 표정에 창백해 보이는 얼굴이었다. 창백한 얼굴은 칠흑같이 검은 머리와 검은 눈썹으로 인해 더욱 파리해 보였다.

"앨런! 정말 친절하기도 하지. 이렇게 와 주어 정말 고맙네."

"자네 집에는 다시는 발을 들이지 않으려 했네, 그레이. 하지만 자네가 생사가 걸린 문제라고 했기에 왔다네." 그의 목소리는 딱딱하고 차가웠다. 그는 천천히 심사숙고하며 말을 이어 갔다. 도리언을 탐색하는 듯한 시선에는 경멸의 기색이 담겨 있었다. 그는 아스트라한 모피 코트 주머니에 손을 계속 넣고 있었는데, 도리언이 자신에게 건넨 악수를 알아채지 못한 것 같았다.

"정말 생사가 걸린 문제라네, 앨런. 한 사람만의 문제도 아니야. 앉게나."

캠벨이 탁자 옆에 있는 의자에 앉았다. 도리언은 그 맞은편에 앉았다. 두 남자의 눈이 마주쳤다. 도리언의 눈에는 한없는 연민이 흘렀다. 그는 자신이 하려는 일이 끔찍하게 무서운 일임을 알고 있었다.

부자연스러운 침묵의 순간이 지난 후 그가 상대방을 향해 몸을 기울이며 아주 조용하게 말했다. 그러면서 상대의 얼굴에 자신의 한 마디 한 마디가 어떤 영향을 미치는지 살폈다. "앨런, 이 집 꼭대기 층에 잠가 둔 방이 있네. 나 말고는 아무도 접근하지 못하는 방인데, 거기 탁자에 죽은 남자가 하나 앉아 있네. 죽은 지는 10시간 정도 되었어. 동요하지 말게, 날 그렇게 보지도 말고. 그 남자가 누구인지, 왜 죽었는지, 어떻게 죽었는지는 자네와 전혀 관계가 없는 문제야. 자네가 해야 할 일은 이것……."

"그만, 그레이. 더 이상 아무것도 알고 싶지 않아. 자네가 내게 말했던 것이 사실이든 아니든 나와는 상관없어. 자네 인생과 엮이고 싶지 않다고. 자네의 끔찍한 비밀은 혼자 간직해 두게. 나는 더 이상 그런 것들에 관심이 없어."

"앨런, 관심을 가지게 될걸. 이 비밀에는 관심을 가지게 될 거야. 자네에게 너무나 미안한 일이네, 앨런. 하지만 나도 어쩔 수 없어. 자네는 나를 구해 줄 수 있는 유일한 사람이야. 내가 어찌할 수 없기에 이 문제에 자네를 끌어들인 거야. 선택의 여지가 없었어. 앨런, 자네는 과학자잖아. 화학이나 그 비슷한 것들에 대해 잘 알고 있잖아. 실험도 해 오지 않았나. 자네가 해야 할 일은 위층에 있는 것을 없애 주면 되는 거야. 그것을 완전히 없애 버려서 아무런 흔적도 남지 않게 해 주는 것이지. 그 사람이 이 집에 들어온 것을 본 사람은 아무도 없어. 지금쯤이면 파리에 있어야 하는 사람이거든. 앞으로 몇 달 동안은 그를 찾는 사람이 없을 거야. 누군가 그를 찾을 때쯤에는 여기서 그의 흔적이 아무것도 남아 있지 않아야 하네. 앨런, 자네는 그를 바꾸어 놓아야 해. 그에게 속한 모든 것을 한 줌의 재로 바꿔서 공기 중에 흩어 버릴 수 있도록 말이야."

"자네는 미쳤군, 도리언."

"아! 자네가 나를 도리언이라고 부르기를 기다리고 있었어."

"자네는 미쳤어. 이제야 말하지만, 내가 자네를 도와주기 위해 손가락 하나라도 까딱하리라고 생각했다니, 그리고 이렇게 무시무시한 고백을 하다니 자네는 완전히 미친 거야. 어떤 사건이든 나는 전혀 관계하고 싶지 않아. 내가 자네를 위해 내 평판을 망칠 거라고 생각하는 건가? 자네가 어떤 악마 같은 일을 저지른다고 해도 나와 무슨 상관이란 말인가?"

"자살이었네, 앨런."

"다행이군. 하지만 누가 그를 그렇게 내몰았는데? 분명 자네겠지."

"정말 나를 위해 이 일을 해 주지 않을 건가?"

"당연하지. 나는 그 일과 아무런 상관이 없네. 자네가 어떤 수치를 당해도 관심 없어. 모든 것은 사필귀정이야. 자네가 치욕을 당하는 것을 보게 되더라도, 공개적으로 능욕을 당한다 해도 유감스럽지 않아. 어떻게 감히, 세상의 그 많은 사람 중에서 나를 이 끔찍한 일과 엮으려 하는 거지? 나는 자네가 사람들의 성격에 대해 잘 알고 있다고 생각했는데 말이야. 자네 친구 헨리 워턴 경이 자네에게 무엇을 가르쳐 주었는지 모르지만, 심리에 대해서는 별로 가르쳐 주지 않았던 모양이군. 그 무슨 말을 해도 자네를 돕지는 않을 거야. 사람을 잘못 봤어. 다른 친구에게 가 보게. 나한테 부탁하지 마."

"앨런, 사실은 살인이었어. 내가 그를 죽였네. 자네는 그가 나를 얼마나 고통스럽게 했는지 몰라. 내 인생이 이렇게 된 건, 아니 이렇게 망가지게 된 건 불쌍한 해리가 아니라 그 사람 때문이야. 그가 의도하지는 않았더라도 결과는 그런 것이나 다를 게 없네."

"살인이라고! 세상에! 도리언, 자네가 벌인 일이란 말인가? 자네를 고발하지는 않겠네. 내 일이 아니니. 게다가 내가 관여하지 않더라도 자네는 분명 체포될 거야. 살인하면서 멍청한 짓을 저지르지 않을 수는 없으니까. 아무튼 나는 도와주지 않을 거야."

"자네에게 부탁하는 것은 단지 어떤 과학적 실험을 해 달라는 것이 전부이네. 자네는 병원이나 시체 안치소에 가도 별다른 두려움을 느끼지 않잖아. 이 남자가 어떤 끔찍한 해부실이나 악취 나는 실험실의 회색빛 탁자에 핏빛 도랑을 만들고 내장을 드러낸 채 누워 있다면 단순히 멋진 실험 대상으로만 보았을 거야. 눈 하나 깜짝하지 않았겠지. 잘못을 저지르고 있다는 생각도 하지 않을 거고. 오히려 인류에게 이익이 되는 일을 하고 있다고, 아니면 전 세계의 지식을 증가시키는 거라고, 아니면 지적 호기심을 만족시키는 중이라고, 혹은 그 비슷한 어떤 일을 하는 거라고 생각하겠지. 내가 원하는 것은 자네가 자주 해 왔던 일을 해 달라는 것이네. 분명 시체 하나 없애는 것은 자네가 연구하면서 익숙하게 해 왔던 일보다 훨씬 덜 소름 끼치는 일일 걸세. 그리고 기억해 주게. 이것은 내게 불리한 유일한 증거라는 점을. 그것이 발견되면 나는 끝이야. 자네가 나를 돕지 않으면 누군가 분명 발견하고 말 거야."

"자네를 돕고 싶지 않아. 그것을 자꾸 잊는군. 나는 이 모든 일에 관심 없을 뿐이야. 나와는 아무런 상관이 없는 일이지."

"앨런, 이렇게 간청할게. 내가 처한 곤경을 생각해 주게. 자네가 오기 전에 나는 두려워서 거의 실신할 지경이었어. 아니야! 내 곤경은 신경 쓰지 말게. 순전히 과학적인 관점에서 이 문제를 봐 주게. 자네는 실험에 쓰는 시체들이 어디에서 오는지 묻지 않잖아. 지금도 묻지 말게. 이미 너무 많이 떠들었지만 이렇게 간청하네. 우리는 한때 친구였지 않은가, 앨런."

"그때 이야기는 하지 마, 도리언. 다 죽어 사라진 날들이야."

"때로는 죽은 것들이 떠나지 못하고 머물러 있어. 위층에 있는 사람은 사라지지 않을 거야. 그는 고개를 숙이고 팔을 늘어뜨린 채 탁자에 앉아 있어. 앨런! 앨런! 자네가 나를 돕지 않으면 나는 끝이야. 아, 나는 교수형에 처할 거라고, 앨런! 이해가 되지 않나? 나는 내가 저지른 죄 때문에 목매달려 죽을 거야."

"계속 이렇게 부탁한다고 무슨 소용이 있겠나. 나는 절대 이 일에 연루되지 않겠어. 나한테 도움을 청하는 것부터가 정신 나간 짓이야."

"진짜로 도와주지 않을 거라고?"

"그렇다네."

이전처럼 도리언의 눈에 연민의 빛이 떠올랐다. 그는 손을 뻗어 종이 한 장을 꺼내 그 위에 뭔가를 적었다. 그것을 두 번 읽고 조심스럽게 접어 탁자 위로 내밀었다. 그러고는 일어나 창가로 갔다.

캠벨은 놀라서 그를 쳐다보다가 종이를 집어 들어 펼쳐 보았다. 그것을 읽어 내려가는 캠벨의 얼굴이 파랗게 질리더니 의자 등받이에 털썩 몸을 기댔다. 끔찍한 역겨움이 엄습해 왔다. 심장이 텅 빈 구멍에서 죽을 듯이 가쁘게 뛰는 것 같았다.

2, 3분 정도의 섬뜩한 침묵이 흐른 후 도리언은 돌아서서 캠벨에게 다가가 그 뒤에 서서는 어깨에 손을 얹었다.

"미안하네, 앨런." 그는 중얼거렸다. "하지만 자네가 내게 다른 선택의 여지를 남겨 주지 않았잖나. 편지는 이미 써 두었네. 여기 이렇게. 주소를 보게나. 자네가 나를 돕지 않으면 이 편지를 보낼 수밖에 없어. 그러면 그 결과가 어떻게 될지는 잘 알 걸세. 자네는 나를 도와주어야 해. 이제는 거절하는 것이 불가능하니까. 나는 자네에게 인정을 베풀려는 것이네. 이 점을 인정한다면 자네는 당연히 내게 보답해야 할 거네. 자네는 내게 단호하고 가혹하고 공격적이었어. 어떤 사람도, 어떤 살아 있는 사람도 감히 나를 그렇게 대한 적이 없었어. 나는 그 모든 것을 참아 주었네. 그러니 이제는 내가 제시하는 조건대로 따라 주게나."

캠벨은 손으로 얼굴을 감싸 쥐었다. 전율이 스쳤다.

"그렇지, 이제 내가 시키는 대로 해, 앨런. 뭘 해야 하는지 잘 알 거야. 아주 간단해. 자, 그렇게 열 낼 것 없네. 일을 해야만 하지 않겠나. 현실을 직시하고 해 버리면 되는 거야."

캠벨의 입에서 신음이 터져 나왔다. 그는 몸서리를 쳤다. 벽난로 위의 시계가 내는 똑딱거리는 소리가 시간을 부수어 고통의 원자들로 갈아 버리는 듯이 들렸다. 그리고 원자로 분열돼 버린 시간의 조각은 너무나 끔찍해서 짊어질 수조차 없는 지경이었다. 마치 쇠고리가 서서히 그의 이마를 조여 오는 것 같았다. 도리언이 경고한 치욕이 이미 닥쳐 온 것처럼 느껴졌다. 어깨 위에 올려진 손은 납덩이처럼 무거웠다. 견딜 수 없는 무게였다. 그를 짓눌러 버리는 듯했다.

"자, 앨런, 당장 결정해."

캠벨은 잠시 머뭇거렸다. "위층 방에 벽난로가 있나?" 그가 낮은 목소리로 물었다.

"그럼, 석면 가스난로가 있네."

"난 집으로 가서 실험실의 물건을 몇 가지 챙겨 와야겠네."

"안 돼, 앨런. 자네는 이 집을 떠날 수 없어. 자네가 원하는 물건을 종이에 써 주면 내 하인이 마차를 타고 가서 자네에게 가져다줄 걸세."

캠벨은 몇 줄 작성하고는 봉투에 수신자를 자신의 조수로 하여 주소를 적었다. 도리언은 그 종이를 받아 들고는 꼼꼼히 읽었다. 그리고 벨을 눌러 쪽지를 하인에게 전하면서 최대한 빨리 그 물건들을 가지고 돌아오라고 명령했다.

현관문이 닫히자 캠벨은 깜짝 놀라며 의자에서 일어나 벽난로 선반 쪽으로 향했다. 그는 오한이 난 듯 몸서리를 쳤다. 거의 20분

동안 두 사람은 말이 없었다. 파리 한 마리가 시끄럽게 방 안을 윙윙 거리며 날아다녔다. 똑딱거리는 시계 소리는 망치로 두드리는 소리 같았다.

시계의 종소리가 1시를 울리자 캠벨은 돌아서서 도리언 그 레이를 바라보았다. 도리언의 눈은 눈물로 가득했다. 그 우수 어린 얼굴에 깃든 순수함과 세련된 풍모가 캠벨을 분노하게 했다. "자네 는 지독한 사람이야. 너무나 악랄한 사람이라고!" 캠벨이 으르렁거 렸다.

"그만해, 앨런. 자네는 내 목숨을 구한 거야." 도리언이 말했다.

"자네의 목숨? 젠장! 그게 무슨 대단한 목숨이나 된다고! 자네 는 완전히 타락했어. 그리고 이제는 극악한 범죄까지 저질렀고. 내 가 하려고 하는 것, 자네가 내게 강요하는 이 일은 자네의 목숨을 위해서 하는 게 아니야."

"아, 앨런." 도리언이 한숨을 쉬며 중얼거렸다. "내가 자네에게 느끼는 연민의 천 분의 1이라도 내게 가져 주었으면 하네." 그는 그렇 게 말한 뒤 돌아서서 정원을 내다보았다. 캠벨은 대답하지 않았다.

10분쯤 후에 문을 두드리는 소리가 들렸다. 하인이 화학 약품 이 든 마호가니 상자를 들고 들어왔다. 그 위에는 작은 축전기가 달 려 있었다. 그는 그것을 탁자 위에 놓고 다시 나가더니 강철과 백금 으로 된 긴 철사 묶음과 신기하게 생긴 두 개의 철제 죔쇠를 가지고 들어왔다.

"물건을 여기에 놓을까요, 선생님?" 그가 캠벨에게 물었다.

"그래." 도리언이 말했다. "그리고 미안하지만, 프랜시스, 심부 름이 하나 더 있네. 셀비에 난초를 공급해 주는, 리치먼드가에 사는 사람 이름이 어떻게 되나?"

"하든입니다, 주인님."

"그래, 하든이로군. 자네는 당장 리치먼드가로 가서 하든을 직접 만나 난초를 내가 주문했던 것보다 두 배 더 많이 보내 달라고 하게. 가능하면 하얀색은 적을수록 좋고. 아니, 하얀 난은 보내지 말라고 하게. 오늘은 날이 참 좋은 데다가 리치먼드는 너무나 아름다운 곳이잖아. 그렇지 않다면 그런 일 때문에 자네를 귀찮게 하지 않았을 거야."

"괜찮습니다, 주인님. 몇 시까지 돌아올까요?"

도리언이 캠벨을 바라보았다. "자네 실험이 얼마나 걸리겠는가, 앨런?" 그는 조용하고 무심한 듯한 목소리로 말했다. 방 안에 있는 제삼자의 존재가 그에게 큰 용기를 부여해 주는 것 같았다. 캠벨은 눈살을 찌푸리며 입술을 깨물었다. "다섯 시간 정도 걸릴 거야." 그는 대답했다.

"그럼 자네는 7시 30분까지 돌아오면 되겠어, 프랜시스. 아, 잠깐, 내가 갈아입을 옷은 따로 신경 쓰지 않아도 되네. 저녁엔 자유롭게 자네 시간을 갖게나. 집에서 저녁을 먹지 않을 테니까 자네는 없어도 되네."

"감사합니다, 주인님." 남자가 방을 떠나며 말했다.

"자, 앨런, 지체할 시간이 없네. 이 상자는 정말 무겁군! 이건 내가 옮길게. 자네는 다른 물건을 가지고 따라오게." 그는 재빠르고 권위적인 태도로 말했다. 캠벨은 그에게 지배당하는 듯한 기분을 느꼈다. 그들은 함께 방을 떠났다.

꼭대기 층에 이르렀을 때 도리언은 열쇠를 꺼내 자물쇠에 넣고 돌려 열었다. 그런데 그가 멈칫했는데 그 눈에는 곤혹스러운 듯한 기색이 떠올라 있었다. 그가 몸서리치며 조용히 말했다. "나는 못 들어가겠어. 앨런."

"상관없어. 자네는 없어도 돼." 캠벨이 차갑게 말했다.

도리언은 문을 반쯤 열었다. 그 사이로 햇빛에 비쳐 씩 웃고 있는 초상화의 얼굴이 눈에 들어왔다. 초상화 앞바닥에는 찢어진 장막이 놓여 있었다. 전날 밤 방에서 빠져나오면서 그림을 가려 놓는다는 것을 깜박한 것이 떠올랐다.

그런데 한쪽 손에서 희미하게 반짝이는 저 혐오스럽고 붉은 이슬, 마치 캔버스에서 흘린 피처럼 보이는 것은 무엇일까? 너무 무섭고 끔찍했다! 그 순간 그림은 탁자에 널브러져 있는 저 말 없는 시체보다도 더 무서웠다. 피로 얼룩진 카펫 위에 드리워진 괴상하고 흉측한 그림자만 보아도 시체는 미동도 하지 않은 채 그가 어젯밤 그곳을 떠날 때의 모습 그대로 있다는 것을 알 수 있었다.

도리언은 문을 조금 더 열면서 죽은 자를 결코 쳐다보지 않으리라 결심한 듯 반쯤 눈을 감고 고개를 돌린 채 재빨리 들어갔다. 그리고 몸을 웅크려 금색과 자주색으로 된 장막을 집어 들어 그림 위로 휙 둘렀다.

그리고 잠시 멈춰 섰다. 돌아서기가 두려웠다. 자기 앞에 펼쳐진 장막의 정교한 무늬에 시선을 고정시켰다. 캠벨이 끔찍스러운 작업을 하기 위해 무거운 상자와 철제 도구, 필요한 물건들을 갖고 들어오는 소리가 들렸다. 그는 캠벨과 바질이 만난 적은 있을지, 그랬다면 서로에 대해 어떻게 생각했을지 문득 궁금해졌다.

"이제 나 혼자 있겠네." 캠벨이 말했다.

도리언은 몸을 돌려 서둘러 나갔다. 그러면서 캠벨이 시체를 의자에 바로 세워 앉혀 놓고, 번들거리는 누런 얼굴을 들여다보고 있는 것을 의식했다. 아래층으로 내려가던 중 캠벨이 열쇠로 자물쇠를 걸어 잠그는 소리가 들렸다.

캠벨이 서재로 다시 돌아왔을 때는 이미 7시가 훌쩍 넘어 있었다. 얼굴은 창백했으나 매우 침착했다. "자네가 부탁한 일은 다 했네." 그가 낮게 말했다. "그럼 이제 잘 있게나. 다시는 서로 만나는 일이 없도록 하세."

"자네가 나를 파멸에서 구해 주었네, 앨런. 그것은 잊을 수 없을 거야" 도리언은 간단히 대답했다.

캠벨이 떠나자마자 도리언은 위층으로 갔다. 방 안에서 역한 화학 약품 냄새가 났다. 그러나 탁자에 앉아 있던 그것은 사라지고 없었다.

13장

　　"자네가 선한 사람이 되겠다고 내게 말해도 아무 소용 없네, 도리언." 헨리 경이 하얀 손가락을 붉은 구리 그릇에 담긴 장미수에 넣으며 말했다. "자네는 아주 완벽하네. 제발 변하지 말게나."

　　도리언이 고개를 흔들었다. "아니에요, 해리. 나는 살면서 끔찍한 짓을 너무나 많이 저질렀습니다. 더 이상 그런 일을 하지 않을 거예요. 그래서 어제는 좋은 일들을 했지요."

　　"어제 어디 갔었나?"

　　"시골에 갔었어요, 해리. 혼자 작은 여인숙에 머물렀습니다."

　　"여보게." 헨리 경이 미소 지으며 말했다. "누구라도 시골에서는 선한 사람이 될 수 있어. 거기에는 유혹이 없거든. 그래서 도시를 떠나 살아가는 사람들이 그렇게 미개한 것이지. 자네도 알다시피 문명인이 될 수 있는 방법은 오직 두 가지뿐이라네. 한 가지는 교양 있는 사람이 되는 것이고, 다른 한 가지는 타락한 사람이 되는 것이야. 시골 사람들은 둘 중 어느 쪽도 기회가 없어 정체되기 마련이지."

"교양과 타락이라." 도리언이 중얼거렸다. "나는 그 두 가지 모두를 어느 정도 알게 되었지요. 그것들이 언제나 함께 있어야 하는 것인지 궁금하기는 합니다. 내게는 새로운 이상이 생겼어요, 해리. 나는 변할 거예요. 이미 변하고 있는 것 같아요."

"어떤 선한 행동을 했는지 아직 말해 주지 않았네. 아니, 선한 일을 여러 번 했다고 했나?"

"당신에게는 이야기해 드릴 수 있지요, 해리. 다른 사람에게는 말해 줄 수 없는 이야기에요. 내가 어떤 사람을 살려 주었어요. 허영에 찬 이야기 같지만 내가 무슨 말을 하는지 이해할 겁니다. 그녀는 아주 아름다웠습니다. 놀라울 정도로 시빌 베인을 닮았더군요. 그 때문에 그녀에게 끌렸던 것 같아요. 시빌을 기억하지요, 그렇죠? 아주 오래전 일인 것 같아요! 아무튼 헤티는 우리와 같은 신분은 아니었어요. 그저 시골 소녀에 불과하죠. 그러나 나는 정말 그녀를 사랑했어요. 일주일에 두세 번씩 시골로 달려가서 그녀를 만나곤 했습니다. 마침내 그녀는 나와 함께 도시로 나오겠다고 약속했습니다. 나는 그녀를 위해 집을 한 채 얻어서 모든 것을 준비해 놓았어요. 어제 작은 과수원에서 그녀를 만났습니다. 사과꽃이 그녀의 머리 위로 흩날렸고, 그녀는 웃어 댔습니다. 오늘 새벽이 되면 함께 떠나기로 했었지요. 그런데 갑자기 이런 생각이 드는 거예요. '이 소녀를 망가뜨리지 않으리라. 그녀가 수치를 당하게 하지 않으리라.' 그래서 처음 그녀를 발견했을 때처럼 꽃같이 아름다운 모습을 그대로 남겨 두고 그녀 곁을 떠나기로 결심했습니다."

"그런 새로운 감정이 틀림없이 자네에게 진정한 즐거움을 주었다고 생각하네, 도리언." 헨리 경이 말을 끊었다. "하지만 내가 자네를 위해 그 목가적 전원시를 끝내 주겠네. 자네는 그녀에게 좋은 교훈을 준 거야. 그녀의 마음을 아프게 했지만. 이게 자네가 말한 변화의 시작인가."

"해리는 정말 나쁜 사람이네요! 그런 소름 끼치는 말은 하지 말아요. 헤티는 상처받지 않았어요. 물론 울고불고 난리를 피웠지요. 하지만 삶이 망가진 것은 아니잖아요. 그녀에게 수치가 될 만한 일은 하지 않았습니다. 그녀는 페르디타[17]처럼 전원에서 살아가면 돼요."

"그리고 배신한 플로리젤 때문에 울겠지." 헨리 경이 웃으며 말했다. "이보게, 도리언. 자네는 아주 기묘하고 소년 같은 감성을 가지고 있어. 이제 그 아가씨가 자신과 비슷한 신분의 사람에게 정말 만족할 거라고 생각하나? 그녀는 언젠가 투박한 마부나 바보처럼 싱글벙글 웃기만 하는 농부와 결혼하겠지. 자네를 만나 사랑을 해 보았으니 자기 남편을 경멸하게 될 거야. 그러면서 결국 불행한 인생을 살겠지. 하지만 만약에 자네의 정부라도 되었다면 매력적이고 교양 있는 사람들의 세계에서 살아갔을 거야. 자네는 그녀를 교육하고 옷입는 법, 대화하는 법, 몸가짐을 바르게 하는 법 등을 가르쳐 주었겠지. 그녀를 완벽하게 만들어 주었을 것이고, 그래서 그녀는 너무나 행복해졌을 거야. 물론 시간이 지나면 자네는 그녀에게 싫증을 느낄 테고, 그녀는 한바탕 소란을 피우겠지. 그러면 자네는 그녀와 타협을 할 거고, 그녀에게는 새로운 직업이 생길 거야. 도덕적인 관점에

---

[17] 셰익스피어의 희곡 『겨울 이야기』의 여자 주인공으로 왕자 플로리젤을 만나 사랑에 빠지고, 진짜 신분을 알게 된다.

서 나는 자네의 결심이 그리 대단한 것은 아니라고 생각하네. 처음부터 그리 좋지 못한 선택을 했어. 게다가 지금 이 순간 헤티가 물레방아가 있는 연못에서 마치 오필리아처럼 수련과 더불어 둥둥 떠다니고 있을지 어떻게 알겠는가?"

"못 들어 주겠군요, 해리! 당신은 모든 것을 조롱하면서 가장 비극적인 결말을 암시하고 있어요. 이렇게 이야기해서 유감스럽지만, 이제 나는 당신이 하는 말에는 관심이 없어요. 내 행동이 옳다는 것을 알고 있으니까요. 불쌍한 헤티! 오늘 아침에 농장을 지나오면서 창문으로 재스민꽃 같은 그녀의 새하얀 얼굴을 보았습니다. 더 이상 이 이야기는 하지 마요. 그리고 내가 몇 년 만에 행한 첫 번째 선한 행동이, 내 인생 최초의 작은 자기희생이 사실은 일종의 죄악에 불과할 뿐이라고 설득하려 들지 마요. 나는 더 훌륭한 사람이 되고 싶어요. 더 선해질 거예요. 이제 당신 이야기를 좀 해 줘요. 시내에서는 무슨 일이 벌어지고 있나요? 한참 동안 클럽에 나가지 못했어요."

"여전히 사람들은 불쌍한 바질이 사라진 것에 대해 이야기하고 있다네."

"지금쯤이면 사람들의 관심이 사그라들 거라고 생각했는데요." 도리언은 와인을 따르면서 살짝 눈살을 찌푸렸다.

"이보게, 친구. 이 이야기를 하기 시작한 지 이제 겨우 6주밖에 되지 않았어. 대중은 석 달 동안 화젯거리가 두 가지 이상 생기는 것을 감당하지 못한다네. 그러나 최근에는 아주 즐거웠겠지. 내 이혼과 앨런 캠벨의 자살이 있었으니 말이야. 이제는 한 예술가의 신비한 실종 사건까지 생겼네그려. 런던 경찰청에서는 여전히 11월 7일

자정에 출발하는 기차를 타고 빅토리아역을 떠난 회색 코트 차림의 남자가 바질이라고 주장하고 있고, 프랑스 경찰 당국은 바질이 파리에 도착한 적이 없다고 단언하고 있네. 내 생각에 또 하루가 지나고 나면 누군가 샌프란시스코에서 그를 보았다고 하는 소식이 들릴 거야. 이상한 일이긴 하지만 사라진 사람들은 모두 샌프란시스코에서 목격된다고들 하더군. 그곳은 분명 유쾌한 도시이고, 다가올 미래의 모든 매력을 지니고 있는 것이 틀림없네."

"바질에게 무슨 일이 생겼을 거라고 생각해요?" 도리언은 부르고뉴산 와인이 담긴 잔을 들어 불빛에 비추어 보며 물었다. 그는 자신이 어떻게 그렇게 침착하게 바질 이야기를 할 수 있는지 놀라웠다.

"나는 전혀 아는 것이 없네. 바질이 스스로 숨어 버린 것이라면 나도 어쩔 수 없어. 그가 죽었다면 더 이상 그를 생각하고 싶지 않고. 나를 두렵게 하는 것은 죽음이 유일하거든. 정말 죽음을 증오한다네. 요즘은 죽음만 아니라면 무슨 일이 있어도 오래 살아남을 수 있지. 19세기에 우리가 해명할 수 없는 것은 죽음과 저속함, 두 가지 뿐이지. 음악실에서 커피나 한잔하세나, 도리언. 쇼팽을 좀 연주해 주게. 내 아내와 함께 도망친 남자가 쇼팽을 아주 멋지게 연주했거든. 불쌍한 빅토리아! 한때 그녀는 자네와 지독한 사랑에 빠졌지. 그녀가 자네에 대한 칭찬을 늘어놓는 모습을 바라보는 것이 즐거웠는데 말이지. 자네의 무심한 태도가 너무나 매력적이었어. 내가 그녀를 정말로 그리워하고 있다는 사실을 알고 있나? 그녀는 절대로 나를 지루하게 만들지 않았거든. 모든 행동이 아주 유쾌했고 별난 구석이 있는 사람이었어. 나는 그녀를 아주 좋아했다네. 그녀가 없으니 집이 텅 빈 것 같아."

도리언은 아무 말도 하지 않고 탁자에서 일어나 옆방으로 가더니 피아노에 앉아 악보의 선율에 따라 물 흐르듯 연주했다. 커피를 받고 나서야 연주를 멈추더니 헨리 경을 바라보며 말했다. "해리, 바질이 살해당했을 거라는 생각은 해 보지 않았어요?"

헨리 경은 하품을 했다. "바질은 적을 둔 적이 없네. 그리고 항상 싸구려 시계를 차고 다녔지. 그런 사람이 왜 살해를 당하겠나? 그는 적을 둘 만큼 영악하지 않아. 물론 그림에는 놀라운 재능을 지녔지. 하지만 벨라스케스처럼 그림을 잘 그려도 아주 재미없을 수 있거든. 바질은 실제로 재미없는 사람이잖아. 그가 내게 흥미를 유발한 적은 한 번뿐인데, 몇 년 전에 그가 자네를 열광적으로 숭배한다고 말해 주었을 때라네."

"나는 바질을 아주 좋아했어요." 도리언은 눈에 슬픈 빛을 띠며 말했다. "하지만 사람들이 그가 살해되었다고 말하지 않던가요?"

"아, 어떤 신문에서는 그렇게 말하더군. 그런데 그런 것 같지는 않아. 나는 파리에 무서운 곳들이 몇 군데 있다는 것은 알지만, 바질은 그런 곳에 찾아갈 사람이 못돼. 호기심이 없는 사람이니까. 그게 그의 큰 단점이지. 녹턴을 좀 연주해 줘, 도리언. 연주하면서 자네가 어떻게 젊음을 유지하는지 조용히 말해 주게나. 자네에겐 비결이 있을 거야. 나는 자네보다 겨우 열 살이 많을 뿐인데 벌써 주름이 생긴 데다 머리숱은 적어지고 피부까지 누레지고 있다네. 자네는 정말 경이롭네, 도리언. 오늘 밤처럼 매력적으로 보인 적은 없었어.

자네를 보고 있으니 자네를 맨 처음 만났을 때가 기억나는군. 약간 건방졌지만 수줍음이 아주 많았고 굉장히 특별했지. 물론 변하긴 했지만 외모는 그대로야. 자네의 비밀을 말해 주면 좋겠네. 젊은 시절로 다시 돌아갈 수 있다면 운동하고, 일찍 일어나고, 착실한 사람이 되는 것 빼고는 무엇이라도 하겠네. 젊음이란! 그만한 것이 없지. 젊은 사람이 무지하다고 말하는 것은 참 어리석어. 요즘 내가 존경심을 갖고 의견에 귀 기울이게 되는 사람들은 나보다 훨씬 젊은 사람들뿐이라네. 그들은 나보다 앞서가는 것 같아. 인생은 그들에게 그 마지막 경이로움까지 드러내 보여 주었지. 나이 든 사람들에 대해서 이야기하자면, 나는 항상 그들의 생각에 반박하게 되더군. 내 나름의 신념에 따라 그렇게 하는 거야. 만약 자네가 그들에게 어제 있었던 어떤 일에 대한 의견을 물어본다면, 그들은 근엄한 목소리로 1820년에나 어울리는 생각을 이야기해 줄 거야. 그때는 사람들이 아무것도 모르면서 잘난 척하려고 목에 스카프나 크라바트를 두르고 다니던 시절이지. 자네가 연주하는 곡이 너무나 아름답군! 쇼팽이 정말로 바다가 구슬피 울어 대고, 소금기 섞인 파도가 창문에 부딪히는 마요르카 별장에서 이 곡을 작곡했을까? 경이로울 정도로 낭만적인 곡이로군. 우리에게 모방하지 않은 예술이 남아 있다는 건 얼마나 큰 축복인가! 멈추지 말게. 오늘 밤에는 음악이 듣고 싶네. 그러고 보니 자네는 신화 속의 젊은 아폴론이고, 나는 자네의 음악을 듣는 마르시아스 같군. 자네조차도 모르는 나만의 슬픔이 있어, 도리언. 노년의 비극은 늙었다는 것이 아니라, 여전히 인생을 잘 모르는 풋내기라는 사실에 있다네. 나는 때때로 내 진지함에 놀라곤 하지. 아, 도리언, 자네는 얼마나 행복한가! 자네는 실로 탁월한 삶을 살고 있는 거야! 모든 것에 깊이 심취해 왔지 않은가. 자네는 혀끝으로 온갖 풍미를 다 맛보았지. 아무것도 자네를 피해 숨지 못했던 거야. 그러나 그 모든 것은 자네에게 음악 소리에 불과했어. 어떤 것도 자네에게 해를 가하지 못했던 거지. 자네는 변함이 없으니 말일세.

자네의 남은 인생이 어떻게 될지 궁금해. 선한 사람이 되겠다면서 인생을 망치지 말게. 현재 자네는 완벽해. 자신을 불완전한 존재로 만들지 말게. 지금은 전혀 흠이 없어. 아니라고 고개를 젓지 말게. 자신도 흠이 없다는 것을 잘 알고 있잖나. 게다가 도리언, 스스로를 기만하지 말게. 인생은 의지나 의도에 좌우되는 것이 아니야. 인생이란 생각은 숨겨져 있고 열정은 꿈을 품고 있는, 몸 안의 신경과 섬유, 서서히 생성되는 세포로 이루어져 있네. 자네는 스스로 안전하다고, 강하다고 생각할지 모르네. 하지만 실내 공간이나 아침하늘의 색감, 묘한 기억을 불러일으키는 한때 사랑했던 향기, 잊어버렸다 어느 날 다시 마주친 시 한 줄, 이제는 연주하지 않는 곡이 만들어 내는 선율, 우리 인생은 이런 것들에 의지하고 있는 것이라네. 시인 브라우닝이 어디선가 이런 것에 관해 글을 쓴 것 같은데. 우리의 감각은 그런 것들을 기억나게 하지. 헬리오트로프 꽃향기가 갑자기 스칠 때면 나는 내 생애에서 가장 이상했던 시절이 되살아나.

난 자네와 처지를 바꿀 수 있었으면 좋겠네, 도리언. 세상은 우리 두 사람 모두를 비난했지만 항상 자네를 숭배해 왔어. 앞으로도 자네를 숭배할 거야. 자네는 이 시대가 찾고 있으면서도 이미 찾아낸 것은 아닐까 걱정하는 인간이네. 난 자네가 어떤 일도 하지 않아서, 동상을 조각하거나 그림을 그리지 않고, 자신 말고는 다른 아무 것도 만들어 내려 하지 않아 너무 좋다네. 삶은 자네가 추구하는 예술 그 자체였지. 자네는 음악에만 몰입했고. 자네에게 주어진 날들은 자네의 소네트가 되었어."

도리언은 피아노에서 일어나 손으로 머리카락을 훑었다. "그렇죠, 삶은 아름다웠어요." 그가 중얼거리듯 말했다. "하지만 이전과 똑같은 삶을 살지는 않을 겁니다. 그리고 내게 이런 얼토당토않은 이야기는 하지 마세요. 해리는 나에 대해 아무것도 모르고 있으니까요. 나를 좀 더 알게 된다면 당신이라 하더라도 내게서 돌아설 거예요. 웃고 있군요. 웃지 마요."

"왜 연주를 멈추었나, 도리언? 가서 녹턴을 다시 연주해 주게나. 어슴푸레한 하늘에 걸려 있는 꿀 빛깔의 저 큰 달을 보게. 달도 자네가 자신을 매혹하기를 기다리고 있네. 자네가 연주하면 달도 지구에 좀 더 가까이 다가올 거야. 연주하지 않겠다고? 그럼 클럽에 같이 가세. 참으로 멋진 저녁 시간이었어. 그러니 멋지게 마무리해야 하지 않겠나. 클럽에 자네와 몹시 친해지고 싶어 하는 사람이 있어. 풀 경이라는 청년인데 본머스 가문의 장남이야. 벌써 자네와 똑같은 넥타이를 매고 다녀. 자네를 소개해 달라고 간청하더군. 그는 아주 유쾌하고, 자네를 떠올리게 하는 면도 있어."

"오늘은 그러고 싶지 않아요." 도리언의 목소리에는 비애감이 어려 있었다. "좀 피곤하거든요, 해리. 클럽에 가고 싶지 않아요. 거의 11시가 다 되었어요. 일찍 잠을 청하려고요."

"그럼 그렇게 하게. 오늘 밤 자네는 그 어느 때보다도 더 멋진 연주를 해 주었네. 놀라웠어. 전에는 들어 보지 못했던 표현력이었어."

"내가 선한 사람이 되려고 해서 그런 거예요." 그가 미소 지으며 대답했다. "벌써 조금은 변했거든요."

"변하지 말게, 도리언. 어떤 경우라도 나를 다르게 대하지 말아 줘. 항상 친구로 지내세."

"하지만 언젠가 해리는 내게 책 한 권을 줘서 중독시켰어요. 그건 용서할 수 없어요. 해리, 그 책을 다른 사람에게는 절대로 빌려주지 않겠다고 약속해 줘요. 그 책은 정말 해로운 영향을 끼치니까요."

"이보게, 자네는 정말 도덕적으로 변하기 시작했군. 자네는 곧 사람들에게 자네가 염증을 느껴 버린 모든 죄악에 대해 경고하고 다니게 될지도 몰라. 하지만 자네는 너무나 밝은 사람이라 그렇게 하지는 못할 거네. 게다가 다 소용없는 짓이야. 자네와 나는 원래 이런 사람들이고, 앞으로도 또 그렇게 남아 있겠지. 내일 잠깐 들르게. 11시에 산책하려는데 자네도 함께하지. 요즘 공원이 아주 아름답네. 자네를 처음 만났던 그해 이후로 라일락이 그렇게 아름답게 핀 것을 본 적이 없어."

"좋아요. 11시에 오겠습니다." 도리언이 말했다. "안녕히 계세요, 해리." 그는 문가에 이르러 할 말이 남은 것처럼 잠시 머뭇거렸다. 그러더니 한숨을 쉬며 나가 버렸다.

아름다운 밤이었다. 날이 아주 따스하여 코트를 벗어 팔에 걸치고 걸었다. 목에는 실크 스카프도 두르지 않았다. 담배를 피우며 산책하듯 집으로 향하던 길에 야회복을 입은 두 젊은이가 그를 지나쳤다. 둘 중 한 사람이 다른 사람에게 속삭이는 소리가 들렸다. "저 사람이 도리언 그레이야." 도리언은 사람들이 자신을 지목하거나 응시하거나 자신에 관해 이야기하는 상황을 즐겼다. 그러나 이제는 자신의 이름이 불리는 것에 염증이 났다. 최근에 자주 갔던 작은 마을이 주는 매력 중 반은 아무도 그가 누구인지 알아보지 못한다는 것이었다. 사랑했던 소녀에게 자신이 가난한 사람이라고 말했을 때, 그녀는 그것을 믿었다. 한번은 그녀에게 자신이 사악한 사람이라고 말했더니 그녀는 웃으며 사악한 사람들은 아주 늙고 추한 법이라고 말했다. 그녀의 웃음이 얼마나 유쾌하던지! 꼭 지빠귀가 우는 소리 같았다. 순면 드레스를 입고 커다란 모자를 쓴 그녀는 너무나 아름다웠다. 그녀는 아무것도 몰랐지만, 그가 잃어버린 모든 것들을 가지고 있었다.

저택에 도착해 보니 하인이 아직 잠자리에 들지 않고 자신을 기다리고 있었다. 그는 하인에게 가서 잠자리에 들라고 전한 후 서재에 있는 소파에 몸을 던졌다. 그는 헨리 경이 했던 말을 곱씹어 보기 시작했다.

인간은 절대로 변할 수 없다는 말이 정말로 사실일까? 유년 시절의 때 묻지 않은 순수함을, 헨리 경이 언젠가 흰 장미와 같은 순백의 청년이라고 불렀던 시절의 순수함을 간절히 원했다. 자신이 스스로를 더럽히고, 마음을 타락시키고, 상상력에 공포심을 불어넣었던 사실을 생각했다. 또 타인에게 악마와 같은 영향력을 끼쳤다는 것, 그러면서 무시무시한 환희를 체험하게 되었다는 사실을 떠올렸다. 자신의 삶에 스쳐 간 사람 중에서 자신이 수치를 주었던 사람들은 누구보다 아름답고 전도유망한 젊은이들이었다. 그 모든 것을 되돌릴 수는 없을까? 그에게 희망이 남아 있지 않은 것인가?

과거는 생각하지 않는 것이 더 낫다. 아무것도 과거를 바꿀 수는 없다. 그가 생각해야 하는 것은 자기 자신과 자신의 미래에 대한 것이다. 앨런 캠벨은 어느 날 밤 자기 실험실에서 총으로 자살했다. 하지만 강제로 알게 된 비밀을 누설하지 않았다. 늘 그렇듯이 바질 홀워드의 실종에 대한 관심도 곧 사라질 것이다. 관심은 이미 수그러들고 있다. 그 문제로부터 그는 절대로 안전하다. 실제로 그의 마음을 가장 짓누르는 것은 바질 홀워드의 죽음이 아니었다. 그를 불안하게 하는 것은 자신의 영혼이 살아 있으나 죽어 가고 있다는 사실이었다. 바질은 도리언의 인생을 망쳐 버린 초상화를 그렸다. 그는 그런 바질을 용서할 수 없었다. 모든 일을 저지른 것은 바로 초상화였다. 바질은 그에게 참을 수 없는 말, 인내심을 갖고 참아야 했던 말을 했다. 살인은 단순히 순간의 광기에서 비롯된 것이었다. 앨런 캠벨에 관해서 말하자면, 그의 자살은 스스로가 선택한 행동이었다. 캠벨 자신이 그렇게 하기로 선택한 것이다. 그와는 아무런 상관이 없다.

새로운 삶! 그것이 도리언이 진정 원하는 것이다. 그가 기다려 왔던 것이다. 분명 새로운 삶은 이미 시작되었다. 어쨌든 순수한 한 존재를 지켜 냈다. 다시는 순수한 존재를 유혹하지 않으리라. 그는 선한 사람이 될 것이다.

그는 헤티 머튼을 생각하다 자물쇠로 잠가 놓은 다락방의 초상화가 얼마나 변했을지 궁금해졌다. 분명 예전처럼 소름 끼치는 모습은 아니지 않을까? 아마도 삶이 순수해지면 그 얼굴에서 악한 열정의 표식을 몰아낼 수 있을 것이다. 어쩌면 악마와 같은 표식은 이미 사라져 버렸을지도 모른다. 그는 가서 확인해 보고 싶었다.

탁자 위에 놓인 램프를 들고 계단을 서서히 걸어 올라갔다. 방문 자물쇠를 열 때는 환희의 미소가 얼굴에 스치더니 입술에 잠시 맴돌았다. 그렇다. 그는 선하게 살 것이다. 그가 숨겨 왔던 그 끔찍한 것은 더 이상 공포심을 불러오지 않을 것이다. 도리언은 무거운 짐을 이미 내려놓은 듯한 느낌이 들었다.

그는 조용히 방 안으로 들어가 습관처럼 문을 걸어 잠갔다. 그리고 초상화에 친 자주색 장막을 걷어 냈다. 고통과 분노의 외침이 그에게서 터져 나왔다. 변한 것은 없었다. 오히려 눈빛은 교활해졌으며 입가에는 위선과도 같은 주름이 있었다. 그림은 여전히 혐오스러웠다. 아니, 가능한지는 모르겠지만 전보다 훨씬 더 혐오스러웠다. 손에 점점이 묻은 선홍빛 이슬은 방금 흘린 피처럼 더 밝고 선명해진 듯이 보였다.

그가 한 가지 선한 행위를 한 것은 단순한 허영심 때문이었던 것일까? 아니면 헨리 경이 조롱 섞인 웃음을 지으며 말했듯이 새로운 감정을 향한 욕망 때문이었을까? 아니면 우리가 실제 본성보다 더 훌륭하게 행동하도록 만드는 열정 때문이었을까? 아니면 이 모든 것이 합쳐진 것일까?

붉은 얼룩은 왜 이전보다 커졌을까? 마치 무서운 질병에 걸려 주름진 손가락에 얼룩이 번져 나간 것처럼 보였다. 초상화의 발치에는 위에서 떨어진 것처럼 핏자국이 있었다. 심지어는 칼을 들지 않은 손에도 피가 묻어 있었다.

자백하라고? 이 모든 것은 자백하라는 뜻일까? 죄를 고백하고 죽으라는 것일까? 도리언은 웃었다. 그건 말도 안 되는 생각이다. 게다가 자백한다고 한들 누가 믿겠는가? 어디에도 살해당한 사람의 흔적은 없었다. 바질이 갖고 있던 것은 모두 폐기했다. 아래층에 있던 소지품도 모두 태워 버렸다. 세상 사람들은 그가 미쳤다고 말할 것이다. 그가 고집스럽게 이야기한다면 그를 가둬 버릴 것이다.

하지만 자백을 하고, 공개적으로 수치를 견디고, 공개적으로 속죄하는 것이 자신의 의무이리라. 인간에게 하늘을 향해서뿐 아니라 땅에서도 죄를 고하라고 요구하는 신이 있다. 그가 자신의 죄를 고할 때까지는 그 어떤 일도 그의 죄를 씻어 주지 못할 것이다. 그의 죄? 그는 어깨를 으쓱했다. 바질 홀워드의 죽음은 아주 하찮은 것처럼 느껴졌다. 그는 헤티 머튼을 생각하고 있었다.

그가 바라보고 있는 것은 불공정한 거울, 자신의 영혼을 비추고 있는 이 거울이었다. 허영? 호기심? 위선? 그가 헤티를 포기한 것이 다만 그 때문일까? 그것 말고도 뭔가 더 있었다. 적어도 도리언은 그렇게 생각했다. 하지만 누가 알겠는가?

그리고 이 살인의 기억은 평생 그를 따라다닐까? 절대로 과거를 없앨 수 없는 것일까? 정말 자백해야 할까? 아니다. 자신에게 불리하게 남아 있는 증거는 단 하나였다. 저 그림말이다. 그것만이 유일한 증거다.

그는 그것을 없앨 것이다. 왜 그토록 오랫동안 그림을 가지고 있었을까? 한때는 그림이 변하고 늙어 가는 것을 바라보며 즐거움을 느끼기도 했다. 그러나 최근에는 그런 즐거움을 전혀 느껴 보지 못했다. 그림 때문에 밤에 잠을 이루지 못했다. 멀리 떠나 있을 때는 다른 사람이 그림을 보지는 않을까 하는 두려움에 가득 차 있었다. 그림은 그의 열정에 우울함을 더했다. 그것을 기억하는 것만으로도 수많은 환희의 순간이 퇴색되었다. 그림은 그에게 양심과도 같았다. 그렇다. 그것은 그의 양심이었다. 그는 그것을 파괴할 것이다.

그는 주위를 둘러보다가 바질 홀워드를 찔렀던 칼을 보았다. 흔적이 남지 않도록 무수히도 씻어 댄 칼이었다. 칼은 번쩍거리며 빛났다. 화가를 죽였듯이 화가의 작품과 그것이 지닌 의미를 모두 죽여 버릴 것이다. 과거를 죽여 버릴 것이다. 과거가 죽으면 그는 자유로워질 것이다. 그는 칼을 집어 들어 캔버스를 찔렀다. 그리고 위에서 아래까지 죽 찢어 갈랐다.

외마디 비명과 요란한 굉음이 들렸다. 비명이 너무 끔찍하게 들렸던지 겁에 질린 하인들이 일어나 방에서 살며시 걸어 나왔다. 집 앞 광장을 지나던 두 젊은이는 발걸음을 멈추고 저택을 올려다보았다. 그들은 계속 걷다가 경찰을 마주치고는 그를 데리고 저택으로 왔다. 경찰이 벨을 몇 번이나 울렸지만 아무 대답이 없었다. 꼭대기 층의 창문 중 하나에서 새어 나오는 불빛 말고는 집 안은 캄캄했다. 잠시 후 경찰은 거기를 떠나 옆집의 주랑 현관에 서서 저택을 감시했다.

"저 저택은 누구 집입니까, 경관님?" 두 신사 중 나이 든 사람이 물었다.

"도리언 그레이 씨의 집입니다" 경찰이 대답했다.

두 신사는 서로 쳐다보더니 다시 길을 떠나면서 조소를 머금었다. 그중 한 사람은 헨리 애슈턴 경의 삼촌이었다.

집 안의 하인들이 머무르는 처소에서 반쯤 옷을 걸친 하인들이 낮은 목소리로 속삭였다. 나이 든 리프 부인은 두 손을 비틀며 울었다. 프랜시스는 죽은 사람처럼 창백했다.

약 15분 정도 후에 그는 마부와 하인 한 명을 데리고 위층으로 올라갔다. 방문을 두드렸으나 대답이 없었다. 그들은 주인을 소리쳐 불렀다. 사방이 고요했다. 결국 힘으로 문을 열어 보려다 실패하고 지붕 위로 올라가 발코니로 뛰어내렸다. 걸쇠가 상당히 낡아서 창문은 쉽게 열렸다.

방에 들어서 보니 한쪽 벽에는 그들이 마지막으로 보았던 주인의 모습을 그대로 담은 아름다운 초상화가 걸려 있었다. 초상화는 도리언의 아름다운 젊음과 얼굴이 뿜어내는 온갖 경이로움을 담고 있었다. 그런데 바닥에는 야회복을 차려입은 한 사람이 죽은 채 쓰러져 있었다. 가슴에는 칼이 꽂혀 있었다. 그는 야위고 쭈글쭈글하며 아주 혐오스러운 인상을 하고 있었다. 그들은 그가 끼고 있는 반지들을 살펴보고 나서야 그가 누구인지 알아볼 수 있었다.

해설

검열받지 않은 와일드의 이야기, 그 속에서
온갖 아름다운 것에 열광하는 나를 만나다

김순배(옮긴이)

누구보다 화려한 삶을 살았던 오스카 와일드는 아일랜드의 수도 더블린에서 1854년 10월 16일에 태어났다. 아버지는 눈과 귀를 전문으로 치료하는 의사였고 어머니는 시인이자 민족주의자였다. 뛰어난 지성으로 문학과 예술을 사랑하던 와일드는 더블린의 명문 트리니티칼리지를 다니며 고전 예술뿐 아니라 당대 유행하던 시 문학과 예술가들, 특히 라파엘 전파의 화가들에 열광했다. 이후 옥스퍼드대학의 모들린칼리지에 입학해서는 월터 페이터, 존 러스킨 등 당대 최고의 미학자들과 만나면서 미학에 심취하기 시작했다. 와일드는 후에 페이터의 글이 자신의 인생에 '이상한 영향'을 끼쳤다고 고백하기도 했다. 졸업 후에는 런던의 사교계에 진출하여 다양한 지식인들과 예술가들과 교류했다. 1881년에 처녀작이라 할 수 있는 시집을 출간하며 작가로서의 역량을 빛내려 했으나 평단의 반응은 미온적이었다.

스물일곱 살의 꿈 많은 와일드에게 기회는 전혀 뜻하지 않은

225   해설

방식으로 찾아왔다. 1881년 크리스마스이브에 그는 미국으로 향하는 배에 올랐다. 길버트와 설리번의 희극 오페라 「페이션스Patience」의 공연 홍보를 위한 강연을 요청받은 것이다. 이를 계기로 와일드는 그해 11월까지 미국과 캐나다에서 120여 개에 이르는 도시를 돌며 순회 강연을 펼쳤다. 문학과 미술, 패션과 역사, 미학과 관련한 다양한 주제로 새로운 지식에 목마른 미 대륙 시민들을 매료시킨 그는 이를 계기로 미국뿐 아니라 영국에서도 명성을 떨치게 되었다. 강연 여행에서 돌아온 와일드는 얼마 지나지 않아 프랑스 파리로 향했다. 파리에 머무르며 피사로, 드가, 사전트, 위고, 플로베르, 졸라 등 다양한 분야의 예술가와 교류했다. 런던으로 돌아온 뒤로는 영국 전역을 다니며 아름다움과 예술에 대한 강연을 이어 갔다. 이 여정 중에 기회가 닿는 대로 부유한 변호사의 딸이었던 콘스턴스 로이드와 데이트를 즐기기도 했다. 그녀와 예술적, 미학적 관심을 공유하며 장거리 연애를 통해 감정을 키워 가다 1884년 5월 결혼식을 올렸다. 와일드와 콘스턴스와의 결혼은 심미주의자들의 이상적 결합으로써 유명인 커플의 탄생으로 세간에 회자되었다.

결혼 후 와일드는 두 아들, 시릴과 비비언을 얻었다. 이 시기에 그는 「팰맬 가제트Pall Mall Gazette」를 비롯한 여러 신문과 잡지에 다양한 주제의 글과 리뷰를 기고하였다. 대중과 직접 소통할 수 있는 저널리즘의 매력에 빠져 있던 시기였다. 식민지 상태였던 아일랜드의 민족주의 운동에 관심을 표하면서 이를 옹호하는 칼럼을 쓰기도 했다. 그러던 중 1887년부터 2년간 고급 월간지 『여성 세계The Woman's World』의 편집장으로 일했다. 이 시기에 그는 적극적으로 다양한 여성들과 교류하며 좋은 글을 기고할 수 있는 여성들을 찾기 위해 노력했다. 그러면서 시보다는 산문에서 재능을 찾기 시작한 와일드는 단편 소설을 쓰기 시작하여 세 권의 단편집을 연이어 발간했다. 무엇보다 이 시기에 이력에 전환점을 마련해 준 것은 그의 유일한 장편 소설 『도리언 그레이의 초상』이 발간되면서부터다. 이 작품에 대한 혹평이 주를 이루었지만, 이때부터 와일드는 유명 작가로서 이름을 알렸다.

이후 와일드는 대중과 더욱 직접적으로 소통할 수 있는 매체이자 오랜 꿈이었던 연극에 관심을 쏟았다. 극작가로서 그의 야망은 희극보다는 비극에 있었고, 나름 야심 차게 써낸 작품이 비극 『살로메』였다. 그러나 성서의 내용은 공연 무대에 올릴 수 없다는 정부의 검열에 막혀 그의 꿈은 무산되었다. 이를 계기로 와일드는 작가로서의 태도를 바꾸게 된다. 고전적 이야기를 담아낸 비극적 서사가 아닌 현대적 빅토리아 사회를 담아낸 풍자적 희극을 집필하기 시작했다. 『윈더미어 부인의 부채』를 시작으로 『진지함의 중요성』에 이르기까지 네 편의 위트 넘치는 희극을 써내면서 세기말 영국의 심장부에서 최고의 성공을 거뒀다. 어떤 비평가는 그의 성공 원인을 입센과 같은 극작가로서의 천재성과 런던의 웨스트엔드에서 경쟁력을 갖추기 위해 어떻게 관객을 향해 정조준 해야 할지 알았던 상업적 안목에서 찾기도 한다.

그러나 아이러니하게도 와일드의 인생에서 성공의 정점은 곧 추락의 시작을 의미했다. 그의 마지막 희극이 되어 버린 「진지함의 중요성」을 처음 무대에 올리던 날, 1895년 2월 14일이 시발점이었다. 키스까지 나누었던 연인 앨프리드 더글러스 경의 아버지 퀸즈베리 후작이 와일드의 공연을 망쳐 버리겠노라 작정하고 찾아왔다. 와일드와의 대면은 무산되었으나 두 사람 사이의 앙금은 커져만 갔다. 후작이 남긴 노트를 증거 삼아 벌어진 명예 훼손 재판은 오히려 그간 와일드가 벌여 온 동성애 행각을 낱낱이 세상에 드러내는 치욕의 장이 되었다. 결국 그는 당시의 형사법에 따라 "역겨운 외설"을 범한 것으로 판결되어, 사형 선고에 가까운 강제 노역이 포함된 2년간의 징역형을 선고받았다. 출옥한 후 프랑스로 망명하지만, 노역으로 악화된 건강을 회복하지 못하고 1900년 파리의 작은 호텔에서 생을 마감했다.

와일드의 글들은 다양한 형식과 장르를 아우르며 세상과 소통하고자 했던 심미주의자의 전형을 보여 준다. 때로는 진중한 시와 에세이로, 때로는 가벼운 위트가 담긴 희극으로, 때로는 그만의 서사가 돋보이는 소설로, 와일드는 시대와 마주하며 예술과 아름다움을 피력했다. 젊은 시절 와일드는 런던의 문인 사회로 진출하면서 처음에는 시인으로 자신을 소개했다. 셰익스피어와 같은 극작가가 되고 싶다는 생각이 있었지만, 적어도 미국 여행을 다녀오기 전까지는 '우아하고 고귀한' 시인으로서 작가적 입지를 세워 가고자 했다. 하지만 점차 신문과 잡지에 다양한 주제의 글들을 기고하는 것도 마다하지 않았다. 비평적 에세이를 기고한 잡지의 지면, 새로운 시대와 공명하고자 했던 연극 무대, 상상력 가득한 동화적 서사 등 여러 양식으로 세상과 소통하려 했다. 와일드는 어느 순간부터 다양한 계층의 독자와 만날 수 있다면 그 어떤 것도 거부하지 않았다.

와일드의 작품에는 아름다움을 향한 열정과 그것을 위한 지독한 몸부림이 있다. 그는 단순히 예술과 미를 탐색하고 감상하는 데 그치는 것이 아니라, 동시대의 사람들에게 저마다 자신만을 위한 아름다운 삶을 창의하는 길을 보여 주고자 했다. 그는 우리 인생이 아름다움을 '위한for' 삶이 아니라 아름다움에 '의한by' 삶이 되어야 한다고 말한다. 예술과 미는 삶의 목적이라기보다는 삶을 움직이게 하는 동인이다. 와일드는 아름다움에 의한 삶을 추구하는 심미적 구도자였으며, 아름다움으로부터 비롯된 삶이 추동하는 미적 즐거움과 쾌감이 어떤 것인지 세상에 보여 주며 나누고자 했던 예술가였다. 또한 자신의 예술적 이미지를 구현하기 위해 새로운 스타일을 추구하며 시대를 앞서갔던 패셔니스타였다. 감옥에서마저 미를 위한 순교를 꿈꾸었다. 그렇게 그는 삶과 예술, 인생과 문학의 간극을 좁히고자 했는지 모른다.

와일드의 작품에는 무엇보다 '대화'가 있다. 그의 대표작으로 알려진 희곡 작품들이 위트 넘치는 대화 형식으로 이루어진 것은 더 말할 필요가 없으리라. 세실리와 앨저넌(『진지함의 중요성』)의 톡톡 터지는 가벼운 농담 같은 대화도 있고, 도대체 속을 알 수 없는 얼린 부인과 윈더미어 경(『윈더미어 부인의 부채』)의 대화도 있다. 즐거움을 주는 대화도 있지만, 비극적 파국으로 이어지는 살로메와 세례 요한의 대화도 있다. 때로는 비평적 산문도 지적인 대화의 형식을 통해 뜻하지 않은 즐거움을 선사한다. 예술적 상상력에서 비롯되는 삶의 가치와 의미를 역설하는 에세이 『거짓의 쇠락』에서도 와일드는 비비언과 시릴의 이름을 빌려 지적인 대화의 장을 펼쳐 놓는다. 『예술가로서의 비평가』에 등장하는 길버트와 어니스트의 진중한 대화도 빼놓을 수 없다. 그의 소설을 읽어 본 독자는 어떤 장엄하고 화려한 서사보다 대화를 통한 설득과 공감을 경험하게 된다. 이 같은 대화의 기법을 통해 와일드는 예술보다 도덕을 우위에 두었던 빅토리아 시대에 세상과 소통의 접점을 찾으려 끊임없이 노력했다.

와일드의 유일한 장편 소설『도리언 그레이의 초상』은 작가의 예술과 삶을 압축하여 보여 준다. 이 소설은 아름다움에 열광하다 못해 집착하게 되는 도리언이라는 한 젊은이에 대한 이야기다. 그는 세상의 온갖 빛나는 아름다움을 광기에 가까운 열정으로 탐닉하다 파멸에 직면한다. 스스로 파국에 이르는 과정에서 그가 보여 주는 감정선을 따라가다 보면 우리는 심미주의자의 회한, 혹은 타락과 마주하여 멈칫하게 된다. 다른 한편으로는 와일드의 삶을 우화적으로 보여 주는 인생 서사라고 할 수도 있다. 이는 이미 많은 경로를 통해서 익히 잘 알려진 이야기이기도 하다.

이 소설이 와일드의 작품 세계에서 의미가 있는 것은 빅토리아 시대의 도덕적 기준이나 심미적 가치와는 차별화된 그의 스타일과 사고를 구현하고 있기 때문이다. '예술을 위한 예술'이 무엇인지 보여 주고자 했던 와일드는 예술이 윤리적, 교훈적 목적을 위해 봉사해야 한다는 기존의 사회적 관념을 단호히 거부한다. 와일드에게 예술은 미적 완결성을 갖춰야 하고, 그 심미적 가치만으로 존재를 정당화할 수 있어야 했다. 공리적 가치나 도덕적 쓸모를 위한 것이 아니다. 그의 이런 생각은 빅토리아 사회의 통념에 배치되는 것이었다. 따라서 와일드는 자신의 심미주의적 철학이 적나라하게 드러난 소설을 출간하면서 그것이 몰고 올 사회적 파장을 어느 정도 예상했는지도 모른다. 실제 언론과 평단에서는 이 작품에 대해 비도덕적이고 퇴폐적이라며 거침없는 힐난을 퍼부었다. 그러나 와일드는 자신의 소설을 적극적으로 변호할 뿐 아니라 그들을 설득하고자 솔직하게 예술에 대한 견해를 피력했다. 이것이 그가 빅토리아 시대의 도덕성에 도전하는 방식이었다.

또한 이 작품은 위트 넘치는 대화와 역설, 유머, 금언으로 가득하다. 와일드만의 독특한 스타일이 엿보이는 문학적 장치들이다. 사실주의가 유행하던 빅토리아 시대에 다소 과장되고 현실과 동떨어진 캐릭터를 설정하는 방식도 와일드의 중요한 스타일 중 하나이다. 그렇게 와일드는 자신이 겪은 빅토리아 사회의 실상, 인간의 욕망과 정체성, 도덕 등의 문제에 집중하며, 그것을 허구적 서사로 풀어 가기 위한 양식을 구축했다. 이 소설로 그는 명성을 얻을 수 있었으나 동시에 가혹한 생의 몰락을 겪게 되었다. 와일드가 법정에 섰을 때, 도리언과 다른 인물들 사이의 미묘한 관계를 묘사하는 표현들이 그의 유죄를 확증하기 위한 증거로 제시되었다. 어찌 되었든 와일드가 보여 주는 데카당스적 심미주의가 전혀 절제되지 않은 방식으로 나타나는 것이 사실이다. 그렇지만 사회적, 정치적 관심사보다 예술과 아름다움의 추구를 우선시하는 삶에 대한 진지한 탐색은 주목할 만하다. 바로 이런 이유로 이 소설은 세기말 심미주의의 정신을 문학적으로 잘 구현하는 하나의 정전이라 부를 만하다.

이번에 새롭게 펴낸 『도리언 그레이의 초상』은 사람들에게 이미 알려진 버전의 이야기와 차이가 있다. 이 책은 와일드가 처음 구상했던 그대로의 원고, 검열이 가해지기 전의 무삭제 원고를 우리말로 옮겨 놓은 것이다. 와일드는 1890년 봄에 원고를 『월간 리핀콧 Lippingcott's Monthly Magazine』의 편집장인 조지프 스토더트에게 보냈고, 이후 검열 과정에서 수정과 삭제를 거친 초판본이 그해 7월호에 실렸다. 최초의 원고의 가치와 중요성을 인지한 학자들은 2011년 하버드대학 출판부를 통해 이전까지 대중에게 알려지지 않았던 버전의 『도리언 그레이의 초상』을 출간하였고, 이 판본을 토대로 이 책을 번역했다. 그동안 국내에서 출간된 대부분의 『도리언 그레이의 초상』은 1891년 개정판(혹은 확장판)을 번역한 것이다. 개정판은 초판본에 여섯 개의 장을 더하고 마지막 13장을 두 개로 나누어 20장으로 확장하여 만들어졌다. 최초의 원고가 작가의 기획 의도에 부합하는 버전이라면 확장판은 영국 언론의 신랄한 비판과 그로 인해 닥치게 될지 모르는 법적 분쟁을 고민하던 출판사의 요청 등에 상당한 영향을 받아 만들어진 판본이다.

1890년 봄, 와일드는 원고를 편집장에게 보내면서 자신의 원고에 어떤 수정이 가해지리라고 생각하지 못했다. 그러나 편집장을 비롯한 검열관들은 발간 작업을 진행하면서 농도 짙은 성적 함의가 담긴 표현의 수위를 낮추거나 삭제했다. 삭제된 내용은 주로 작품의 주요 인물인 도리언 그레이와 화가인 바질 홀워드 사이의 동성애적 관계를 암시하는 표현, 도리언과 여성들의 부정한 관계를 드러내는 표현 등이다. 예를 들어, 홀워드가 '로맨스의 감정'을 가지고 도리언을 추앙한다며 고백하는 내용이 검열 과정에서 삭제되었다. 또한 홀워드가 워턴 경에게 도리언에 대해 언급하는 부분에서, "그에게 말한 걸 나중에 내가 후회할 거라는 점은 알지만 그에게 말할 때는 이상한 기쁨을 느껴. 내 진심을 드러내 버린 거지. (……) 그리고 우리는 클럽에서부터 팔짱을 끼고 함께 집으로 돌아와 스튜디오에 앉아서 수천 가지 주제로 대화하지"라고 말하는 부분도 검열의 대상이었다. 이처럼 이들의 관계를 좀 더 솔직하게 보여 주는 표현들을 이 책에서는 모두 복원했다. 실제로 와일드가 스토더트에게 보냈던 원고에서 500여 단어가 삭제되어 초판이 출간되었다. 따라서 최초의 원고의 복원이라는 관점에서 이러한 부분들을 최대한 고려했다. 그렇다고 성적 관계를 암시하는 표현을 지나치게 강조하여 번역하지는 않았다. 이런 부분에 대한 과도한 관심이 오히려 전체 이야기의 전개와 세세한 맥락을 읽어 내는 데 방해가 될 수도 있기 때문이다. 다만 심미주의자로 잘 알려진 와일드의 면모가 좀 더 선명하게 드러나도록 하였다. 그래서 독자들이 이미 알고 있는 이야기에 비해 좀 더 대담하고 노골적이며, 충격적일 수 있다. 혹은 초판이나 개정판을 접했던 독자들의 기대를 충족시키지 못할 수도 있다. 그렇다고 그런 차이에 지나치게 집중하여 미학적 가치나 진가를 제대로 감상하지 못하는 일은 없었으면 한다. 중요한 것은 이 원고가 와일드 자신이 "아마도 내가 다른 나이로 살게 된다면, 되어 보고 싶은 존재"라고 고백했던 도리언의 이미지가 제대로 구현되었을 것이란 점을 기억하는 것이다.

19세기 후반 유행처럼 타올랐던 심미주의와 더불어 등장한 데카당스라는 표현은 이제 '칼로리 폭탄'을 의미하는 '데카당트 디저트'라는 표현으로 현대인의 일상에 가까이 상주하고 있다. 입 안 가득 채우는 초콜릿과 버터밀크, 캐러멜과 머랭 아이스크림으로 화려해진 케이크 한 조각이 전해 주는 즐거움을 만끽하면서도 글루텐프리를 찾는 현대인이다. 악마의 디저트나 일본의 '배덕背德 음식'이 뜨는 이유도 다르지 않다. 조금은 과하더라도 미각을 통해 느끼는 전율을 추구하는 우리의 삶은 와일드가 탐닉했던 예술가적 삶과 크게 다르지 않다. 아름다움을 추구하는 삶이 윤리적, 도덕적 제약에서 이전보다 조금이라도 더 자유로워졌다고 한다면 약 150여 년 전을 살아간 그의 삶과 문학을 한 번쯤 생각해 볼 필요가 있다. 와일드는 성소수자 운동을 이야기할 때만 한 번씩 떠올리게 되는 이름만이 아니다. 그는 아름다움과 심미적 경험을 비밀스러운 듯 탐하는 현대인과 상당히 닮았다. 그리고 그런 삶에 열광하는 우리에게 그는 묻고 있다. 젊음이 허락한 생의 아름다움, 또 그것에 집착하는 인간의 모습을 고귀한 본성으로 볼 것인가, 아니면 단순한 허영과 광기의 산물로 볼 것인가 하고 말이다. 또 다른 측면에서 보자면, 이 책은 일종의 인플루언서에 대한 이야기다. 이야기 속의 헨리 워턴 경이 그러하다. 인플루언서에 열광하고, 그를 추앙하기까지 하는 세대에게 와일드는 인간의 선택과 행동에 영향을 미치는 외부 요인들이 우리 생에 어떤 파급 효과를 지니는지 묻고 있다. 우리는 언젠가부터 나 아닌 다른 것, 즉 다양한 소셜미디어와 영상, 소통 매체에 노출되어 살아간다. 그리고 그것들을 통해 아름다움을 배우고 몰입하며 한 번쯤 사치를 부려 보기도 한다. 때로는 또래 집단이나 타인으로부터 받는 압박감도 상당하다. 그러면서 우리는 알게 모르게 스스로의 존재를 정립해 가는지 모른다. 세상 앞에 드러내는 모습의 이면에 숨겨 놓은 자기 정체성과 그 가변적 속성이 불러오는 불안과 긴장도 있다. 이로써 와일드는 늘 팽팽한 긴장 속에서 살면서 만들어 가는 우리의 이중적 면모가 결과적으로 어떤 결말을 불러오게 될 것인지 묻고 있는 듯하다.

작가 연보

1854 10월 16일, 더블린에서 전문의였던 윌리엄 와일드와 시인이었던 제인 와일드 사이에서 둘째 아들로 출생하다.

1864 지금의 북아일랜드 지역 에니스킬렌에 위치한 기숙 학교 포토라왕립학교에 입학하여 1871년까지 수학하다.

1871 더블린에 위치한 트리니티칼리지에 장학금을 받고 입학하다. 고대 그리스 문화와 예술, 당대 영국과 유럽의 유명 예술가들을 동경하던 시절이다. "첫 번째 최고의 스승"이라 부르던 마하피 교수를 만나다.

1874 트리니티칼리지 졸업 후 옥스퍼드대학교의 모들린칼리지에 입학하다. 심미주의와 데카당스 운동에 열광하기 시작하던 시기이다. 심미주의의 스승인 월터 페이터와 존 러스킨에게 가르침을 받다.

1876 4월 19일, 아버지가 더블린에서 예순 살의 나이로 사망하다. 사인은 눈과 귀에서 비롯된 뇌수막염으로 추정된다.

1878 옥스퍼드대학교를 졸업하다. 옥스퍼드대학에서 시 「라벤나Ravenna」로 시 분야 최고의 영예라 할 수 있는 뉴디게이트 상을 받다.

1881 첫 번째 저서 『시Poems』를 출간하다. 콘스턴스 로이드와 런던의 한 파티에서 처음 만나다.

1882 1월 3일, 미국에 도착하다. 존경하던 미국 시인 월트 휘트먼과 만나다. 이후 11월까지 미국과 캐나다 전역을 여행하면서 대중을 대상으로 예술과 미학에 관한 다양한 강연을 하다.

1883 3월 15일, 파리에서 비극 『파도바 공작부인』 완성하다. 뒤늦게 1891년 1월 26일 뉴욕 브로드웨이에서 초연되다.

8월 20일, 비극 「베라 혹은 허무주의자Vera: or, The Nihilist」가 뉴욕에서 초연되다. 흥행에는 실패한다.

1884 5월 29일, 콘스턴스와 런던의 패딩턴에 있는 세인트 제임스 교회에서 결혼하다.

1885 6월 5일, 첫째 아들 시릴이 출생하다.

1886 11월 3일, 둘째 아들 비비언이 출생하다. 옥스퍼드에서 로버트 로스와 처음 만나다.

1887 6월부터 월간지 『여성 세계』의 편집장으로 일하기 시작하다.

1888 단편 동화집 『행복한 왕자』를 출간하다.

1889 1월, 『19세기The Nineteenth Century』지에 『거짓의 쇠락』을 출간하다.

7월, 단편 「W. H. 씨의 초상The Portrait of Mr. W. H.」을 『블랙우드 에든버러 잡지Blackwood's Edinburgh Magazine』에 출간하다.

1890 7월, 『월간 리핀콧』에서 13장으로 된 소설 『도리언 그레이의 초상』 초판본을 발표하다.

7월과 9월, 『19세기』지에 에세이 '비평의 진정한 기능과 가치The True Function and Value of Criticism'를 발표하다. 이 에세이를 다음해 5월 1일, '예술가로서의 비평가'라는 제목으로 바꾸어 다른 에세이와 함께 『의도Intentions』라는 저서로 출간하다.

1891 프랑스어로 된 비극 『살로메』를 완성하다. 4월에 20장으로 된 『도리언 그레이의 초상』을 출간하다. 단편집 『아서 새빌 경의 범죄』와 『석류로 만든 집A House of Pomegranates』 등을 연이어 출간하다. 앨프리드 더글러스와 처음 만나다.

1892 2월 20일, 세인트 제임스 극장에서 희극 「윈더미어 부인의 부채」가 초연
되다.

6월, 「살로메」의 영국 초연을 위해 당대 유럽 최고의 여배우였던 사라 베
르나르를 주인공으로 하여 영국의 로열잉글리시 오페라하우스(지금의 팰
리스 극장)에서 리허설까지 마쳤으나 심의를 통과하지 못하고 좌초되다.

1893 4월 19일, 헤이마켓 극장에서 희극 「보잘것없는 여인A Woman of No
Importance」을 처음 무대에 올리다.

1894 오브리 비어즐리의 삽화가 들어간 『살로메』 영어판을 출간하다.

6월 11일, 174행으로 된 장시 『스핑크스』를 출간하다.

1895 1월 3일, 희극 「이상적인 남편」을 헤이마켓 극장에서 초연하다.

1895 2월 14일, 세인트 제임스 극장에서 희극 「진지함의 중요성」을 초연하다.

3월, 퀸즈베리 후작을 명예 훼손으로 법정에 고발하나 재판 과정에서 드
러난 증거로 인해 오히려 체포 영장을 받다. 동성애자로 기소되어 재판 결
과 1885년 제정된 형법에 따라 강제 노역이 동반된 2년의 징역형을 선고
받다.

1896 2월 3일, 어머니가 런던의 자택에서 사망하다.

2월 11일, 파리에서 원작 그대로인 프랑스어 버전으로 「살로메」가 초연
되다.

1897 5월 19일, 레딩 감옥에서 만기 출소하다. 감옥에 있으면서 편지 형식으로
된 산문 『심연으로부터』를 집필하다. 영국에서는 더 이상 환영받지 못함
을 인지하고 프랑스로 망명하다.

1898 『레딩 감옥의 노래』를 출간하다.

4월 7일, 아내 콘스턴스가 이탈리아 제노바의 한 호텔에서 사망하다.

1900 11월의 마지막 날, 파리의 작은 호텔에서 뇌수막염으로 사망하다. 로버트
로스는 죽어가는 그를 위해 사제를 데려와 임종과 장례를 주관하게 하다.
시신이 12월 3일 파리의 바뉘 공원 묘지의 작은 무덤에 안장되다.

1905 5월 10일, 런던의 뉴스테이지 클럽에서 「살로메」가 처음으로 무대에 올려

작가 연보

지나 여전히 검열에 걸려 비공개로 공연되다. 작곡가 리하르트 슈트라우스가 「살로메」를 기반으로 오페라를 창작하여 12월 9일, 독일의 드레스덴에서 처음 무대에 올리다. 로버트 로스에 의해 『심연으로부터』가 출간되다.

1909 로버트 로스에 의해 오스카 와일드 전집이 처음 출간되다. 그는 또 조각가 제이컵 엡스타인에게 의뢰하여 오스카의 무덤에 쓸 조형물을 제작하도록 하였고, 그의 유해를 페르 라셰즈 공원묘지로 이장하다. 3년 후인 1912년 조형물이 완성되어 설치되다.

1931 10월 5일, 영국에서는 처음으로 사보이 극장에서 「살로메」가 공연 무대에 올려지다.

1995 2월 14일, 웨스트민스터 사원의 시인 코너Poets' Corner에 기념비가 세워지는 영예를 얻다.

2017 영국 정부의 특별법인 앨런 튜링법에 의해 7만 5천 명의 다른 동성애자와 함께 (사후) 사면되다.

도리언 그레이의 초상

클래식 라이브러리   008

1판 1쇄 인쇄   2023년 7월 14일
1판 1쇄 발행   2023년 7월 31일

지은이   오스카 와일드
옮긴이   김순배
펴낸이   김영곤
펴낸곳   아르테

문학팀   김지연 원보람 송현근
출판마케팅영업본부장   한충희
마케팅2팀   나은경 정유진 박보미 백다희
출판영업팀   최명열 김다운
제작팀   이영민 권경민

출판등록   2000년 5월 6일 제406-2003-061호
주소   (우 10881) 경기도 파주시 회동길 201(문발동)
대표전화   031-955-2100
팩스   031-955-2151

ISBN   979-11-711-7013-5 04800
ISBN   978-89-509-7667-5 (세트)

아르테는 (주)북이십일의 문학·교양 브랜드입니다.

────   책값은 뒤표지에 있습니다.
────   이 책 내용의 일부 또는 전부를 재사용하려면 반드시
          (주)북이십일의 동의를 얻어야 합니다.
────   잘못 만든 책은 구입하신 서점에서 교환해 드립니다.

『슬픔이여 안녕』『평온한 삶』『자기만의 방』『워더링 하이츠』『변신』『1984』『인간 실격』『도리언 그레이의 초상』
『비계 덩어리』『사랑에 대하여』『라쇼몬』『이방인』『노인과 바다』『수레바퀴 밑에서』『위대한 개츠비』『작은 아씨
들』『데미안』『월든』『코』

클래식 라이브러리 시리즈는 계속 출간됩니다.